복고풍 요리사의 서정

복고풍 요리사의 서정

박상
장편소설

작가
정신

차례

1.

밀입국

'라 레뿌블리까 삼탈리아나La Repubblica Tiamtaliana'는 세계 지리를 포기한 사람만 아니라면 모두 아시다시피 50년 전 이탈리아에서 독립한 이오니아해의 작은 섬나라다. 이탈리아 옆의 삼탈리아라니, 우연의 일치겠지만 한국말로 하면 나라 이름이 말장난 같다. 그러나 이 나라의 이름은 라틴어 'ămor ínsula(사랑의 섬)'에서 파생되었고, 불가산명사 앞에 붙는 부정관사 'Ti'가 더해져 'Tiamtaliana'가 된 국명이라고 빅데이터 백과사전에 잘 설명되어 있다. 그럼 띠암탈리아, 라고 하면 안 되나. 국립국어원의 외래어 표기법은 간혹 어색하게 느껴진다.

아무튼 나는 그 삼탈리아로 가는 배의 갑판에 서 있었다. 가슴 가득 서정적인 설렘이 차올랐다. 인생에서 뭔가 설레는 순간이 오면 사랑하지 않을 수 없다. 흔히 오지 않기 때문이다. 또한 설렘이란 내게 시제를 초월하는 작용이었다. 과거의 한순간도 오늘 기억하며 설렐 수 있고, 미래 따위도 오늘 상상하며 설렐 수 있다. 정수리부터 발가락까지 간질간질하게 만드는 기대감, 재미를 느끼며 활발해지는 눈매와 동공, 그 전에 뭘 하고 있었는지 까맣게 잊는 두뇌까지. 설렘을 느끼는 순간의 감각들은 시제들을 한 덩어리로 묶기도 한다.

지난날 내가 설렘을 느낀 경우는 둘 중 하나였다. 난생처음 겪는 걸 경험할 때와, 꽤 좋아하는 걸 오래간만에 할 때. 나는 눈을 반짝거리며 바다를 보았다. 밀입국은 첫 경험이라서.

"수영할 줄 아시나?"

설렘이 아직 괄약근 주름에 저릿할 때 선장이 나를 갑판 끄트머리로 부르더니 물었다. 뭐야, 재미있는 게 생각난 표정인데 별로 안 웃기잖아. 괜찮은 농담을 기대한 설렘이 순간 무색해졌다. 물에 던져놓으면 광어처럼 바닥에 깔리고 보는 사람도 있다. 시詩를 읽지 않고 사는 사람도 있는 것처럼.

그때 선장이 내 등을 확 떠밀었다. 이건 농담조차 아니었 잖아.

나는 그리스 갱의 삼탈리아 밀입국 도우미 서비스를 받는 중이었다. 나를 삼탈리아 수도 빠그히pagris항 국제여객선 터 미널에 내려줄 리 없다는 건 알고 있었고, 이코노미 클래스라 화물선 짐칸에 구겨져 항해하면서도 낭만과 서정을 느끼려 애썼건만, 선장, 즉 엽기적인 땀 냄새가 나던 사람이 나를 바 다로 떠미는 순간 얘기가 달라졌다.

그리스 께르끼라 Κέρκυρα 항구에서 기어 나와, 이오니아해를 항해하는 내내 선장이 숨 쉴 틈 없이 저질 개그만 날렸을 때 눈치챘어야 했는데 이미 늦었다. 후회할 새도 없이 선장의 팔 힘은 내가 갑판에서 떨어지지 않을 수 없는 물리력을 정확하 게 가해버렸다.

'한두 번 해본 솜씨가 아닌데?'

갑판에서 수면까지는 꽤 아찔한 높이라 그런 생각을 할 여 유가 있을 정도였다. 나는 충격을 최소화하기 위해 다이빙 선 수처럼 팔을 길쭉하게 펴며 머리부터 입수했다. 나는 일개 요

리사기 때문에 음식을 만들 땐 전문적이지만 다이빙 실력은
어설플 수밖에 없어서 입수할 때 예술 점수와 기술 점수에서
마구 감점되는 것 같았다.

부끄러운 마음으로 발버둥을 쳐 간신히 물 밖으로 고개를
내밀자 배 위에서 선장이 혀를 끌끌 찼다.

"폼이 그게 뭐야? 개구리 같잖아."

"내가 뭐 잘못했어요?"

"놉. 말로 하면 안 내리는 손님이 많거든."

"그럼 내 짐은?"

바닷물을 뱉어내면서 말하려니 욕이 절로 튀어나올 것 같
았다.

"이거?"

옆에 있던 승조원 한 명이 내 배낭을 던져줬다. 야구로 치면
정확히 '몸 쪽 꽉 찬 코스'에 떨어지는 걸 보니 좋은 제구력이었
고, 그 분야에서 베테랑 선수일 것 같았다. 나는 엄지를 세워줬
다. 숙련자의 플레이란 어떤 종류든 구경하는 맛이 있다.

다만 '그리스 갱들은 길도 잘 알고 선내식도 잘 나오는데
좀 불친절한 게 흠'이라는 이용 후기들은 빈말이 아니었다. 온

라인 가격 비교 사이트에서 알아본 통상적인 밀항 가격에 웃돈까지 500원 얹어줬고, 내 수준에 안 맞는 농담까지 참아준 선량한 고객으로서 크게 배반당한 심정이었다. 선장에게 홍삼 맛 캔디를 건넨 것마저 후회될 지경이었다. 나는 물에 뜨기 위해 팔다리를 휘저으며, 그들의 부족한 서비스 정신에 안타까워했다.

'이러면 후기를 좋게 쓸 수 없지. 애들은 경제 사정도 어렵다던데 밀항업이라도 좀 성의 있게 하면 안 될까.'

그때 널빤지 같은 게 하나 날아왔다. 수영 교실 초급반에서 쓰는 킥보드 같은 것이었는데 꽤 길쭉했다. 이번엔 바깥쪽을 살짝 걸쳐 나가는 절묘한 코스였다.

"그걸 꼭 끌어안아! 해류에 몸을 맡기면 삼탈리아 땅이 나올 거야. 살아남으면 좋은 평점 부탁하네! 이야(Γεια, 안녕)!"

그 판때기를 잡자 가만히 있어도 배와 멀어져갔다. 그리스 갱이 삼탈리아에 데려다주겠다는 약속을 안 지킨 건 아직 아니고, 어쩌면 이게 최적의 절차일지도 모른다. 나를 떠민 곳이 딱 비밀 해류가 시작되는 지점인지도 몰랐다. 현대의 첨단 위성항법 시스템으로도 절대 못 뚫는다는 삼탈리아행 뱃길과 연안 해류의 방향을 아는 놈들은 세상에 신과, 그리스 갱밖에 없다는 논문을 봤는데 어쩌겠나.

좋게 악수하고 헤어지는 건 몽상일 수도 있을 것이다. 폐쇄 국가인 삼탈리아에 선박으로 최대한 근접하는 밀입국 대행은 배달 대행 알바와 달리 만만치 않은 범죄이고, 갱들이 착하면 정체성이 이상해지잖아. 다만 한국에서 온갖 무례함에 지쳐 있었고, 직업적으로도 지독한 슬럼프를 겪던 나는 입이 자꾸 튀어나왔다. 헤어질 때 멋있어야 폼 난다는 걸 왜 깜빡하는 거지. 날씨도 좋은 곳에 살면서.

"어이, 호구! 다음에 또 만나!"

잠깐 같이 블랙잭을 하며 내 돈을 제법 따 갔던 알바니아인 선원들이 멀어지는 선미에서 손을 흔들었다. 그 친구들은 참 해맑았다.

하지만 내겐 여유가 없었다. 수영을 조금 할 줄 알지만 킥보드에 의지해 보이지도 않는 해류를 따라 육지까지 간다는 건 매우 두려운 일이었다. 스마트폰 GPS로 내 위치를 파악해

보려 했으나 데이터통신조차 잡히지 않았다. 와이파이는 두 개 떴는데 비밀번호가 걸려 있었고, 배낭 무게가 부력보다 중력을 중시하며 내 몸을 자꾸 해저로 데려가려 했다.

배낭 속 방수팩에 들어 있는 시집들과 옷들을 버릴까 생각했지만 내면의 양식과, 외면의 패션 아이템들을 버리고 살아남는 게 무슨 소용일까 싶었다. 먹고살기 위해 과감히 센스를 포기하던 시대를 지나 이제 반짝이는 센스 없이 살기 힘든 세상이 된 것 아닌가. 그래서 하는 수 없이 30킬로그램짜리 아령 두 개를 버렸더니 더 이상 몸이 가라앉진 않았다. 근육은 여유 있을 때 다시 만들면 된다.

나는 킥보드를 배에 깔고 서퍼처럼 패들링을 시도했다. 선장 말대로 해류가 있긴 한 것 같았다. 육지가 보이지는 않았지만 푸른 망망대해에서 어딘가로 떠밀려나가자 잠시 서핑하는 휴양객처럼 한갓진 느낌도 들었다. 하지만 몸이 점점 추워지자 어디선가 공포심이 쑥 삐져나왔다. 코털인 줄 알았는데 아니었다. 깊은 바다가 인간에게 심어주는 공포감이란 딱 시커먼 때깔이었다. 안 겪어봐서 몰랐는데, 한번 불붙으면 걷잡을 수 없이 확산되기만 하는 악성 루머 같은 종류였다. 빌어먹을 공황장애가 또 시작되려 했다. 이 바다가 내 생애의 마지막 시퀀스라는 나약한 생각까지 들었다. 곧이어 나는 거지 같은 내 삶에 대해 체념을 뱉어냈다.

'여기가 끝이더라도 잃을 게 없잖아. 이번 생은 망했는데, 뭘.'

그때 옆에서 웃기게 생긴 파도가 나타났다. 장난기 가득한 표정으로 봐선 이런 생각을 하고 있는 것 같았다.

'이건 뭐지? 내 구역에서 웃긴 폼으로 떠다니는데, 이거나 맛보시지.'

그 장난꾸러기 파도는 내가 들숨일 때를 기다렸다 상판대기를 때리며 입안에 바닷물 세 바가지 정도를 푸홧 끼얹었다. 나는 짠물을 뿌웁뿌웁 들이켜고는 순간적으로 심한 사레가 들렸다. 파도는 눈과 코와 귀도 골고루 때렸다. 아주 투박한 손바닥으로 서라운드 싸대기를 처맞는 것 같았다. 와 나, 망망대해에서 얼굴 때리기 있는 거야? 같은 불만을 토할 틈도 없이 중요 감각기관을 순간적으로 모두 상실하자 나도 모르게 욕을 하며 신을 불렀다. 외국이라는 점을 고려해 영어도 섞어 썼다.

"어우 쌍 마이 갓!"

그때였다. 어디선가 홀로그램 질감을 가진 존재가 나타나 내 콧구멍 앞에 발가락을 세우고 딱 섰다. 배경 음악으론 삼탈리아 출신이지만 이탈리아에서 활동한 70년대 록밴드 안타레스의 앨범 『Sea Of Tranquillity』의 첫 번째 트랙 〈The Leaving〉이 깔렸다. 사랑하는 사람을 떠날 때의 느낌을 주는 고풍스러운 음악이었다. 나는 그 심정을 시로 표현하고 싶어졌고, 그러자 놀랍게도 파도가 즉시 멈추었다. 그 존재는 내 쪽으로 손가락을 길게 뻗는 시늉을 했다. 그리고 나는 즉시 기침이 멈추고 숨을 쉴 수 있게 되었다.

"고요의 바다에서 쌍 마이 갓을 찾는 이 누구뇨?"

그 뭔가 이상한 존재가 뭔가 이상한 말투로 먼저 질문했지만 순간적으로 뭔가 내 머릿속에는 질문들이 좌르르 흘렀다. 하도 빨리 흘러서 띄어쓰기가 잘 되지 않았다.

'어순이자연스럽지않지만 한국말인데? 왜지? 이오니아해에 서어떻게? 왜? 젠장 그보다 저형상은 물위에 서있잖아 말이되냐? 배경음악이 깔리는건또뭐임? 여기가갑자기고요의 바다라고? 근데 설마? 자기 입으로 쌍마이갓이라잖아 삼탈리아엔 없는게없어 신이있을지도모른다더니 진짜?'

그리고 이 분위기엔 안타레스보다는 라테 에 밀레의 음악이 어울리지 않겠나 생각했다.

그런데 그 존재는 수면 위에 짝다리로 서 있는 폼이 딱 봐도 신이었다. 음악도 라테 에 밀레의 〈Mese di Maggio〉로 바뀌었다.

"한국말 잘하시네요. 신이시면 좀 살려주시죠?"

하지만 신은 즉시 언짢은 표정이 되었다.

"공교롭도다. 살아 있는 자가 왜 살려달라는 것이냐."

"에이, 지금 사람이 물에 빠져 죽을 것 같아서 그러는데 너무 까칠하시네요."

"어리석음이 파도치는 호모 사피엔스여, 너는 조금 전 왜 잃을 게 없다 생각했느냐?"

"우와, 방금 제 생각 읽으신 거죠? 배경 음악 바꿔준 것도 그렇고, 진짜 신 맞나 보네. 인증샷 찍어도 돼요? 제가 신을 뵙는 건 처음이라서."

바지춤에서 주섬주섬 스마트폰을 꺼내 들자 신은 내 얼굴만 한 가운데 발가락을 발딱 세우며 대노했다.

"뭐, 인증샷? 내가 6천 년 넘게 그 흔해빠진 카메라에 한 번도 안 찍힌 걸 모르느냐."

신의 말투가 급변하는 걸 들으면서 나는 신이 온도차 개그, 혹은 츤데레 개그를 쓴다고 오해하며 셔터를 거의 누를 뻔했다.

"어어? 그거 안 치워? 야이 꽃게 새끼 확 간장게장을 담가 버릴라. 빨리 안 치워?"

그렇다. 그것은 매우 잘못된 행동이었다. 내가 그동안 사람들에게 수없이 당하다 트라우마가 생긴 행동이었는데 말이다. 신에게 차진 욕을 먹어도 기분 나쁘지 않았다. 그런데 내가 스마트폰을 꺼내 드는 모습이 집게발을 펴는 꽃게처럼 보였을 수도 있겠지만 신이 개새끼도 아니고 꽃게 새끼 같은 이상한 욕을 하는 게 어색했다. 아니, 맛있는데 비싼 것 말고는 꽃게가 잘못한 게 뭐지? 아아, 그 점은 큰 잘못인가…….

신은 컹! 하는 소리를 내어 내 잡생각을 떨쳐주시더니 이렇게 말하고 뿅, 사라졌다.

"필멸자여, 들으라! 시심을 간직한 자는 아무것도 잃지 않은 것이다. 너의 쥐똥만 한 시심이 오늘 너를 살릴 것이다."

와, 역시 신이 맞는 것 같았다. 일단 쉽사리 발끈했고, 누구나 아는 얘기를 교조적으로 내뱉었으며, 사극에서 튀어나온 것 같은 고답적 말투를 섞어 쓰는 등, 확실한 증거들이 많았다. 시심이 당연히 사람을 살리지 뭐가 살리니. 하지만 신은 리처드 도킨스 씨의 훌륭한 저서에서 본 것과는 달리 청동기 시대 동굴에서 천대받으며 그림 그리던 예술가들처럼 좀 울적한 뒷모습을 보였다. 인간의 이성이 발달해갈수록 자꾸만 자신의 존재감이 희미해지기 때문일까. 어쨌든 신을 알현했고, 내가 살 거라고 했으니 다시 기운을 내보기로 했다. 일희일비했던 나 자신이 부끄러웠다. '일희일비잼'을 추구하다 보면 사람이 좀 없어 보이는 것도 문제지만, 똥구멍에 자꾸 털이 나서 왁싱비가 너무 깨진다.

어쨌거나 똥꼬 털 뽑힐 때 매우 아팠던 기억을 떠올리자 나는 깨어날 수 있었다. 젠장, 기절했던 것이었다. 제정신으로 되짚어보니 힘센 파도에 서라운드로 따귀를 얻어맞고 정신이 나가던 순간이 기억났다. 사실 바다에서 공포심에 사로잡혀 내게 잃을 게 없다고 생각한 건 잘못이었다. 최소한 보호 기제를 발동시키는 뇌라도 남아 있지 않은가. 공포심에 사로잡힌 두뇌가 인간의 본능적인 신앙심을 이용해 신이라는 유치한 환상성을 부여하는 수작을 부려 내 몸을 공포로부터 보호한 것 같았다. 덕분에 신이 실제로 나타났건 말건, 나는 확실히 바다 한복판에서 정신을 잃는 아찔한 상황을 한 차례 극복했다. 게다가 내 배낭 속에는 읽어야 할 시집들이 꽤 많았다. 수없이 여행 다니며 내린 결론이지만, 읽고 나면 그만인 소설이나 잡지와는 달리 시집을 여러 권 챙겨 오면, 여행이 아무리 길어도 읽을거리가 떨어지지 않는다. 여러 번 읽어도 괜찮고, 아니 오히려 여러 번 읽어야만 하고, 얇아서 부피도 많이 차지하지 않는다. 장거리 여행과 시집은 치킨과 맥주처럼 환상의 조합이다.

심지어 신은 내게 시심이 남아 있다고 했다.

그건 아련한 얘기였다. 조금 설레기까지 했다. 좋아하는 것을 오랜만에 다시 느낄 수 있을 것 같아서였다. 얼른 시를 감상하고, 시를 다시 끌어안고 싶었다. 배낭에 가득한 시집들이 그 마음에 연동하며 내가 살려는 의지를 다시 일깨워주는 게 느껴졌다. 아름다운 언어들은 역시 아름다운 지표와 같다.

어쨌든 나는 육지가 보이지도 않는 망망대해에서 아련한 시적 상태가 되어 공포심과 지루함을 떨쳐내고 다시 헤엄치기 시작했다.

배에서 떨어질 때 살짝 말했듯이 나는 요리사다. 그것은 사람들이 내 요리를 돈 내고 먹는다는 뜻이다. 한때 시를 몹시 쓰고 싶었지만 시인이 되지 못한 건, 내가 시를 써서 보여주면 돈을 내기는커녕 사람들이 짜증을 냈기 때문이다. 주먹을 꽉 쥐는 사람도 있었다.

그리고 나는 내 식당을 가지고 있진 않지만 요리로 예술하는 차세대 하이브리드 아티스트의 수제자다. 한 방송사의 요리사 오디션 프로그램에서 준우승한 이력도 있다. 물론 이런 장기 자랑은 정확하게 몰라도 된다. 비록 슬럼프에 빠져 망하고 말았지만 내 요리 작품들은 지루하거나 게으른 자는 절대 낼 수 없는 맛을 냈으며, 극도로 고통스러운 반복을 통해 겨우 성취한 경지였다는 것—

도 몰라도 된다. 말해봤자 자신과 종목이 다른 싸움들의 고단한 깊이를 우린 모두 이해할 수 없다. 그렇지만 나는 깊은 열패감으로 요리하는 재미를 못 본 지 오래되었다. 원인은 세 가지였다. 기분 나쁜 구설수에 올랐고, 그 일 때문에 돈이 바닥났으며, 그러면 인생이 더럽게 재미없어지기 때문이었다. 인생이 엿 같을 땐 맛있는 걸 만들 의지가 생기기도 힘들다. 기록적인 지루함이었다. 요리사고 직장인이고 백수고 오뎅이고 간에 사람이 지루하면 하루도 견디기 빡세다. 견뎌서도 안 된다. 지루함의 끝은 죽음이며, 지루함을 상쇄할 다른 재미를 찾는 데도 지쳤다면 그것은 의미 없는 연명에 불과한 것이다.

사실 나는 그 의미 없는 생존이 허탈해서 나가 죽으려고 밀입국을 택했다. 요리사 커리어나, 내가 남긴 요리 작품들이 무슨 허무한 부조리극인지 알 수 없었다. 다만 죽어도 삼탈리아 앞바다에서 죽는다면 기승전결이 딱 맞을 것 같았다.

그러나 떨어져가는 내 체온과는 달리 시심이 아직 뜨겁다는 걸 믿기 시작한 순간, 생기 넘치고 듬직한 파도가 나를 등에 태웠다. 그 파도는 해안까지 가는 직행버스 같았는데 운전을 잘했다. 파도가 엉덩이를 들어주는 느낌이 참 좋아서 나는 판때기 위에 일어서서 서핑을 시도해봤다. 삼탈리아에서 서핑을 했다는 서퍼도 못 봤고, 이런 끝내주는 파도를 탄 놈도 나밖에 없는 것 같아 SNS에 라이브 방송을 올리려 했는데 충전을 깜빡해 스마트폰 배터리가 방전돼 있었다. 아무리 바다 한복판이라도 그렇지 콘센트 같은 건 통 보이질 않았다.

그 운 좋은 파도 덕에 결국 나는 땅을 디뎠다. 우선 환호하고픈 심정이었다. 육지엔 상당히 거센 눈보라가 휘날리고 있었다. 그것조차 나의 삼탈리아 로그인을 환영하는 행사로 보일 만큼 기뻤다. 그러나 그 기분은 찰나에 불과했다. 눈발이 눈두덩을 두들겨 패는데 따가운 정도가 아니라 아팠다. 날씨를 관장하는 신이 보증을 잘못 서서 전 재산을 날린 직후 같았다.

눈앞이 한 치도 안 보여 내가 도착한 땅이 과연 삼태리인지, 이태리인지 의심이 들었다. 그리스를 떠나면서 확인한 일기예보에 따르면, 삼탈리아는 이상적인 지중해성 기후로 사철이 온난해 10년에 한 번 눈이 올까 말까 한 곳이었다.

"그럼 이 눈보라는 뭐가 잘못된 거지? 왜 모든 게 잘못되기만 할까."

나는 억지로 눈에 쑤셔 넣는 것 같은 눈을 눈물로 녹이며 비관했다.

콧구멍 앞을 스치는 바람에서는 극도의 지중해 냄새가 났다. 지중해 냄새를 뭐라고 표현해야 할지 모르겠지만 언젠가 그리스 산토리니 여행에서 맡은 적 있는 기분 좋게 예쁜 전망의 냄새와 흡사했다. 사실 이곳의 눈보라는 지상의 모든 것에게 불만인 듯 불어재끼고 있었지만 이상하게도 그리 냉혹하게 사람을 몰아붙이지 않는 질감이었다. 게다가 눈을 먹어보니 맛있기까지 했다.

'솜사탕 맛 눈보라가 가능한가?'

의문이 생겼지만 대답해줄 사람도 없고, 와이파이도 안 잡히고, 모르겠고, 내가 삼탈리아에 상륙한 게 맞기만을 바랐다. 어쨌든 밀입국자 입장에선 훌륭한 날씨라고 볼 수 있었다. 만약 거센 눈보라가 부산스런 어시스트를 해주지 않았더라면 육지에 오를 때 국경 수비대에 딱 걸렸을지도 모른다. 바다에서 비척비척 기어 나오는 동양인 남자가 선명한 화질로 감시 장비에 걸렸다면 즉시 잡혀 갔겠지. 삼탈리아의 공무원들은 일을 잘해서 성과급을 많이 받는다고 들었다.

눈보라를 피할 곳을 찾다가 발견한 동굴엔 "삼탈리아 삼만장굴에 오신 걸 환영합니다"라는 팻말이 붙어 있었다.

오오, 나는 기어이 삼탈리아 섬에 도착한 게 맞았다. 동굴에서 빌어먹을 젖은 속옷을 벗어 던지고, 방수 팩에 담아온 새 팬티의 뽀송뽀송함에 감탄하며 몸을 움직였다. 여유 부릴 때는 아니었지만 마틴화와 청색 슬랙스가 언밸런스한 것 같아

캐주얼한 스니커즈로 갈아 신었다.

이젠 엄청난 폐쇄성으로 정평이 난 삼탈리아에서 유일하게 개방되어 있다는 관광 구역까지 몰래 가야만 한다. 마주치는 사람이 없기만을 바라며 무작정 걷는 수밖에 없었다. 경찰에게 걸릴지도 모르니 버스도, 기차도 탈 수 없었다. 운이 한 번 더 좋다면 자전거나 오토바이를 파는 노점상을 만나리란 기대도 했지만 우선 믿을 건 지옥 훈련으로 단련된 나의 날렵한 다리와, 비싼 값에 해외 직구로 산 삼탈리아 지도뿐이었다. 다행히 해안에서 육지 쪽으로 올라가는 절벽 라인과 지도가 일치하는 부분을 발견했다. 몇 번 미끄러질 뻔했지만 암벽 타기는 시 쓰기에 비하면 정말 쉬운 것이었다.

절벽 위에 올라서자 날씨가 확 개었다. 눈보라는 나 같은 인간의 밀입국을 막는 인공적 장치 같은 건지도 몰랐다. 삼탈리아에서 팝콘보다 많이 튀어나온다는 괴짜 과학자들의 최첨단 기술력이 정말 존재한다면 말이다. 나는 잘랄 아드딘 무하마드 루미[1]의 시집을 꺼내 읽었다. 삼탈리아의 기이한 절벽 풍광 위에서 읽는 시는 아름다울 것 같아서였다.

신비한 시에 도취되어 있다 정신을 차려보니 한 시간이 지나 있었다. 서둘러야 할 것 같았다. 나는 다시 한번 상·하의와 액세서리와 헤어스타일과 표정을 세팅하고 거울을 보며 자존감을 얻은 다음, 해안 절벽에서 육지 쪽으로 걸었다. 관광객처럼 보이도록 셀카봉도 꺼냈는데 정말 괜찮은 포토존이 많았다. 그렇지만 바다를 통해 들어왔다는 의심을 피하기 위해 촬영을 포기하고 걷자 내륙 쪽으로 작은 마을이 나타났다. 이젠 버스를 잘못 타 로컬 마을에 와버린 여행자인 척해도 될 것 같았다. 경찰만 잘 피하면서 대도시의 관광 자유 구역으로 가면 된다. 처음 만난 삼탈리아 시골 마을은 오래전 한 벨기에 작가가 구상했던, 스머프들이 사는 버섯 모양 집들을 연상시키는 작고 예쁜 주택들이 보라색 지붕을 머리에 인 채 옹기종기 깊은 낮잠에 빠져 있었다.

나는 마을 경관 앞에서 셀피를 좀 찍고 다시 걸음을 옮기려는 순간 방광이 발목까지 떨어질 만큼 놀랐다. 뒤에서 자동차 한 대가 소리 없이 다가와 내 옆에 멈추었기 때문이었다.

---

1   13세기 이슬람 수피즘 시인.

2.

조반니 펠리치아노

어쩌다 보니, 이오니아해의 작은 섬나라 삼탈리아보다 일곱 배나 큰 땅을 가졌지만 극동아시아의 작은 나라일 뿐인 대한민국에서 성장한 나는 사춘기라 불리는 오지게 고통스러운 시기를 지나기 위해, 이런 쓸데없이 긴 문장 대신,

'시'를 써야겠다고 생각했다. 주위에 그런 식으로 미친놈은 없었으므로 재미있을 것 같았다. 그런데 엄마는 그걸 알면서 내게 조리칼 세트를 사주었다. 열다섯 생일이었다. 처음엔 반전 개그인 줄 알았다.

"안 웃겨요. 마스나비 전집[2]이 필요하다니까. 얼른 내놔요."

"세상에 얼마나 아름다운 음식이 많은데 왜 시집이야! 엄마 같은 요리사도 아티스트로 불리는 시대가 온다 했어, 안 했어? 왜 시만 밝혀? 굶어 죽을라고? 요리는 네가 먹고살 수 있는 좋은 기술이고 사람의 감정을 움직일 수 있는 예술이야."

그게 무슨 뜻인지도 모르겠고 엄마 말이 넘 길어서 나는 조리칼 6종 세트를 다락에 집어 던져놓았다. 사춘기라서 그랬다. 사춘기에 갖고 놀긴 위험해 보이는 걸 생일 선물로 받는 것도 싫었다. 그리고 또 그때부터 궁금했다. 엄마는 왜 자신을 요리사라고 생각하는 걸까. 엄마한테 배운 건 욕뿐인 것 같은데.

"손님들이 내 김밥을 예술이라잖아."

엄마는 김밥 장사를 한다. 소매로도 판매하지만 주로 단체 도매 주문을 받는데 클라이언트는 대부분 대형 교회들이었다. 나는 질려서 더 이상 김밥을 먹지 못하게 됐지만 엄마 김밥이 예술이라는 건 인정한다. 특히 김밥에 들어가는 유부를 볶는 마법은 우리 은하계에서 엄마만 알고 있는 레시피로, 타의 추종을 불허하는 맛의 인터스텔라에 도달해 있다. 진짜다. 하지

---

2   잘랄 아드딘 무하마드 루미의 교훈과 우화를 담은 시 전집.

만 사회가 김밥 만드는 사람을 아티스트로 인정할 리는 없다고 생각했다.

요리사는 먹을 수 있는 걸 예술적으로 만들고, 예술가는 못 먹는 걸 아름답게 만드는 사람 아니었나? 게다가 김밥은 요리라기보단 그냥 휴대가능한 간편식이다. 손쉽게 배를 채우는 수단에 불과한 거지, 미식역사의 한 페이지를 차지하기 힘든 메뉴다. 내가 좋아하는 시인들은 간단히 읽을 수 없고 오래 읽을수록 더 변화무쌍해지는 문장들, 아니 시어들을 생산해왔다. 먹으면 매번 사라지는 시커멓고 길쭉한 것과는 물건이 다르다.

내가 인정하는 요리사는 조반니 펠리치아노 같은 사람이었다. 아는 사람이 극히 드문 삼탈리아 시인 겸 요리사 말이다. 내 사춘기를 극복하는 데 기여한 바 있는 조반니 펠리치아노를 나는 쓰러져가는 헌책방에서 처음 만났다.

시가 왜 위대하게? 시는 악용할 수도, 시라고 속일 수도 없기 때문이다.

처음엔 잘 해석되지 않았지만 위와 같이 듣도 보도 못한 문장을 남긴 그의 시집을 발견한 곳은 서울 동대문에 있는 작은 헌책방이었다. 호기심으로 문을 열었을 때 눅눅한 분위기가 콧구멍을 후벼오던 가게 안에는 낡은 책들과 침침한 조명이 그로테스크하게 널브러져 있었고 담배 연기를 천천히 내뿜는 남자가 빙빙 도는 턴테이블 옆에 앉아 있었다.

'으흡, 담배 냄새 쩔어.'

몹시 궁상맞고 불쾌한 느낌 때문에 루미의 마스나비 전집 해적판이 있는지만 보고 나오려다 나는 중앙의 커다란 평대에 단 한 권 진열된 헌책에 시선을 빼앗겼다. 딱 그곳에서만 어떤 비현실의 아우라가 동그마니 부각되어 있는 듯했다. 표지에는 아무 그림도 없고, 살굿빛에 가까운 핑크 바탕에 붉은색 글자만 새겨져 있었다. 어색한 배색인데 이상하게도 고풍스런 호감을 주는 조합이었다. 스칼렛레드로 가장 크게 쓴 『조반니 펠리치아노의 빈티지 레시피 쿡북Giovanni Feliciano's Vintage Recipe Cook Book』이라는 글자는 고딕체 영어였다. 그 아래 작은 글자들은 엄청나게 날려 쓴 필기체라 마치 암호문 같았다.

알 수 없는 호기심에 사로잡혀 그 책을 집어 드는 순간 갑자기 존슨이 발기되었다. 나는 퍽 당황스러웠다. 표지에 야한 그림이 그려져 있는 것도 아니고, 어차피 내가 읽을 수 없는 딴 나라 문자가 무슨 음담패설인지 알 수도 없는데 꼴려버린 것이었다.

툭하면 꼴리는 십 대 남자들 중에서 유독 아무 데서나 꼴리던 나라고 해도 담배 연기로 꽉 찬 헌책방에서 꼴리는 건 이상했다. 좆은 진짜 좆같으니까 좆같다. 나는 가게 주인의 눈치를 보며 존슨을 허리띠에 끼워놓았다. 십 대의 존슨을 달고 사는 것도 정말 못해먹을 짓이라고 생각하니 한숨이 나왔다. 나는 가방으로 바지 앞을 가린 채 책을 다시 살펴보았다.

바탕이 핑크 톤인 것과 몹시 두껍다는 것 외엔 특별할 것 없는 책이었다. 음경해면체의 평활근 이완에 관여하는 cGMP를 증가시키는 책이 존재한다는 건 말이 안 되었다. 혹시 서점에 들어오기 전 야한 생각을 했는지 나는 헤아려보았다. 아니다. 나는 늘 야한 생각을 하지만, 방금 전까진 아주 건전했다. 무려 6권짜리인 마스나비 전집을 사기엔 가진 돈이 부족하지 않을까 생각했을 뿐이었다.

"여보게……"

주인이 갑자기 말을 걸자 나는 깜짝 놀랐다.

"……미안한 말이지만, 병원 예약이 있어서 잠시 후 문을 닫아야 하오. 양해해줄 수 있겠소?"

헌책방 주인이 한 손으로 이마를 짚는 시늉을 했다. '학생'
도 아니고 '야 이놈아'도 아니고 '여보게'라니 처음 듣는 호칭
이었다. 한국에서 교복 입은 학생에게 하오체를 쓰는 것도 특
이했다. 그것은 마치 엘피판처럼 고풍스럽게 들렸고, 어쩐지
그 서점에서 뭔가 가치 있는 걸 득템할 것 같았다. 나는 들고
있던 조반니의 요리책을 계산대로 가져갔다.

"얼마예요?"

"꽤 재미있는 시집을 고르셨소."

묘하게 한쪽 뺨만 잠시 씰룩이는 표정으로 주인은 종이봉
투에 책을 담았고, 떡볶이 1인분 값밖에 안 되는 금액을 불
렀다. 돈을 내고 나가는데 뒤에서 셔터 내리는 소리가 들려와
돌아보니, 그가 문득 외롭고 왜소해 보였다. 사이즈가 안 맞는
검정 양복바지에, 보풀이 일어난 고동색 스웨터를 입은 그는
어떤 연령대에게도 인기가 없을 것 같은 스타일이었다. 그제야
내 존슨이 좀 진정되었다. 그건 마치 졸린 고양이가 박스 안에
기어드는 것 같은 느낌이었다. 시간은 오후 두 시를 가리키고
있었다.

그런데 그는 분명 내게 시집이라고 말했다. 요리책이라고 버

것이 적혀 있는데? 예약했다는 병원은 아마 안과겠지? 나는 바로 도서관에 갔다. 그 책에 적힌 필기체를 해독하기 위해서였다. 물론 도서관에 간다고 내가 학습을 사랑하는 놈인 건 아니다. 나에게 도서관이란 공부 핑계를 대고 가방과 교복을 맡겨놓는 아지트에 불과했으니까. 다만 시집들이 다섯 걸음 길이에 5단으로 쫙— 꽂혀 있는 유일한 장소라는 점이 좋았다. 나는 가진 게 개뿔도 없는 소년이었지만 시집들이 진열된 서가에선 만선의 선장이 된 것 같은 풍요로움을 느꼈다. 시라는 건 도대체 뜻을 알 수 없고, 내 지적 수준으로 즐길 유희가 아닌데도 신비로운 재산이 되는 희한한 물질 같았다.

나는 일단 열람실에 앉아 차근차근 책의 글자 모양을 분석해나갔다. 고대 언어이거나 소수민족, 혹은 외계인이 쓰는 글자일지도 모르지만 야릇한 흥분에 휩싸이며 비밀을 푸는 데 몰두했다. 잘 알려지지 않은 은둔 요리사의 비밀스런 파스타를 맛본다면 이런 기분일까. 그 생각을 하자 이번엔 배가 몹시 고팠다.

해석하고 보면 분명히 맛있는 말일 것 같았지만 지적 호기심을 더 끌어올리며 식욕을 감퇴시켰다. 한참 뒤 나는 노트에 글자를 베껴 쓰고 이리저리 돌려보다 하나의 패턴을 발견했다. 세로획을 부풀린 바게트 빵처럼 굵게 세웠다는 사실이었다. 그 부분을 축소해보자 Д, Ю, И 등의 키릴 문자와 비슷한 모양이 나왔고 중간중간 영문 알파벳도 섞여 있었다. 그렇다면 전 세계 언어 가운데 답은 딱 하나였다.

Поезіята ne може да се злоупотребява ілі ізневерява.

Ne е лі подобпо да се готві пещо?

(시는 악용할 수도, 속일 수도 없다. 요리도 그렇지 않던가?)

'뭐야, 삼탈리아어잖아.'

묘하게 꼬아놓은 글씨체일 뿐, 조금만 집중하면 알 수 있는 삼탈리아어를 놔두고 섣불리 신비로운 고대 언어나 암호문일 거라고 생각한 나 자신이 바보 같았다. 나는 그것과 유사한 것을 알고 있었다. 신비롭거나 못 알아듣는 언어로 보이지만 조금만 집중하면 알 수 있는 언어. 그게 바로 시였다. 음악은 움직이는 시였고, 도서관의 책들은 고요히 앉아 있는 시였다. 멋진 요리는 접시에 플레이팅 된 시였고.

그 얘긴 나중에 하기로 하고, 아무튼 그 책의 메인 카피는 이렇게 해석되었다.

식욕과 성욕을 잊지 말게. 뭉클한 것들은 다 그만한 이유가 있지.

_조반니 펠리치아노(천재 아티스트, 엽색가)

자기 입으로 천재라고? 웃기려는 건가. 엽색가라는 건 또 뭐하는 잉여 인간이란 말인가. 내 자부심은 전국의 모든 십 대들 중에서 나보다 삼탈리아어 성적이 낮은 놈은 없을 거라는 점과, 나보다 말할 때 농담을 많이 섞는 놈은 없을 거라는 점이었다. 그러니 내 번역은 죄다 틀려야만 옳았지만 식욕과 성욕 같은 기본적인 욕망을 메인 카피로 내세우는 건 모자라 보였다. 어쨌거나 나는 빨리 집에 가서 그 책을 번역해보기로 했다.

나는 조반니의 요리책을 운명적으로 만났다고 믿었다. 우리 집엔 외국에 돈 벌러 나갔다 돌아오지 않는다는 전설의 인물, 아버지가 남겨놓은 유일한 물건들이 있었기 때문이었다. 나는 그것을 '유품'이라고 불렀는데 그가 읽었는지 안 읽었는지 살았는지 죽었는지 모르는 책들이었다. 대부분 삼탈리아어로 된 문학작품들이었고, 커다란 삼한森韓사전도 있었다. 엄마는 아버지의 유품을 전혀 읽지 않았지만 먼지가 앉지 않도록 틈만 나면 털었다. 그러면 실종된 아버지가 돌아오기라도 할 것처럼 그랬다.

조반니 펠리치아노의 시집 혹은 요리책에 나온 단어들을 하나씩 찾아보기 시작하자 묘한 기분이 들었다. 갑자기 어른이 되어버린 것 같다는 느낌이었다. 문득 조반니의 책을 만지기 전까지의 내 정신 세계가 따분해 보이기 시작했던 것이다.

'뭔데 나한테 이래?'

해석을 정확히 하고 싶었다. 그러나 익숙하지도 않은 외국어를 독해하려니 머리에 피가 몰려 무거워졌다. 학교 선생들 말은 다 재수 없었지만, 공부를 열심히 하라고 했던 건 혹시 이럴 때를 대비해서였나? 문득 그들의 예지력이 존경스러웠다.

그리고 후회가 밀려왔다. 엄마는 김밥 장사로 바빠서 내게 공부를 강요하지 않았지만, 단 세 가지 확고한 원칙이 있었다. 사람은 구구단을 외울 줄 알아야 한다는 것과 완벽히 아는 것에만 신념을 가지라는 것, 다른 사람에게 피해를 주지 말라는 것이었다. 엄마는 우리 인생이 구구단 같은 산수 공식을 조금씩 확장해나가는 거라고 생각하는 것 같았다. 그 점에 대해선 엄마에게 감사하고 있다. 안 그랬음 내 학교 성적으론 만날 엄마를 슬프게 만들었거나 등짝이 남아나질 않았을 테니까.

그런데 조반니의 책은 중반 이후에 영어로도 번역되어 있었다. 삼영森英 대역본이라 두꺼웠던 것이다. 나는 영어가 반가워 환호성을 내뱉었다가 곧 탄식으로 바뀠다. 영어나 삼탈리아어나 내겐 마찬가지였다.

처음부터 영어를 싫어한 건 아니었다. 다만 왜 공부하지 않았느냐면 중학교 1학년, 2학년 두 번이나 담임이었던 영어 선생이 배가 나온 채 멜빵바지를 입고 다니며 자신이 브리티시 댄디 스타일이라고 믿었기 때문이었다. 그의 그릇된 신념이 연근 반찬보다 싫었다. 그러므로 영어란 멋대가리 없는 허세와 동격인 걸로 오해했다. 참고로 수학은 그냥 이유 없이 싫었다. 문제를 풀 때 온몸에 소름까지 돋는 걸 보면 아마 체질적인 알레르기가 있는 것 같았다. 같은 반에서 수학을 가장 잘하는 친구는 내게 말했다. 얼굴이 숫자 3처럼 생긴 걸로 웃기는 놈이었다.

"갈릴레오 선생님이 말했지. 우주의 언어는 수학이라고. 너라는 존재도 똑같이 우주를 구성하는 입자로 이루어져 있어. 무슨 뜻인 줄 아니? 사람이 수학을 모르는 건 말도 안 된다는 얘기야."

그 뒤로는 밥 먹다가 그 녀석을 보면 꼭 체했다.

그래도 싫은 걸 싫어하는 건 잘못이 아니라고 생각했다. 단지 국어는 전혀 공부하지 않아도 무조건 100점이 나오니까 싫지 않았다. 무슨 초능력인지 알 수 없었지만 문제를 보면 답이 보였다. 심지어 문제를 낸 사람의 당시 심리 상태와 지적 수준까지도 얼핏 읽혔다. 그래서 국어 선생님만 유일하게 나를 모범생 취급해줬고 나도 그녀를 사랑했다. 우리 학교에서 가장 사람답고 우아하고 이지적인 선생님이었으니까. 갈릴레오고 수학이고 나발이고 그녀가 이상李箱의 시를 해석해줄 때 나는 우주의 비밀을 알게 된 듯한 기분을 느꼈다.

"원식아, 이상의 작품이 정말 천재적이라고 생각하니? 아니면 일제 치하 지식인의 반항적 광기라고 생각하니? 난 그저 부조리한 유머를 추구했다고 생각해. 이상 시를 연구한 논문이 많지만 시란 해석의 자유가 있어서 아름다운 거란다."

그 말을 듣고 나는 며칠 동안 잠을 이루지 못할 만큼 커다란 설렘을 느꼈다. 선생님이 왜 내게만 그런 말을 하셨을까. 불면의 밤 끝에 내린 결론은 웃기려고?였다.

그러므로, 나는 반에서 항상 최하위권이었다.

국어 성적 빼고 나머지는 다 빵점이라 좋은 등수는 어림도 없었다. 어떻게 빵점이 나오는지 알 수가 없었다. 사지선다형 문제에서 한 숫자만 쭉 찍으면 등수가 중·후반대로 올라갔지만, 그래버리면 시험 시간이 너무 지루하고 또 멍청한 획일성도 싫어서 그냥 아무렇게나 풀어보았더니 희한하게 빵점이었다. 신들린 오답 퍼레이드에 재미를 붙여 국어 시험도 일부러 틀리자 그 뒤론 계속 꼴등이었다. 나 때문에 번번이 꼴등을 놓치게 된 깡통 머리는 내 타고난 재능을 부러워하기도 했다.

"또 너한테 졌어. 내 머리론 널 못 이기겠구나."

녀석이 자책하며 자기 머리를 때릴 땐 정말로 빈 깡통 때리는 소리가 났다. 그놈의 뇌는 기능하지 않아서 에너지 소모라도 아끼기 위해 대부분이 이미 척수로 변한 건지도 모른다.

딴 얘기가 너무 길었고, 반에서 꼴등인 내가 조반니 펠리치아노의 괴서를 해석해 비밀을 캐내는 게 얼마나 어려웠겠느냐는 얘기다. 하지만 나는 국어나 영어나 거기서 거기겠지, 하는 자신감을 갖고 일단 책의 소제목들부터 풀어나갔다. 어학은 일단 자신감이 기본 아니겠나.

우선 여자들의 이야기를 들어보게. 거기서 문명이 시작되었다네.

_조반니 펠리치아노

조반니 펠리치아노 요리책의 첫 번째 챕터에는 내가 받아들이기 힘든 말이 씌어 있었다. 주위에 여자들이 잔뜩 있지만 도대체 무슨 생각을 하고 있는 건지 알 수 없는 존재들일 뿐이었고, 고로 조반니의 생각도 알 수 없었다. 궁금해서 책날개에 스스로를 소개한 글에 붙인 'донжуан(돈 주앙)'이라는 낱말을 다시 찾아봤다. 삼한사전에 없어서 영단어로 찾아보니 'Masher'였는데, '감자 같은 걸 으깨는 조리 도구'일 리는 없었다. 분명 '엽색가', '호색한'을 가리키는 속어일 텐데, 여색을 무진장 밝히는 인간이라니 나라면 자랑 안 할 것 같은데 생각보다 뻔뻔한 인간인지도 몰랐다. 그런 타이틀로 그가 숭앙하는 것처럼 보이는 여자들에게 과연 잘 보일 수 있을까 의문이었다.

그러나 뭐가 됐든 그의 책에는 개떡 같은 마법이 걸려 있는 것 같았다. 해석하는 내내 너무 배가 고팠던 것이다. 그냥 고픈 게 아니라, 온갖 먹고 싶은 맛들이 자꾸만 생각나는 현상이었다. 아기일 때 먹었던 분유 맛이 그리워 마트로 달려가 분유를 사 오기도 했다. 아마도 망해가는 헌책방에서 꼴렸던 이유도

이 시집에 담긴 '욕망의 흑마법' 때문임에 틀림없었다. 그 헌책방 아저씨가 꽤 재미있는 걸 골랐다고 한 걸 보면 조반니에 대해 알고 있는 사람이라는 생각이 들었다. 정보를 더 알고 싶어 나는 매일 그 가게를 찾아갔지만 셔터가 올라가 있는 적은 없었고, 한 달 뒤엔 오뎅 가게로 바뀌어버렸다. 마치 하나 남은 라면을 끓이다 엎어버린 가난한 자취생이 된 기분이었다.

조반니 펠리치아노는 책에 미니 CD를 부록으로 끼워놓았다. 어울리지 않게 기타를 치며 노래를 부르는 음악이었는데 장르는 포크에 가까웠고, 창법은 나이프처럼 날카로웠으며, 가사는 자기 자랑 일색이었다.

내 파스타는 감탄 소리를 내게 하지
만약 남기면 비명 소리를 내게 되지

그딴 것 말고는 조반니에 대한 정보는 도서관이든 인터넷이든 아무리 찾아봐도 없었다. 나는 영한사전과 삼한사전을 끼고 몇 번 속이 뒤집어지려는 걸 참아가며 책날개에 적힌 짧은 프로필을 간신히 번역해냈다.

Giovanni Feliciano(1934 ~ 언젠가 메롱)

조각처럼 생김. 빠그히에서 출생. 프랑스 빠리 아니고 삼탈리아 빠그히.

(이런 것도 헷갈리는 감자 새끼들이 꼭 있다니까.)

나는야 여자들의 이야기를 수집하며 진정한 맛깔을 찾는 존재.

시와 요리로 다양한 체위를 시도 중이나

제대로 된 건 하나도 하지 않는 게 삶의 목표라네!

아차, 그건 이 좆같은 시집 때문에 망했네?

　아주 재수 없는 프로필이었다. 문장도 유치하고 조악했다. 처쓰는 욕설하며 문맥의 낮은 층위로 볼 때, 인격이 10원짜리로밖에 보이지 않았다. 다만 그 책이 시집에 가깝다는 건 확실해졌는데 그의 시 혹은 레시피들을 읽다 보면 놀랍게도 자꾸만 뭉클해졌다. 어떤 문장은 지구와 생명의 탄생에 대해 끝내 이해해버린 과학자의 고독한 이론을 듣는 기분이었고, 어떤 구문은 유머와 재치와 깊은 지혜를 동반한 훌륭한 선생에게 의외의 철학 담론 수업을 듣는 기분이었다. 읽고 나면 다시 읽고 싶고, 읽을수록 새로운 감흥이 밀려들거나 한번 느꼈던 감흥이 한층 더 깊어졌다. 물론 위에 말한 것만 빼면 어이없이 유치한 문장들이 대부분이었다. 마치 책으로 의외성 개그를 추구하는 것 같았다.

어쨌든 그의 시집을 번역해 읽어가며 나는 영어와 삼탈리아어 공부를 동시에 시작한 셈이었다. 영어와 삼탈리아어 실력이 느는 속도는 엄청났다. 무언가에 강한 흥미를 느껴 마음을 기울이게 되면 그 성취가 빠르다는 걸 알았지만 이 정도일 줄은 몰랐다. 나는 왠지 모르지만 그를 좋아하기로 마음먹는 데 주저하지 않았고, 그의 말을 따라보기로 했다. 그에 대항할 나 자신만의 노선이 있지도 않았고, 때마침 친구들이랑 스포츠와 게임 이야기만 하는 데도 조금 질려 있었으니까. 또한 그의 책은 정말로 요리 레시피 같기도 해서 읽는 동안 변함없이 배가 고팠고, 결국 사무치게 요리를 배우고 싶어졌다.

"어머니……."

"돈 없어!"

"그게 아니고 요리 배우려면 뭐부터 해?"

"이랬다 저랬다 지랄. 요리란 조리 도구랑 친해지는 게 시작인데, 내가 사준 칼 어디 있니?"

3.

개소리 좀 그만하게

'뒤에서 뭔가 가까이 오는 것도 모르고 있었다니, 이런 감각으로 삼탈리아에서 살아남을 수 있을까.'

느슨해진 긴장감을 자책하며 나는 호흡에 짧은 박자를 가했다. 몸을 숨기긴 늦었고 숨길 데도 없으니 맞서야 했다. 자동차에서 부디 샷건을 든 네다섯 명의 국경 수비대 요원들이 내리지만 않길 바랐다. 그런데 차에서 내린 사람은 달랑 한 남자였다. 피부 상태와 뱃살의 두께, 머리숱의 밀도로 보아 중년층으로 보였고, 수염이 덥수룩하고 핏이 좋은 감색 슈트를 입고 있었다. 요원이 아니라 샌님 같은 모습이었다.

그의 차는 기종을 알 수 없는 1930년대 클래식 디자인이었다. 살굿빛에 가까운 연핑크 바탕에 붉은색 지붕이 얹어진 투톤으로, 왠지 모르게 앤티크한 풍미를 풍기는 조합이었다. 나보다 훨씬 다리가 길어 보이는 남자는 성큼성큼 내게 다가왔다. 그가 나를 발견한 것임에 틀림없었다. 나는 공격 준비를 했다. 태양 빛을 반사하는 그의 탈모 부위는 강한 공격성을 반영하는 은유 같았다.

"안녕하시오?"

삼탈리아어 인사였다. 그걸 익히기 위해 나는 삼탈리아어로 된 중·단편 소설을 연대별로 20편 외웠다. 다른 나라 언어를 겁나 빨리 배우는 데는 그 방법이 최고다. 그다음엔 문법책을 보며 궁금했던 부분만 정리하면 된다. 나는 갈고닦은 삼탈리아어를 즉시 구사했다.

"내가 안녕한지 당신이 알 게 뭡니까!"

그것은 영어에서 'How are you?' 하면 'Not bad, thanks' 하고 대답하는 것과 마찬가지인 삼탈리아어 기본 회화 패턴이었다.

"미안하지만 알아야겠소. 지금 당신이 내 농작물을 밟고 있거든."

"아, 죄송하고 부끄러워 담배를 끊어버리고 싶군요."

나는 삼탈리아어에서 가장 센 사과 표현을 바로 썼다. 남자
는 표정이 조금 누그러졌다.

"그 정도로 크게 사과할 일은 아니고, 그 아래 고양이풀 씨
가 심어져 있단 말이오. 당신 때문에 고양이풀이 싹조차 틔우
지 못한다면 자애롭지 못한 일 아니겠소."

"아, 이런 송, 송구해서 담배를 끊……."

나는 당황해서 어설픈 삼탈리아어를 구사하며 발을 어디
로 옮길지 몰라 당황하다 슈트 간지 남자가 디디고 온 땅으로
가서 섰다. 그곳이 빈 땅인 것 같았다.

"잘했소. 명민한 친구로군. 고양이풀은 바람보다도 빨리 눕
지만 당신 몸무게론 죽지 않았을 거요."

"아, 다행입니다."

"나는 이 마을에서 농사짓는 셰르비엥이라 하오. 당신에게
두 가지 질문을 풀어놓고 싶소. 첫째, 당신은 어떤 새끼요? 둘
째, 말을 시작하기 전에 왜 자꾸 아, 하고 짧은 의성어를 넣는
거요?"

"아, 나는 이원식입니다. 여행자인데 버스를 잘못 탔어요."

"두 번째 질문에 대한 대답은?"

"부끄럽네요. 제 말버릇이에요."

남자는 프로파일러 형사처럼 나를 한번 훑더니 슈트에 묻은 개털을 천천히 떼어냈다. 어디서 날아온 건지 알 수 없는 개털이었다. 개털이라는 건 늘 그렇다.

"다 거짓말. 여기엔 버스가 다니지 않고, 여행자라곤 평생한 번도 못 봤지. 그리고 당신의 삼탈리아어는 말버릇이 생길 단계가 아니오. 당신은 남의 옷에 무단으로 달라붙은 개털처럼 상당히 이질적일 뿐이오."

나는 갑자기 두뇌가 혼탁해져서 한국말로 중얼거려 버렸다.

"아, 이런. 걸린 건가."

그러곤 혼잣말치곤 볼륨이 높았음을 깨닫고 잽싸게 다시 삼탈리아어 로직을 켰다.

"호기심에 로컬 마을을 구경하려다 길을 잃……."

당황해서 삼탈리아어 불규칙 동사 '잃다'의 과거형이 뭔지

헷갈렸다. 그렇다면 놈을 제압하고 달아나야 했다. 나는 바람
보다도 빨리 그의 옆머리를 뽑아버릴 준비를 하며 거리를 좁
혀갔다. 머리숱이 모자란 자들에겐 치명적인 약점인 곳이다.

"잠깐. 왜 이렇게 훅 들어와. 방금 한국말 한 거 아니오?"

"어? 한국말 할 줄 아세요?"

"알다마다. 안뇽안뇽?"

남자는 최신 한국어 인사말을 썼다. 발음이 자연스러워서
무척 놀라웠는데 손바닥까지 귀엽게 흔들었다. 삼탈리아에 도
착하자마자 한국어를 쓰는 사람을 만나다니. 그때 그의 머리
칼이 바람에 휘날리며 부족한 머리숱이 적나라하게 드러났고,
나는 눈알을 굴려 그의 두상에 적의가 있는지 관찰했다.

"뭘 그리 꼬나보시오? 대머리 처음 보시오?"

그는 계속 한국어를 썼다. 속어까지 썼다.

"'꼬나보다'라는 말도 알아요?"

"안다니까. 한국말이 트렌드인데 다들 배우기 어려워하지.
난 어학에 재능이 있는 편이고, 최근에 링꽐 뻬안뜨아뜨리체

하이바[3]를 질러서 좀 빨리 늘었소. 취미는 역시 돈지랄 플러스 장비발로 승부하는 거 아니겠소. 암튼 난 한국말 하오체를 좋아하오. 명랑하게 쓰기 좋은 어감이오."

나는 링괄 삐안뜨아뜨리체 하이바가 뭔지 모르겠고, 그의 유창한 한국어에 벌어진 입을 다물 수가 없었지만 간신히 말을 이었다.

"세련되진 않지만 발음과 어휘가 흠잡을 데 없네요. 칭찬해요."

"하하하. 난 한국 시집을 좋아하오. 싸구려 해적판 번역본으로 읽어도 좋은 맛을 내는 시들이지. 특히 빈티지 시집들은 스코틀랜드 친구들이 만든 누리끼리한 술만큼이나 훌륭하오. 그렇고말고. 하지만 원문으로 읽는다면 더 좋을 것 같아 꽤 비싼 한국어 패치를 머리에 심었다오. 요즘 여기서 한국 시는 유행을 탔거든!"

---

3 삼탈리아 과기대 교수진이 발명한 외국어 학습기. 브레인 임플란트 기술이 성공적으로 상용화된 세계 첫 사례지만 삼탈리아 정부의 쇄국정책으로 꽁꽁 숨겨져 다른 나라엔 알려지지 않았다.

금시초문이었다. 뇌에 언어를 심는 기계가 있는데 두피에 모근을 못 심은 것도 이상했다. 게다가 극동아시아에서 주변의 덩치 크고 산만한 국가들과 부대끼며 살아온 작은 땅의 시가, 삼탈리아라는 북한보다 더한 사상 초유의 폐쇄 국가에 진출해 있는 것도 모자라 유행이라고? 게다가 빈티지 시집이라니? 한국에선 정작 시 따위 읽는 독자도 드물고 인기조차 없는데? 이건 과장법이 너무 심해서 마치 거지 같은 박상 소설 따위를 재미있게 읽는다는 소리를 듣는 기분이었다.

"개뻥이죠? 웃기려고 그래요? 혹시 김경주 알아요?"

내가 생각나는 대로 한국 시인 이름을 던지자 남자는 몇 가닥 남지 않은 카키그레이색 머리칼을 여유롭게 쓸어 넘겼다.

"알다마다. 김경주 시인의 코리안 빈티지 『나는 이 세상에 없는 계절이다』를 아주 좋아하오."

남자는 껄껄껄 웃어재꼈다. 우스워서 웃는 건지, 웃겨서 웃는 건지 알 수 없었지만 퍽 호방한 소리였다. 그는 1분 가까이 웃다가 돌연 신발을 벗고 내게 발바닥을 내밀었고, 나도 신발과 양말을 벗고 발바닥을 맞대었다. 멈추는 순간 학처럼 고고

한 자태가 되는 삼탈리아식 정통 인사 예법이었다. 당신에게 무좀균이나 발 냄새가 없다는 걸 믿거나, 있어도 할 수 없다는 신뢰를 나누는 데서 유래했다고 한다.

"이봐, 한국인, 만나서 정말 반갑소. 여기가 바로 이 세상에 없는 계절일 거요."

"나도 반가워요. 그런데 혹시 날 신고할 건가요? 그렇다면 나는 당신 옆머리를 뽑고 도망갈 수밖에 없어요."

"무슨 그런 끔찍한 소리를 하시오? 여긴 사랑의 섬인데 내가 왜 이방인을 신고하겠소? 그보단 일단 우리 집에 초대해도 되겠소? 당신은 대단히 피곤해 보이고, 우리 집엔 심보선 시인의 정품 시집과, 전통 비법 고양이풀 수프와, 30년 묵은 스카치가 있는데. 어떻소?"

예? 심보선? 하고 되물은 뒤 나는 초대를 흔쾌히 수락했다. 심보선 시집을 갖고 있다면 믿을 만한 사람이라는 옛 속담을 믿었다. 나는 택견을 하듯 마주 댔던 발바닥을 거둔 뒤, 슈트 간지 남자의 클래식 카에 탔다. 외관도 그랬지만, 차 안의 빛바랜 가죽 시트와 클러스터, 센터페시아 디자인에서 빈티지의 매혹이 작렬하고 있었다. 그런데 조수석 발 아래쪽에는 자전

거 페달처럼 생긴 물리 장치가 있었다.

"내 차에 이방인을 태우는 건 처음이군. 보다시피 최신형이오. 이 차를 만든 놈이랑 링괄 삐안뜨아뜨리체 하이바를 만든 놈은 천재임에 틀림없지. 안 그렇소? 시를 아주 많이 읽은 놈들일 거요."

그 말을 하고 남자는 카오디오에 삼탈리아어로 말했다.

"까뻬뜨아아 에뻬 누메롱 꾸아뜨루 리쁘레짜 빼베로 빠보리!"

내 삼탈리아어 청취 능력으로는 폴더 F에서 4번 트랙을 재생 부탁한다는 얘기로 들렸다. 곧 음악이 흘러나왔다. 안타레스의 『Sea Of Tranquillity』. 바다에서 표류하며 신을 만났을 때 들려오던 곡이었다. 그러나 우연의 일치에 놀랄 새도 없이 나는 그 남자와 함께 열심히 페달을 밟아야 했다. 음성 명령으로 카오디오가 지원되는 첨단 시스템을 갖추었지만 동력은 자전거처럼 페달을 밟아 얻는 방식이었다.

"미안하지만 좀 열심히 밟아주겠소? 엔진 출력이 떨어지잖소."

내가 좀 세게 밟자 분당 엔진 회전수가 올라가면서 레일 바이크나 자전거 같은 인력 크랭크 운동 따위의 동력이 낼 수 없는 힘이 느껴졌다. 어떻게 한 건지 모르겠지만 발바닥에 부드러운 진동이 느껴지면서 거의 2000cc 내연기관 자동차랑 똑같거나 더 강한 마력이 나오는 것 같았다.

"페달 밟기 좀 귀찮지만 이 엔진은 고양이풀을 질식시키는 배기가스를 내뿜지 않소. 그 말은 곧 화석연료를 태우지 않고, 동물이나 자연에게도 해를 끼치지 않는 자동차라는 뜻이오. 게다가 내 차는 최신형 터보 옵션이라 사람 둘이 열라 밟으면 200마력 정도 나오지."

"그게 어떻게 가능하죠? 한낱 인간의 운동에너지가 200마력으로 변환되는 물리법칙이 있을 리가요."

"난 물리학자가 아니니까 그 방면의 말발이 딸리오. 하지만 싱크로트론 입자가속기 원리로 이 유려한 엔진을 만들었다는데, 뭘. 요샌 물리학도 거의 시만큼 재미있잖소. 모르는 건 무조건 없다고 믿지 말고 어서 밟기나 하시오. 하하하."

나는 '물리학의 고결한 무대에 공상을 위한 자리는 없다'는 마르튀니스 펠트만의 말이 떠올랐지만 눈앞의 현실이니까 그저 열심히 페달을 밟았다. 차는 200마리 말이 끄는 마차처럼 힘차게 앞으로 미끄러져 나갔다.

삼탈리아의 시골 마을 풍경은 쿠바에 온 게 아닐까 싶을 만큼 빈티지한 건물들과 클래식 자동차들로 가득했다. 다만 쿠바처럼 심하게 낡진 않았고 깔끔하게 정돈되어 있었는데, 단지 빈티지 콘셉트 디자인을 고수하고 있는 도시 같았다.

"잘 보존된 편이지 않소?"

"그렇군요. 얼마나 오래됐죠?"

"500년 전부터 이 모습이오. 인위적으로 급조한 건 볼품없겠지."

"500년이라고요? 당신네들 독립한 지 50년밖에 안 되었잖아요?"

"그건 정치적 약력이고, 이탈리아와 삼탈리아는 500년 전부터 다른 나라였소."

남자의 집은 아담한 단층 하우스였다. 집 안에 들어서자 어디선가 기분 좋은 향기가 물씬 풍겼다. 그것은 셰익스피어가 환생한다고 해도 제대로 형용할 수 없을 묘한 내음이었다.

"내 사랑 대머리, 퇴근했어?"

셰르비엥의 아내가 쓰윽 나타나 그를 껴안으려다 뒤에 서 있는 나를 발견하고 깜짝 놀랐다. 호리호리한 실루엣에 생기 있는 눈을 가진 반면 눈썹은 뾰족하고 피부 톤이 몹시 창백했다. 신비로운 분위기를 지닌 그녀는 손에 들고 있던 《주간 시 차트》라는 잡지를 떨어뜨리더니 경계하듯 노려보았다. 나는 어색함을 달래기 위해 그녀에게 삼탈리아어로 먼저 인사했다.

"안녕하세요?"

"머리숱 많은 동양인께서 알 바 아닐 텐데?"

인사말의 형식이 달라 당황해서 나는 고개를 갸웃했다. 남자가 웃으며 말했다.

"내 아내의 사투리는 언제 들어도 정겹지."

뭐야, 머리숱이라는 단어가 들어갔는데 사투리라니, 나는 몹시 혼란스러웠다.

"여보, 손님이 왔으니 웰컴 드링크라도 내오지 않겠소?"

"그러려고 할 때 딱 시키다니 이따 당신을 좀 때려야겠어."

그건 사투리가 아닌 것 같았다. 남자가 순간적으로 긴장한 표정을 지었다가 허허허 하고 웃는 사이, 그녀는 천천히 홈바 쪽으로 사라졌다. 그녀가 움직이자 묘한 향이 더욱 짙게 감돌았다. 아마도 거실에 신비로운 향초가 피워져 있는 것 같았다.

"이게 무슨 향기인지 물어봐도 되나요?"

"외국인이 그런 건 묻지 마시오. 향초는 삼탈리아 아로마 산업의 자존심이자, 일급 기밀 중 하나라오. 삼탈리아 담배처럼 말이오."

쉽게 이해되지 않는 비유이긴 했지만 일단 나는 멋쩍게 웃어 보였다. 내겐 아직 피워보지 못한 삼탈리아 담배에 대한 개념이 없었고, 개념이 없을 땐 겸손해야 하니까. 셰르비엥의 아내는 곧 뭔가를 만들어왔다. 대머리 무늬로 장식된 그릇 속에 진하게 우려낸 수프가 찰랑거리고 있었다.

"맛보시겠어요? 내가 당신을 환영하는지 안 하는지 생각해 볼 여유를 드리는 거예요."

"고마워서 담배를 끊고 싶습니다."

최상급 감사 표현을 쓰며 스푼으로 한 입 떠먹어보니 그것은 매우 익숙한 맛이었다.

"신기하군요. 이건 한국인이 즐겨 먹는 오뎅탕과 흡사한데요? 청정 남해의 멸치와 다시마, 그리고 일본산 혼카레부시를 조화롭게 우려낸 육수예요. 강화도 유기농 순무의 시원한 맛으로 각 재료의 성질을 결합시켰고요. 부산 초량본가 오뎅도 넣었다가 건져냈음에 틀림없어요. 제가 혓바닥으로 식재료 맞추는 덴 소질이 있거든요. 그렇죠? 절 환대하신다는 뜻으로 봐도 되나요?"

"오뎅탕? 당신이 말한 식재료들은 모르겠고 고양이풀 수프일 뿐인데?"

셰르비엥이 진열장에서 위스키를 꺼내 오며 설명해줬다.

"이곳의 최상품 고양이풀은 추억하는 음식 맛을 그대로 재현하는 성질이 있소. 그러니 여기선 최고의 웰컴 드링크지. 이걸 내오다니 아마도 처음 본 한국인이 마음에 드는 모양이군."

"고맙습니다."

나는 오뎅탕 맛에 감탄하며 한국어로 대답했다. 셰르비엥이 내 말을 아내에게 통역해줬다.

"여보, 방금 이 남자가 한 말은 그루시앙(고맙다)의 존대 용법이야. 처음 한국어를 배울 때 그것 때문에 고생을 좀 했지. 여기 인간끼리는 수평계를 대고 자로 그은 것처럼 평등해서 존댓말을 이해하기가 가장 어려웠소."

"그건 그렇고, 당신 우리나라에 교활한 뱀처럼 밀입국했지?"

셰르비엥의 아내가 물었다. 나는 기분 좋게 떠먹던 오뎅탕을 뿜을 뻔했다.

"이 남자애 당황하는 것 봤어?"

나는 긴장했지만 그녀는 즐거운 표정으로 꽁꽁꽁꽁꽁꽁 웃었다. 장난기 가득한 웃음이었다. 내 표정을 본 셰르비엥이 같이 꿍꿍꿍꿍 웃다가 손바닥을 흔들며 나를 안심시켰다. 그의 아내도 웃음을 멈추지 못한 채 내 무릎을 때리면서 장난이라는 듯 팔을 휘휘 저었다.

"아내 말은 그런 뜻이 아니라 당신, 괜한 짓을 했소. 삼탈리아한테 속은 거라고. 여긴 그냥 들어와도 되는 나라요. 입국이 곤란한 국적도 있겠지만, 한국에서 왔고 시를 좋아한다면 프리패스지. 우린 겉으로는 강력한 신비주의 장막을 치고, 쇄국주의 정책을 펼친다는 헛소문을 냈소. 입국 심사 때 기분 나쁘면 경찰이 쏴 죽인다느니, 관광객을 때리고 다니는 폭력 단체가 있다느니 대외적으로 홍보하고는, 실제로 오는 사람 가운데 괜찮아 보이는 친구들은 한가롭게 잘 받아주고 있다오. 어차피 지구상엔 사람 반 쌍놈 반 아니겠소, 심지어 쌍년도 많으니까. 안 그렇소? 여튼간에 그런 진상들을 거르고 싶었던 거요. 대신 진짜 입국 정보를 밝힌 뉴스나 소셜 미디어에 올린 관광 후기는 정부의 유능한 공무원들이 철저히 해킹해버리지. 왜냐고? 재미있으니까. 대다수의 국민들은 정부의 위트 있는 정책에 동의하오. 세상에 입국 정책으로 웃기는 국가도 하나쯤 있어야지, 다른 나라들은 외교를 너무 진지하게 해."

어이가 없었다.

"뭐라고요? 나는 재미없었는데? 난 당신들의 위트 때문에 비싼 돈 내고 불친절한 그리스 갱을 통해 밀입국했는데? 게다가 딴 나라 국민들의 소셜 미디어까지 해킹하는 건 선을 넘는 거 아닙니까?"

"크하하. 실제로 해킹은 하지 않고, 정밀한 군중심리학을 쓴다고 들었소. 정보화 시대의 정보란 어설픈 아이러니지. 사람들은 인터넷이나 방송에 뜬 정보들을 신뢰하고, 허접한 저널리스트들이 인터넷이나 방송에서 씨불인 내용만 가지고 발로 쓴 기사를 믿어버리곤 하잖소. 팩트가 검증되지 않은 얘기를 하기 쉬운 소셜 미디어도 정보의 질을 엉망으로 만들지. 그런 게 또 인공지능의 빅데이터가 되는 건 졸렬의 악순환 아니겠소?"

"미안해요. 끝 문장은 못 알아들었어요."

"영어로 'a ignoble vicious cycle'."

"아, 알겠어요. 영어도 할 줄 아시는군요."

"외국어가 취미라서. 하여간 우리는 재미로 가짜 정보를 수두룩하게 올려놓아 알고리즘에 덫을 까는 재미도 보거든. 직접 와보니 그게 아니더라고 누가 떠들어봤자 양치기 소년이 될 수밖에 없는 방식을 발명했단 말이오. 그게 구조의 힘이고 편협을 조롱하는 흥미로움이지."

"저기요, 그게 사실이라 해도 공항 이미그레이션에서 심사관이 맘에 안 들면 총을 쏠 수도 있는 쇄국정책 국가라는 건 너무 안 웃기지 않아요? 외교적으로 그게 농담이 됩니까? 역사상 국경을 폐쇄한 나라치고 망하지 않은 나라가 있었나요?"

셰르비엥과 그의 아내는 내 얼굴이 진지하게 붉어지자 더욱 꿍꿍꿍꿍 웃었다.

"역사의 교훈은 인정하지만 삼탈리아는 안 망할 거요. 그러니까, 진짜가 아니라 재미를 추구해서 그런 거 아니오. 지구상의 수없이 많은 나라가 흥망성쇠를 겪었지만 웃기려는 나라는 없었잖소? 당나라나 신성로마제국이 시도했지만 실패했지. 게다가 실효성도 있소. 우리처럼 입국 심사하는 나라가 많아진다면 이 세계에 넘쳐나는 여행자들 심장이 얼마나 쫄깃해질까? 남의 땅을 존중하지 않고, 몰려다니며 파괴해버리는 무식한 여행자가 많다는 걸 잘 알잖소. 이건 투어리스티피케이션을 막는 일종의 보호막 같은 거요."

나는 문화 충격에 휩싸여 턱이 빠질 뻔했다.

"실제로 쏴 죽인 적은 없겠죠? 관광객이 개판 치는 건 못 배워서 가여운 것일 수도 있잖아요. 다른 나라와 심각한 외교 분쟁이 벌어진다면 이 작은 삼탈리아 국력으로 어떻게 감당해요?"

그러자 셰르비엥의 아내가 빙긋이 쪼개며 논쟁에 참전했다. 약간 무서웠다.

"무식한 건 불쌍한 게 아니라 악한 거예요. 타인에게 반드시 피해를 주거든요. 그리고 삼탈리아 국력은 약하지 않아요. 삼탈리아만의 기호품에 주변 강대국들이 모두 중독돼 있으니까요. 중동의 석유 패권이랑 비슷하려나. 만약 분쟁이 생기면 고양이풀이나 담배, 향초, 백신, 양자 컴퓨터 같은 특산품을 안 팔아버리면 그만이에요. 우린 얼마든지 약 올리면서 카드를 맞출 수 있어요."

"게다가 우리 국방력도 제법 쓸 만하오. 미친 해커랑 미친 과학자들은 대부분 국방부로 스카우트되거든. 일례로 우린 핵무기가 없는데 남의 걸 발사할 수는 있다더군."

셰르비엥이 덧붙였다. 나는 잠시 흥미를 느꼈지만 황망한 웃음이 나왔다.

"네 뭐, 재미있네요. 해커의 군사화, 인력 자동차, 시가 유행하는 문화……. 뭔가 소설 같은 느낌이네요."

"확실히 정상은 아닐 거요. 하지만 세상에 이 조그마한 나라쯤은 그래 봤자 우리은하의 질서에 영향이 없지 않겠소? 미국처럼 큰 나라가 그러면 곤란하겠지만 개네들도 이젠 국경에 장벽을 치고 넘어오는 사람들을 총으로 쏜다지 않아. 우리랑 다를 게 뭐요? 어쨌든 우리 부부는 당신을 몹시 환영하오. 참, 정식으로 소개하자면 내 이름은 셰르비엥 삼시용사시옹. 아내 이름은 로라 앙노라."

"전 이원식입니다."

"자, 이건 아까 약속한 나의 환영 인사."

남자는 30년 묵은 스카치를 꺼내 잔에 따라줬다. 정말 맛있어서 끼롱—깨롱—꺄르롱 같은 의성어가 절로 나왔다.

"이 나라가 꽤 맘에 드는군요."

"나도 그렇소. 외세가 이 조그만 나라마저 망치면 곤란하지. 우린 사유 없는 현대성과, 반성 없는 문물과, 시적 메마름과, 매너 없는 자들이 싫소."

"외람되지만 고인 물은 썩는 문제가 우려되진 않는지요?"

"안 썩소. 보다시피 안은 다 새롭잖소. 우리 집도 디자인만 르네상스풍이지 죄다 신식이오. 괜찮은 과학기술과 디자인은 조화에 어긋나지 않는다면 다 받아들이니까. 군이 새로운 걸 소비하느라 균형을 깰 필요가 없는 거요. 새롭다는 것들 중에서도 실상은 새롭지 않은 게 수두룩하지 않소. 조화를 위해 보존하는 거라오. 썩는다는 표현은 곤란하지."

"한 잔 더 주시겠어요? 전부 이해하진 못했지만 조화를 위해."

"자, 여기 있소. 30년 된 스카치보다 새롭고 괜찮은 술이 있다면 말해보시오."

"글쎄, 없는 것 같기도 하고요."

"맞소. 그게 바로 오래된 것의 아름다움이오."

"빈티지 얘기로군요. 인공지능이 이해 못하는 맥락 중 하나."

"모르지. 20년 후엔 우리가 나눈 대화가 농담이 될 수도 있을 거요. 하지만 인간은 이런 구질구질한 걸 지키려 하지."

셰르비엥은 차에서 듣던 『Sea Of Tranquillity』를 집에서도 틀어놓았다. 엘피를 재생하는 것처럼 레코드 고랑 긁히는 소리가 섞인 음질이었다.

"이것 참 좋은 앨범이오. 낡았는데 좋은 건 너무 많아."

나는 가만히 『Sea Of Tranquillity』를 감상했다. 이제는 고답적인 느낌을 풍기는 음반이라고 생각했는데 21세기에 셰르비엥의 집에서 들으니 굉장히 새롭게 느껴졌다. 오랜만에 취기와 함께 음악을 즐기고 싶어졌지만 삼탈리아에 온 목적을 잊지 않으려 했다.

"제가 이 나라에 온 이유가 있어요. 어디 가면 조반니 펠리치아노를 찾을 수 있죠? 정보가 너무 없어요. 삼탈리아에서 찾으라고만 되어 있던데."

"핫하하. 삼탈리아에서 못 찾는 게 있을 리가."

"삼탈리아부심 너무 심한 거 아닙니까? 근데, 조반니 펠리치아노를 알아요?"

"난 모르오. 이탈리아 놈 이름 같은데그래?"

그때 로라 앙노라가 뿌리채소를 바구니에 담아 왔다.

"내 사랑, 개풀 줄기 까는 것 좀 도와줄 거죠?"

셰르비엥은 이등병처럼 흔쾌히 받아서 우엉처럼 생긴 줄기의 껍질을 즉시 까 내려갔다. 우엉 껍질을 동북아시아에서 가장 빨리 까기로 유명했던 나의 과거가 절로 떠올랐다.

"저도 도울게요."

로라 앙노라는 내 뺨을 양손으로 쓰다듬으며 고마움을 표시한 뒤, 내가 미친 듯이 빨리 까는 걸 보고 놀란 표정으로 말했다.

"손이 꽤 빠르군요. 양치질할 때 편하겠어요. 아무튼 조반니 펠리치아노는 여자들이 잘 알죠. 여자를 탐미하다 미친 못된 엽색가거든요. 시도 형편없는 것만 남겼고요. 그를 찾는 이유가 뭐죠?"

"죄송하지만 저는 팬인데……."

"안됐군요. 그치만 그의 요리책 하난 괜찮았죠."

"예. 저도 요리사예요. 그의 잊혀진 레시피를 찾고 싶어 여기까지 온 거예요. 어떻게 하면 좋을까요?"

"요리사라고요? 당신 직업은 시인들만큼 섹시하군요. 음······. '꾸어이띠어우느어센렉'이라는 작은 도시에 그가 말년에 숨어서 경영하던 레스토랑이 있다고 들었어요. 소문일 뿐이겠지만요. 또 얼마 전 수도 빠그히의 '에피쿠로스식타조앞다리수블라키 블러바드'에서 '펠리치아노'라는 이름의 선술집을 봤는데 어쩌면 관련이 있는지도 몰라요. 그의 자녀나 형제나 혹은 광팬이 운영하지 않는 한 그만 간판을 걸 리가 없을 테니까요."

이 나라는 왜 거리 이름이 다 음식 이름 같은 건지 궁금해하며 나는 그것을 해마에 저장했다.

"당신에겐 긴 단어일 텐데 안 받아 적어도 되나요?"

"받아 적어야 할 만큼 중요한 건 받아 적지 않아도 외워진다고 믿어요."

"뇌를 너무 믿지는 말아요. 머리숱 같은 거예요."

"여기서 빠그히는 어떻게 가죠?"

"차로 두 시간 정도 가면 되오. 대중교통은 없지만."

착하게 개풀 줄기를 뜯던 셰르비엥이 손가락 두 개를 펴며 말했다.

"당신이 태워다 주지그래요?"

"오, 만약 태워주신다면 꼭 사례할게요."

"글쎄, 어떤 사례를 하든 난 내일 밭일을 해야 하는데."

"밭일도 도울게요. 사례가 될진 모르겠지만 친절을 베풀어
주신다면 한국 시집을 드릴게요. 비행기에서 읽으려고 심보선
신작 시집을 들고 왔거든요."

나는 셰르비엥의 동공이 커지며 눈썹이 위로 쭉 올라가는
걸 보았다. 거의 천장에 닿을 뻔했다.

"심보선 신작 시집이 나왔단 말이오? 허허, 왜 갑자기 가진
패를 전부 올인하시오? 나한테 재산을 과시해서 뭐 어쩌겠다
는 거지? 난 고양이풀 농부로도 경제력이 충분한데. 비싼 무
동력 차량, 비싼 어학기까지 산 걸 보면 모르겠소?"

그 말이 무슨 뜻인지 생각하는 동안 난 눈으로 보고도 믿기
지 않는 장면을 목격했다. 개풀을 다듬던 로라가 셰르비엥의 뺨
을 잽으로 팍 후려친 것이었다. 굉장히 빠른 손놀림이었다.

"여보, 지금 이 머리숱 많은 동양인이 우리에게 심보선 신작
시집을 사례한다지 않아요. 그리고 딱 걸렸어. 그 어학기 산

거네, 샀어. 친구한테 빌렸다더니 새빨간 거짓말이었네?"

셰르비엥의 콧구멍 끝에 빨간 피가 살짝 배어 나왔다. 삼탈리아에서도 거짓말엔 '새빨간'이라는 형용사를 붙이는 게 신기했다. 칼질을 많이 한 내 동체 시력으로 파악한 바로는 그의 아내는 뺨을 톡, 때리려고 했는데 셰르비엥이 반사적으로 피하다 코를 맞아버린 참사였다.

"당신 방금 고마워하려고 한 거야, 화를 내려고 한 거야?"

"당연히 화낸 거죠. 외국인 앞이라 허세를 부리고 싶었다는 건 이해해요. 하지만 심보선 님의 『슬픔이 없는 십오 초』는 우리 너무 많이 읽었잖아요? 그분의 신작 시집이라면 당신도 무척이나 읽고 싶어 했잖아요?"

로라는 셰르비엥의 뺨을 두 대 더 때렸다. 나는 믿기 힘든 스피드에 두려움을 느꼈다. 다시 봐도 도무지 피할 수 없는 빠른 공격이었다.

"하하하. 내 아내는 삼탈리아 국립대 종합격투기과를 졸업하고 석사 논문까지 통과했소. 지금은 중년 부인이 됐지만 아직도 학력이 새파랗게 살아 있다오. 얼마나 사랑스럽소?"

기습적으로 세 대나 처맞은 셰르비엥은 코에서 흐르는 피를 손등으로 훔치면서도 내게 억지웃음을 지어 보였다. 문득 세계 어디에서든 결혼한 지 오래된 남자란 아내 앞에서 호소력이 어설퍼지는 존재라는 생각이 들었다. 난 그에게 티슈를 건넸다.

"셰르비엥, 코에서 피가 나요."

"코를 맞아서 코피가 나면 정상이지, 안 그래? 하하하하."

그는 허세를 이어갔지만 아내가 구급약을 가지러 가자 긴 한숨을 내쉬었다.

"쪽팔려서 미안하오. 오늘 우리 집에서 자고 가시오."

"고마운 분에게 폐를 끼칠 순 없어요. 호텔을 알아보겠습니다."

"개소리 좀 그만하시오. 시골 바닥에 호텔이 있을 것 같소? 당신이 딴 데로 가버리면 난 바가지를 긁힐 거요. 내가 머리카락 심을 돈으로 어학기 산 걸 아내가 알았으니. 하지만 손님이 있으면 설마 스파링을 하자고 하진 않겠지. 심보선 신작 시집으로 어떻게든 아내 기분이 풀려야 할 텐데. 하아. 순발력이 점점 떨어지는 내 기분도 좀 풀려야 할 텐데……. 우선 맛보기로 조금만 읽어주겠소?"

셰르비엥의 부탁은 매혹적이었다. 그는 코피를 흘리면서도 진심으로 시를 갈구하고 있었다. 삼탈리아의 덩치 큰 대머리 농부가 풍기는 문학 소년 감수성이 어여삐 여겨져 나는 심보선 시집을 꺼내 시 한 편을 읽기 시작했다.

밤이 올 때까지
밤에 대한 책을 읽는다

책장을 덮으면 밤은 이미
문지방 너머에 도착해 있다[4]

"됐소. 기분이 풀리는구려. 충분하오. 다음 연은 나중에 혼자 다락방에서 아껴 읽고 싶소."

나는 시 한 편도 아니고 한 연만으로 사람이 행복해지는 건 처음 봤다. 그리고 한 연만 듣고도 다음 연이 있는 시라는 걸 안 셰르비엥의 독해력도 높이 샀다. 그의 그윽한 환대가 행운으로 느껴졌다. 마침 시를 이렇게나 좋아하는 사람을 만나

---

4   심보선, 「좋은 밤」 부분, 『오늘은 잘 모르겠어』, 문학과지성사, 2017.

다니. 인연의 로또를 맞은 느낌이었다.

그 좋은 사람과 술을 몇 잔 더 마시고 나는 푹신한 침대에 누워 김경주와 심보선에 대해 생각했다. 한국에선 일부 마니아 독자들 빼곤 그들을 아는 사람이 드물 것이다. 그러나 멀리 떨어진 이상한 나라에서 그들의 시가 회자되며 심지어 상심을 풀어주기도 한다니, 도대체 무슨 우엉 까는 소리를 듣고 있는 건가 싶기만 했다. 다행히 시를 좋아했고, 시인이 되려다 능력 부족으로 포기했으나 애독자로 남아 꾸준히 시를 즐기며 살아온 날들이 삼탈리아에선 도움이 될 거라는 희망이 있어 전망이 나쁘진 않았다. 다만 밤새 도대체 그게 말이 되는 건지, 내가 거대한 사기극의 한복판에 있는 건 아닌지, 혼란스러웠다. 그러나 나는 이내 조반니의 레시피를 찾으려는 생각에만 집중하기로 했다. 그걸 찾으러 삼탈리아에 밀입국한 것도 말이 안 되기는 마찬가지였으니까.

그 빈티지 오두막집에서 꿀잠을 잔 다음 날, 조식 뷔페를 두 접시 먹고 나서 티타임에 나는 약속대로 심보선 시집 『오늘은 잘 모르겠어』를 그의 아내에게 기증했다. 로라는 내 뺨에 키스한 뒤, 작은 향초 한 개를 답례로 주었다. 향초는 잠깐 코를 대보자 내 오랜 지병인 편두통과 PTSD[5]를 말끔히 사라지게 해주었다. 심보선 신작 시집은 아테네행 비행기 안에서 내내 읽었고, 끼고 다니며 몇 번 더 읽고 싶기도 했으나, 그런 신기방기한 향초와의 거래라면 아깝지 않았다. 로라 앙노라는 눈가가 촉촉해질 만큼 격하게 심보선 시집을 반겼다. 좋은 시집을 알아봐주는 사람과의 동지애가 뭉클했다. 이런 소설은 한 번 읽고 버려도 그만이지만 시집은 여러 번 읽으며 다시 곱씹을 수 있는데도 소설책보다 가격이 싸니 정말 인류의 훌륭한 문화재라고 할 수 있다.

셰르비엥은 코피가 멈추지 않았는지 코에 솜을 끼우고 있었다. 나는 시차 문제로 뇌가 혼탁해져 번역투로 물었다.

"당신의 피는 아직도 멎지 않은 것입니까?"

"멎었는데 아침에 세안하다 손가락이 코에 걸렸지 뭐요, 젠장. 이런 콧구멍으로 오늘 밭일은 글렀으니 당신부터 먼저 배웅하겠소."

---

5   외상 후 스트레스 장애.

그와 나는 다시 클래식 카에 함께 타고 아무 말 없이 페달을 밟았다.

셰르비엥은 집에서 멀리 떨어지자 투덜거리기 시작했다.

"나 원, 젠장. 코뼈가 부러진 것 같아. 나는 왜 격투기 같은 걸 전공한 이지적인 스타일이 이상형이었을까. 나는 왜 무식하게 반사 신경이 둔할까. 결혼한 게 후회되네. 징징거려 미안하지만 내 얘기가 이해되시오? 당신은 여자 친구가 있소?"

"예. 가끔."

"가끔?"

그는 왜 웃는지 몰라도 크게 웃었다. 웃고 난 다음엔 마음이 좀 풀린 것 같았다. 나는 그가 토로하는 결혼 생활의 고충에 대해 진심으로 공감하며 맞장구를 쳤고, 덕분에 우리는 가는 내내 농담을 주고받을 수 있었다. 농담이 떨어지면 음악을 들었다. 그와 오랜 친구가 된 기분이었다. 그리고 두 시간쯤 달리자 바로크 양식의 스카이라인이 나타났다.

"저 앞이 바로 빠그히 시라오. 내 차엔 대도시 통행권이 안 붙어 있소. 하지만 대도시라고 해도 규모가 작으니 조금만 걸어 들어가면 기차역이 보일 거요. 기차역 뒤에 가로수 많은 길이 '에피쿠로스식타조앞다리수블라키 블러바드'라오."

나는 차에서 내려 그와 포옹한 뒤, 배낭에 든 시집들 중에
고민하다 조연호 시인의 『저녁의 기원』 초판을 그의 손에 쥐
어주었다. 농사일을 마치고 집으로 돌아온 그의 저녁이 이 시
집으로 인해 편안해지길 기원하면서. 그러나 그걸 받아 든 그
는 눈에 띄도록 어깨를 움찔하며 말을 더듬었다.

"이…… 이럴 수가! 이건 삼탈리아 물가로 6억 리아⁶에 거
래되는 비싼 책이오. 빠그히의 가장 큰 헌책방에도 원본이 딱
한 권밖에 없고 자물쇠가 채워진 진열장에 보관할 정도인데,
실물을 만지다니 심장이 멎을 것만 같군그래. 한국과 무역을
하지도 않지만, 한국 사람들도 잘 모르는 데다 이런 오리지널
초판은 정말 구하기 힘든 시집 아니오? 심보선 신작 시집도
받았는데 이런 귀한 것까지 염치없이 덥석 받을 수는 없소."

셰르비엥이 펄쩍펄쩍 뛰었지만 삼탈리아에서 그게 얼마든
한국에선 8천 원에 샀고, 어차피 삼탈리아에서 쓸 현금도 그
리스 갱들의 선상 불법 환전 서비스로 바꿔 왔으니 그 정도
소비를 한다고 해서 문제될 건 없었다. 다만 조연호 시인을 삼

---

6   약 7억 8천만 원.

탈리아 사람이 안다는 게 신기할 따름이었다. 그렇게 설명해도 셰르비엥은 계속 고개를 저었다.

"이 시집이 얼마나 가치 있는 건지 잘 모르나 본데, 보여주겠소. 이 시집을 함부로 줄지 말지 그다음에 결정하시오."

셰르비엥은 수첩과 펜을 꺼내 들더니 아무 페이지나 펼쳐 「사할린으로 가는 순록」이라는 시를 삼탈리아어로 번역하고는—번역하는 동안 그는 눈물도 몇 방울 흘렸다—주차장 한 구석에 널브러진 거지에게 낭송해주었다.

(······) 오늘의 발자국은 사방 모든 곳에 찍혀 있었지만 어제의 발자국은 아무 데로도 걸어가지 않습니다.[7]

거지는 믿기 힘들다는 표정으로 잠시 눈물을 글썽이다 벌떡 일어나 셰르비엥의 뺨을 양손으로 때렸다. 따당, 하는 소리와 함께 셰르비엥의 콧구멍에서 솜이 튀어나왔다. 따귀를 양손으로 때리는 게 삼탈리아에서 고마움을 표현하는 오랜 풍

---

7   조연호, 「사할린으로 가는 순록」 부분, 『저녁의 기원』, 최측의농간, 2017.

습이란 걸 알고 있기에 나는 그 광경에 흐뭇한 미소를 지었다. 물론 화가 날 때도 뺨을 때리지만 모든 언어란 맥락과 뉘앙스로 쉽게 구분할 수 있는 거니까. 이윽고 거지 아저씨가 갑자기 기운찬 목소리로 예언자처럼 말했다.

"오늘과 어제는 아무것도 아니오? 미래 또한 걷지 않는다 하였소? 과학 공식이나 종교적 교리도 아닌데 이 시인의 언어는 우주의 맥락과 뉘앙스를 알고 있지 않소."

셰르비엥은 그 말을 씹고 내게 말했다.

"이 사람은 이제 더 이상 노숙을 하지 않아도 될 거요. 방금 번역한 시 한 편을 도서관에서 현금화해 옷도 사고 잠자리도 얻고 빵도 사 먹을 것이오. 희소한 시 한 편이 여기선 그런 가치를 지녔소."

"이 나라 사람들은 정말 시를 사랑하는군요. 당신의 번역 솜씨도 시인의 전작들을 잘 이해한 맥락이 있어요. 그러니 그 시집은 지금부터 당신 거예요."

"아아, 내 번역이 원어민에게 인정받다니. 역시 어학기 사길 잘한 거야."

울먹이는 셰르비엥을 보며 잠시 방심하는 사이, 그가 내 뺨을 따닥 때렸다. 삼탈리아식 감사 표현에 아직 익숙지 않아하마터면 위빙 동작으로 피할 뻔했다. 아, 이런 칭찬에 굶주린 사내 같으니라고.

나는 셰르비엥이 다시 콧구멍에 솜을 끼우는 동안 물었다.

"여기선 시가 곧 돈이기도 한 건가요?"

"아니요. 때때로 시가 화폐처럼 통용되기도 한다는 표현이 더 정확할 거요. 절판되었거나 친필 사인본이라거나, 구하기 어려운 시집은 부자들의 재산 은닉 수단이 되기도 하는 것 같지만, 우리 서민들이야 돈이 없는데 택시를 탔을 때 좋은 시를 읽어주면 요금을 안 내도 되는 정도라오. 그러면 기사가 퇴근해서는 그 시를 또 술집에서 읊으며 공짜 술을 마실 수도 있는 거고. 단, 시가 이토록 많이 유통되다 보니 유명 시인의 시는 이미 오래전에 닳을 만큼 닳아버려 모르는 사람이 없고, 심지어 네루다나 페소아의 시는 삼탈리아 강아지도 외우고 다닐 지경이오. 삼탈리아 젊은 시인들의 시도 발표되자마자 미친 듯이 유통되고 금방 식상해져 소비 주기가 짧소. 시가 마치 짧은 수명을 가진 유행가처럼 되었소. 문학적 수준도 그만 식이고. 그래서 제3세계의 진귀한 자원을 채굴하기 위해 탐험가들이 나섰고, 우리에게 가장 낯선 정서와 표현력을 가진 한국 시가 발견되자, 그 보석 같은 영롱함에 독자들이 경도되어 버린 거요."

"다른 유럽이나 영미권 시들도 있잖아요? 프랑스에도 괜찮은 시인이 정말 많은데."

"프랑스는 우리가 이탈리아로부터 독립할 때, 발 벗고 반대한 적대 국가 아니겠소? 그 친구들 시가 아무리 좋아도 여기선 저평가될 수밖에 없소. 거지들도 프랑스 시라면 느끼해하지. 게다가 영미 시들은 어쩐지 낯설게하기가 부족하고, 독일시들은 너무 현학적이고, 러시아 시들은 너무 음침하오."

셰르비엥이 장황하게 설명하는 동안 어째서 시를 소중하게 생각하는 아름답고 부유한 나라 삼탈리아에 거지가 있는 건지 궁금했다. 이 나라에선 시가 전부고 돈이 크게 필요 없다고 생각한 것도 착각일지 몰랐다. 사람 사는 곳은 다 비슷한건가.

"그나저나 시내에 들어가면 조심하시오. 대부분의 큰 도시가 그렇겠지만 빈부 격차 문제가 심각하다오. 게다가 사람이 많이 모인 곳엔 나쁜 놈도 잔뜩 끼어 있기 마련이잖소. 한국시집을 가진 티를 내선 곤란하오. 대도시는 눈 뜨고 있어도 시집을 찢어 가는 곳이오. 대신 이걸 받으시오, 감사의 뜻이라오. 아내에게는 친구에게 빌렸다가 돌려준 게 맞다고 주장할 필요도 있고. 한국어는 이제 졸업해도 될 것 같소. 한국인이 내 번역 실력을 인정하지 않았소?"

셰르비엥은 링꽐 삐안뜨아뜨리체 하이바를 내게 건넸다.

"이 비싼 장비를 왜 제게?"

"대도시에선 자연스러운 삼탈리아어 억양이 필요할 거요. 당신 정도 기초 실력이면 이 장비 프로세스로 조금만 쉐도잉하면 금방 원어민 발음이 될 거요."

나는 셰르비엥의 충고를 수긍하고 신발과 양말을 벗었다. 우리는 학처럼 인사를 나누고 소셜 미디어에서 서로를 팔로우한 다음 인증샷을 찍고 나서 마침내 헤어졌다. 모든 헤어짐은 몹시 뭉클하기 때문에 나는 또 뭉클해졌다.

"조반니를 꼭 찾길 바라겠소. 도움이 필요할 때 내게 즉시 연락하는 걸 주저하지 마시오."

삼탈리아 수도의 번잡한 시내에 접어들자 나는 1인칭 긴장 모드가 되었다. 시내 풍경은 아름다웠다. 유럽 어느 도시에서나 볼 수 있는 구시가 풍경을 디지털 복원 기술로 되살려놓았는데, 특히 빠그히는 사이버 펑크식 현대성까지 적절히 더한 느낌이었다. 자세히 들여다보니 고답적인 세련미까지 있었으니, 과연 빈티지가 이 도시를 관통하는 미학일 것 같았다. 빈티지란, 역시 매력적인 개념이다. 처음엔 그저 포도 농사가 잘 된 와인의 생산 연도를 가치 있게 기념하려는 단어였던 빈티지는 이제 낡았지만 여전히 아름다운 것을 지칭하는 의미로 확장되었다.

그런데 도시 외곽 거리에서 마주치는 사람들은 모두 나를 외계에서 온 운석을 보듯 빤히 관찰했다. 그건 그냥 신기해하는 느낌이 아니었다. 정말로 태어나서 동양인을 처음 본다는 표정들이었다. 아차, 사전에 입수한 정보에 따르면 빠그히는 수도지만 관광 자유 구역은 구시가에 한정되어 있었다. 사람들이 나를 보는 눈빛에 텃세 같은 불편함이 내포돼 있진 않았지만 구경거리 원숭이가 된 것 같아 좀 신경 쓰였다. 나는 셰르비엥이 준 링괄 삐안뜨아뜨리체 하이바를 쓰고 삼탈리아어를 열심히 머리에 다운로드하며 불안감을 누그러뜨렸다. 그 기계는 정말 신기한 기능을 갖고 있어서 쓰고 있는 동안엔 노천카페에서 현지인들이 서로 속삭이는 소리마저 다 알아들을 수 있을 정도였다. 그중엔 나에 대한 얘기도 있었는데 그리 호의적이진 않았다.

나는 번화한 구시가로 가면 기차역이 있을 거라고 생각했다. 역 앞에는 번화가가 형성되기 마련이니까. 거기서 기차를 타고 로라가 말한 꾸어이띠어우느어센렉 시로 신속히 이동할 작정이었다. 꾸어이띠어우느어센렉 시는 인류를 치명적인 바이러스의 폐해로부터 구한 돌로레스 박사 기념관이 있어서 관광객에게 개방된 자유 구역이라고 했다. 데이터통신이 터지지 않고, 유심 파는 곳도 없고, 로밍도 안 되고, 구글맵도 없으니 기차역을 찾기란 쉽지 않았지만, 모르는 길을 찾아가는 핵꿀잼을 위해 행인에게 묻지도 않았다. 도심엔 나 말고도 관광객 차림인 사람들이 간혹 보이기도 했는데 번화가로 진입해보니, 대다수의 시민들이 매너가 나쁘지 않았다. 대놓고 빤히 쳐다보면 매너 점수가 깎인다는 걸 아는 듯이 어쩌다 눈이 마주치면 모자를 들어 올리거나 눈썹을 까딱하기도 했다. 빠그히 시중심가 가로엔 고전 음악이나 70년대 프로그레시브 록 뮤직이 흘렀고, 음악 소리가 끊긴, 조금 분위기가 칙칙한 뒷골목으로 접어들자 복제품임에 분명한 조악한 시집들이 가판대에서 거래되고 있었다. 가타가나를 초등학생이 그린 것처럼 써놓은 일본 시집들도 보였다. 니시와키 준사부로의 시집도 있을까. 호기심에 경계심을 잃고 책들을 구경하던 나는 한 무리의 악동 같은 소년들에게 딱 걸리고 말았다.

"우와, 아시안이야. 첨 봤어! 저 아저씨에겐 처음 보는 시가 있을 거야."

그 아이들을 피하느라 빠른 몸놀림으로 옆 골목에 접어들었으나 좀 더 으슥한 곳이 나왔다. 구석에 대기하던 한 꼬마가 기회를 포착하고 빠르게 접근하더니 결국 작업을 시작했다. 녀석이 내 팔을 꽉 붙잡는 것이었다. 그 제스처를 필두로 골목 여기저기에서 소년들이 튀어나와 내게 달라붙었다. 축축한 느낌의 손바닥이 싫었다. 나는 애들을 때릴 수는 없고, 마구 팔을 저으며 달려 그들의 손아귀에서 벗어나려 했다. 그러나 악동들은 무한한 체력과 빠른 속력으로 나를 쫓아왔다.

"아저씨, 시를 내놔요! 우린 거지 소년이라고! 우리에겐 빵과 시가 필요해! 불쌍하지도 않아?"

나는 악을 쓰며 쫓아오는 꼬마 악당들에게 들려줄 아동문학이 통 생각나지 않았다. 그때 갑자기 한국 동요가 생각나 번역해서 시처럼 읊어보았다.

"지구는 둥그니까 자꾸 걸어나가면 온 세상 어린이를 다 만나고 오겠네. 온 세상 어린이가 하하하하 웃으면 그 소리 들리겠네. 달나라까지……"[8]

"이 아저씨가 씨벨 우릴 뭘로 보는 거야!"

역효과였다. 나는 윤석중 선생님의 아동문학을 정말 좋아하고, 이 시의 거침없는 점층적 상상력에 경외심을 갖고 있지만 서구권 빠그히 뒷골목 악동들의 정서엔 안 맞는 것 같았다. 눈썹부터 콧잔등까지 칼자국이 있는 한 꼬마는 '달나라? 웅? 달나라라고?' 하면서 분노를 못 이긴 듯 주머니에서 잭나이프까지 꺼냈다. 나는 살벌한 칼끝을 피해 자꾸만 휘어지는 골목 속으로 쨌다. 이 위기를 어떻게 극복해야 할지 아이디어가 떠오르지 않았다. 전속력으로 쫓겨 들어간 막다른 골목에 술집이 하나 있었다. 라틴계 여자 혼자 활짝 열린 창가에 앉아 책을 읽고 있는 아담한 술집이었다. 그녀는 마치 나를 구

---

8   윤석중 작사, 이수인 작곡의 동요 《앞으로》 중 일부.

해줄 것처럼 평화로워 보이는 인상이었다. 내가 그 가게의 휘장을 양팔로 걷으며 앞구르기로 들어서자 그녀는 책을 내려놓고 내게 미소를 지었다. 얼핏 눈에 들어온 책 제목은 『소설 임꺽정』이었다. 그녀는 내게 안녕하세요? 하고 인사를 건넸다. 나는 숨을 고르며 간신히 답했다.

"안녕한지 알 게 뭐……."

내 말을 끊고 그녀가 말했다.

"난 에밀리. 대낮부터 동양인이 꼬마 갱들을 달고 다니네, 신기하여라. 여행자일까?"

"그래요. 좀 도와줄 수 있나요?"

그녀는 즉시 뒤돌며 플레어스커트를 펄럭였다. 나를 따라온 꼬마 갱들은 그 동작으로 가볍게 제지되었다. 그녀는 아이들 눈높이에 앉아 천천히 시를 읊어주었다. 또 한국 시인의 시 같았다.

구름들이 수면 위에 앉아 있었다
서로의 붉은 얼굴을 봐주고 있었다

찢어진 곳도 어루만져주고 있었다[9]

악귀 같던 꼬마 애들은 그 시를 듣더니 칼을 집어넣고 일그
러졌던 눈썹을 다시 일자로 만든 다음 트리트먼트를 한 머리
카락처럼 부드러워졌다. 꼬마들은 황홀한 표정이 되어 어디론
가 사라져갔다.

"방금 그 시는 신영배 시인의 『물 속의 피아노』라는 시집에
있는 「물울」 아닙니까?"

"좋네. 다음 단계. 그 시집에서 「물울」은 총 몇 편이게요?"

"네 편 아닌가요? 방금 건 두 번째고요."

"빙고. 당신을 손님으로 받겠어."

"네? 그런 디테일까지 알아요? 저 아이들이 원하는 게 그런
시였던 거예요? 난 동시를 떠올렸을 뿐이었는데."

"맘이 가난한 여행자네."

"아무튼 고마워요. 정말요. 식겁했어요."

"가난한 여행자라면 악동들보단 술과 따뜻한 체온이 필요

---

9   신영배, 「물울」 부분, 『물속의 피아노』, 문학과지성사, 2013.

할 테지. 내 술집에 잘 왔어."

"아니에요. 전 그런 것 말고 꾸어이띠어우느어센렉의 조반니 펠리치아노란 가게를 찾고 있어요."

"웃기시네. 남자가 조반니를 왜 찾아?"

"팬인데요……."

"웃겨. 그 인간 시엔 남다른 통찰력이 없다는 것도 모르나 봐? 그러니 꾸어이띠어우느어센렉에 조반니 가게가 없다는 것도 모르지."

나는 갑자기 등골이 서늘해졌지만 반가웠다. 조반니를 아는 사람을 다시 만난 것이다.

에밀리라고 자신을 소개한 여자는 주문하지도 않은 술을 한 잔 따라 왔다. 스카치였다. 코를 대보니 싱글몰트는 아니고 블렌디드 향이 났는데 스페이사이드 같았다. 어쩐지 목구멍에 흘려 넣고 싶어 안달 나는 향이었다. 동시에 조반니에 대해 정보를 얻고 싶어 마음이 들떴다. 여자는 내 옆에 바짝 붙어 앉아 치마 끝을 만지작거렸다. 나는 스카치를 조금 맛본 뒤 질문을 하려다 그녀의 다음 말에 깜짝 놀랐다.

"어서 마시고 섹스나 할까? 내 통찰력은 당신의 욕망을 이미 분석했는데."

4.

이건 운명인 것 같은데

내가 살던 갈월동 집은 일제강점기 군 사령부 근처에 지어진 소형 복층 주택이었다. 그다음엔 미군 부대가 들어섰지만 미국식 하우스로 바뀌진 않았고 어쨌든 한국인인 우리 가족이 살게 되었다. 건물 외관이 누룽지색이었던 그 집은 1층과 2층이 계단으로 연결돼 있었고, 1층 주방을 두 세대가 공동으로 사용했다. 실내 채광과 통풍은 개판인 데다 겨울엔 춥고 여름엔 더워 죽을 것 같았지만 일단 튼튼했고 어쩐지 빈티지의 매력이 있었다. 감각적인 것 좋아하는 규리 이모가 유럽 고딕 스타일로 공들여 인테리어 한 거였는데, 그래선지 그 갈월동 빈티지 하우스에서는 컴퓨터 게임보다는 시를 읽고 고전음악을 듣는 게 훨씬 어울렸다.

딥 러닝 인공지능이 그냥 낡은 것과 빈티지의 차이를 구분 못 하고 계속 바보같이 군다고 하는데 컴퓨터에겐 아직 힘든 건지도 모르겠다. 딱 봐도 낡기만 해서 지랄 맞으면 그냥 낡은 거, 낡았지만 뭔가 역사적이고 감각적인 멋의 파동이 서려 있으면 빈티지 아닌가. 아무튼 같은 건물에 엄마와 내가 2층, 아래층엔 규리 이모네가 살았고, 요리를 배우기 시작한 후로 나는 주로 부엌에서 지냈다.

우리 집과 그 집의 공통점은 세 가지나 있었다. 부재중인 아버지. 돈 돈 돈 하며 툭하면 눈물 바람 하는 경제 형편. 그리고 엄마와 아래층 규리 이모가 여고 동창이라는 것.

"고등학교 동창이랑 30년 동안 같은 집에 사는 거 아무나 못할걸."

그게 자랑인 규리 이모는 미용사였다. 동네 사람들 상대하는 미용사치고는 놀라울 만큼, 혹은 안타까울 만큼 트렌드를 선도할 줄 아는 헤어 디자이너였다. 개방적이다 못해 파격적인 규리 이모가 평범함과 무난함을 추구하는 동네 아주머니들에게 차마 발휘하지 못하는 자신의 실험 정신을 항상 내 머리털에 스타일링 하는 덕택에 나는 친구들에게 너무 튄다는 말을 종종 들었고 보수적인 선생들에겐 '하고 다니는 꼬라지부터 딱 공부 못하는 놈'이라는 소리를 자주 들었다. 둘 다 내 스타일은 아니었다.

어쨌든 한 지붕 아래 나와 성별이 다른 사람이 세 명이었다. 엄마 최윤희 여사와, 아랫집 임규리 이모, 그리고 그녀의 딸 이지원. 우리끼린 가족이나 마찬가지여서 지원이와 나도 자연스럽게 오누이처럼 지냈다. 하지만 그 좁은 이층집에서 나만 남자라는 게 항상 서러웠다. 특히 동갑내기인 지원이와는 성장해갈수록 점점 더 이야기가 안 통했고, 내가 터프한 남자답게 시를 낭송해주면 징그러워했다. 그때 눈치챘지만 지원이는 수학에 빠져들었고, 생일날 선물한 이성복 시집 『뒹구는 돌은 언제 잠 깨는가』를 단 한 편도 읽지 않았다. 난 최고의 빈티지 시집이라고 생각했는데 오히려 대놓고 이마를 찌푸렸다.

"이 시집을 내 생일 선물로 고른 의도를 모르겠어. 내가 너한텐 돌 같니? 내가 자고 있니? 뒹굴었니?"

그녀를 통해, 여자들이란 내 세상과는 딴판인 곳에서 정서,

교감, 우주의 비밀, 양자역학 같은 것에만 신경 쓰면서 살고 있는 복잡한 존재들이라고만 생각했다. 그 세계와 내가 연결되는 순간은 컴퓨터가 맛 간다거나 파스타 소스 뚜껑이 열리지 않는다거나 옆집 변태를 팰 때뿐인 것 같았다. 물론 지원이가 이공계에 진학한 뒤로는 그런 도움도 전혀 필요 없게 되었지만.

지원이는 여동생이나 누나를 가진 친구들이 호소하는, 가장 안 좋은 점만 집약해놓은 경우에 가까웠다. 단적인 예로, 밤에 한 개 남은 라면 가지고 서로 먹겠다고 싸울 때 지원이는 인정사정 봐주지 않았다. 우리는 서로를 음양의 조화가 아닌 존재적 적의로 대할 수밖에 없었다. 진짜 남매도 아닌데 그랬다. 나는 입식 타격기에 자신 있었지만 지원이가 테이크다운 기술에 능해 손 한번 못 써보고 라면을 빼앗겼지만 결정적인 견해차에 대해선 지고 싶지 않았다. 꿈에 대해서였다.

"나는 시인이나 고구마가 될 거야."

"그게 뭐야! 이원식. 네가 뭐가 되든 상관없는데 시인이나 고구마는 아니야."

"왜? 뭐?"

"못 웃길 거야."

"웃겨야 돼? 그리고 고구마가 안 웃겨?"

"시시해. 넌 이 좁아터진 지구의 뻔한 말장난만 이해하는데 만족할 수 있니? 나는 풍성한 우주의 언어를 이해할래. 그곳엔 스케일 큰 유머 감각이 있을 거야."

"흥, 시는 말장난이 아니야. 시가 우주를 더 많이 이해하면 어쩔래?"

"시끄러. 요리나 제대로 배워."

지원이가 그러든 말든 나는 시인이 되면 좋겠다고 생각했지만 정신을 차려보니 스무 살이 되었고, 유아수학과에 진학한 지원이처럼 대학생이 되는 대신 군대에서 고생하느라 고구마처럼 보이게 되었다.

치를 떨며 제대하고 돌아오니 대학생 지원이가 여자로 보였다. 나는 벽에 머리를 박으면서 군대 생활의 폐해를 자책했다.

"망막에 미친 짬내가 뱄나. 네가 다 이뻐 보이냐."

"어이가 없네. 원래 예뻤거든? 넌 당분간 내 눈에 띄지 좀 마. 썩은 내 나."

그러나 지원이는 라면 끓이는 냄새가 나면 쪼르르 튀어나와 반 넘게 뺏어 먹어서 또 끓이게 만들었다.

"넌 다 싫은데 라면 냄새도 너무 공격적이야. 맛있어서 다이어트에 도움이 안 돼. 네가 진짜 싫어."

"뺏어 먹으니까 맛있을 수밖에."

"아닌데, 맛있어 보여서 뺏어 먹는 건데?"

다만 지원이는 먹다 말고 꼭 칭찬을 해줬다. 난 조반니의 쿡북 겸 시집 때문에 엄마에게 음식 만드는 법을 하나씩 전수받고 있었고, 김밥뿐만 아니라 모든 음식을 다 맛있게 만들 줄 아는 엄마 밑에서 맛있는 것만 먹고 자라선지 요리 실력도 빨리 늘어가는 중이었다. 전형적인 라면이 지겨울 땐 고춧가루와 마늘과 파와 버섯을 볶아 고명을 내고 사골 육수를 강한 화력으로 결합해 짬뽕처럼 끓이곤 했는데 먹으면서 지원이는 엄지를 5천 번 세워주곤 했다.

"어우, 라면에 뭔 짓을 했니? 이건 요리야. 네가 라면집 차리면 절대 안 망하겠어."

"난 시인이 될 거라니깐. 생각하고 말해. 김밥집 아들이 라면집까지 해야겠냐."

"이 분야에서 네 재능의 도형이 그려진다니까. 너, 페르마의 해석 기하학도 모르는 못된 어린이야?"

"유치원 애들 가르치는 말투 나한테 쓰지 마."

"인생을 잘 계산하지 않으면 네 삶의 구조는 엉망진창 오답이 될 거야."

"인생에 정답이 있다는 생각이 오답일걸?"

유아수학을 전공하고, 앞으로 유치원 수학 선생으로 취업할 진로마저 유망한 지원이의 유치한 표현법에 반항하며 나는 작심하고 노력해서 어느 예술대학의 시 창작과에 진학했다. 공식을 이해하고 응용하면 우주 만물을 이해할 수 있게 되는 수학보다, 복잡하고 골치 아프고 공식도 없어 이해조차 되지 않는 시를 포기할 수는 없었기 때문이었다. 그러나 대학 생활은 길지 않았다.

1학년을 마치고 겨울방학이 되기 전, 나는 두 가지 큰 잘못을 저질렀다. 내가 그동안 배운 대로 쓴 습작 시들 천여 편 중에서 다섯 편을 엄선한 게 첫 번째 잘못이었고, 종강 날에 존경하는 시 창작 전공 교수님 연구실을 노크한 게 두 번째 잘못이었다. 아니, 다 필요 없고, 내가 쓴 시가 정말 끝내준다는 나르시시즘에 빠졌던 게 가장 큰 잘못이었다. 지원이처럼 수학을 알았더라면 그렇게 잘못 계산하지는 않았을 것이다.

"들어오게."

문을 열자 교수님은 진은영 시인의 신작 시집을 신중하게 읽고 계셨다. 그 시집은 손때를 많이 탄 도서관의 책처럼 이미 종이의 날이 숨죽어 있었다. 뭐지? 저 시집 일주일 전에 나왔는데? 아무도 안 볼 때 일부러 바닥에 비벼서 구기는 게 아니라면 시를 정말 애독하시는 분임에 틀림없었다. 늘 존경했지만 더 존경스러웠다. 내가 그 압도적인 광경에 가슴을 두근거리며 미적거리자 교수님은 용건을 재촉하셨다.

"손에 들고 있는 건 시인가? 뜸 들이지 말고 이리 내놓게."

그러나 교수님이 눈빛을 번뜩이며 원고를 정밀하게 읽어나가다 보일 듯 말 듯 몇 번이나 눈살을 찌푸리는 모습을 난 놓칠 수 없었다. 이윽고 교수님은 실망 가득한 얼굴로 10분 만에 입을 여셨다.

"우리 원식 군은 요리에 재능이 많다지? 축제 때 주점에서 이름을 날렸다고 들었네."

"별거 아니에요. 그냥 손맛이 좀 좋거든요."

"유사과학적인 얘기지만 재능을 부인할 수 없겠군. 아무튼 이제 2학년이 될 텐데 앞으로 계속 이런 시를 쓸 건가, 재능을 살려 요리사가 될 건가? 중요한 질문이니 천천히 생각하고 대답해주면 좋겠네."

하지만 난 바보같이 즉시 대답했다.

"교수님! 요리는 그냥 취미입니다. 저는 시만 죽도록 열심히 쓸 겁니다! 시를 열심히 배우고 싶습니다. 교수님을 존경하고 시를 너무 사랑합니다! 죄송합니다. 앞으로는 요리에 한눈팔지 않겠습니다."

"요리해라."

교수님은 내 눈을 똑바로 쳐다보며 말씀하셨다. 단호하고, 거침없고, 신속했다. 눈빛은 호박琥珀 같아서 마치 3천 년 전부터 준비한 대답 같았다. 내가 입을 다물지 못하자 교수님은 내 턱을 자애롭게 올려주시며 디스랩을 하셨다.

"원식 군, 미안하다. 그리고 시를 사랑해줘서 고맙다. 하지만 쓰는 건 관두고 훌륭한 독자가 되어주면 안 되겠나. 네가 가져온 시들엔 손맛이 없다. 기본기도 없고 감각도 없고 인과도 희미할뿐더러 사유는 얕고 표현은 추한데 자꾸 앞장서려고만 한다. 다각적인 단점을 상쇄할 핵심적 장점이 보이지 않아 가망이 없는 것처럼 여겨진다. 만약 전위를 추구하려면 후위에 있는 자들보다 몇 배 명민한 감각이 필요하다. 한데 자기도 잘 모르는 얘기를 무감각하게 떠벌리고만 있다면 누가 그 선두의 말을 신뢰할 수 있겠는가. 시란 똥가루 같은 걸 종이에 흩뿌려놓고 무늬를 감상하는 게 아니라 자네가 남달리 잘 아는 무언가를 치열하게 정제하고 압축한 보석 같은 걸 정성껏 언술하되 그 과정조차 아름다워야 한다고 내가 몇 번 말했나. 허나 나는 이해한다. 자네는 중첩된 이 우주의 시공간 어디에선가 반드시 시인일 것이다. 그래서 현 차원에서도 꼭 시를 쓰고자 했을 것이다. 그러나 운 나쁘게도 우리가 인지하는 지금 이곳 21세기 시공간에서 시인으로 인정받을 확률은 매우 낮은 것 같다. 원식 군. 가망이 없더라도 너무 좌절하지 말게나. 내 말은 절대적 진리가 아니다. 그러니 모르는 것이다. 혹시 22세기에는, 혹시 다른 차원에서라면 자네가 훌륭한 시인일지도."

나는 마음속 깊이 인정 또 인정을 한 다음, 깊이 고개를 숙여 교수님께 존경심을 표하고 연구실을 빠져나와 학교를 자퇴했다.

똥가루라니. 내 시가 그렇게 형편없을 줄은 몰랐다. 우리가 아직 겪지도 않은 22세기에 시의 패러다임이 똥가루를 흩뿌려놓고 관찰하는 쪽으로 바뀐다면 혹시 기대할 수 있겠지만, 에이 설마 그럴 일이 있겠냐는 뜻인 것 같았다. 난 끝장이었다. 죽고 난 다음에 시인이 되고 싶진 않았다. 다른 차원이나 다른 세기에 시인이 되고 싶지도 않았다. 나는 교수님이 읽고 있던 진은영 시집 『우리는 매일매일』을 읽으며 자책하다가 어떤 시 앞에서 죽도록 울었다. 그럴 수밖에 없었다.

우리는 목숨을 걸고 쓴다지만
우리에게
아무도 총을 겨누지 않는다
그것이 비극이다[10]

나는 비극적인 좌절감과 패배감에 사로잡혀 하루 종일 방

---

10   진은영, 「70년대産」 부분, 『우리는 매일매일』, 문학과지성사, 2008.

바닥에 길게 뻗어 있었다. 시를 읽을 줄 아는 훌륭한 독자도 아무나 되기 힘들다는 생각이 들었다. 진은영 시집의 그 페이지엔 내 눈물이 너무 배어 종이가 울어버렸다.

"어유, 자퇴생. 자빠져 있는 꼬라지 핵극혐!"

"죽는다?"

"짜증 낼 기운 있으면 짜파게티나 끓여."

지원이가 거실에 널브러진 내 엉덩이를 걷어차며 말했다. 그렇다. 그 말은 인과의 연결이 좋았다. 정제되고 압축되어 있었다. 게다가 로우킥에 체중을 전부 싣는 물리학적 메커니즘의 충격 파동이 골반에 짜릿했다. 그래서 일어났다. 지원이는 내가 오랜만에 열심히 끓인 짜파게티를 문어 빨판처럼 흡입하다 갑자기 그렁그렁 울었다.

"이원식아! 응? 이게 시야!"

"그 정도냐?"

"응, 진짜 목숨 걸고 너무 맛있어."

진은영 시집 페이지가 울고 지원이가 울고, 어쩐지 다시 용기가 난 나도 울었다. 그때였다. 나는 '요리해라'라고 단호히 말씀하신 존경하는 교수님의 가르침대로 음식을 만들어 그걸로 시에 준하는 맛을 내겠다고 결심했다. 취미를 주업으로 바꿀 용기가 생긴 것이었다. 기본기와 감각과 인과가 분명한 것, 혹 그렇지 않다면 이유를 댈 수 있거나 이유를 댈 필요가 없을 정도로 아름다운 것을 하고 싶었다.

"시 같은 요리를!"

지원이가 기본에 충실한 인생을 택해, 높은 수능 점수를 얻어 진학한 유아수학과에서 장학금을 받으며 남다른 스펙을 쌓아 졸업한 뒤, 좋은 유치원의 수학 선생으로 취업에 성공하는 걸 보면 그게 옳았다. 그리고 지원이 엄마 규리 이모는 연애를 시작했다.

"딸 다 키워놨으니 이제 내 인생 살아야지."

그렇게 말한 뒤 이모는 정말 얼마 후 잘생긴 이탈리아 남자 조르지오를 우리에게 소개시켜 줬다. 이모네 미용실 단골손님이라는데 놀라울 만큼 한국말을 잘했다.

한국 사람이기 때문이었다. 이탈리아에서 귀화한 그의 한국 이름은 조지오였고, 직업은 번역가였다.

"규리 이모를 전 이모라고 부르는데 아저씨를 뭐라고 부를

까요?"

"삼촌? 혹은 이름 불러요."

"삼촌은 주로 뭘 번역하세요?"

"한국 문학이지요. 이탈리아어로 소개하지요. 그 반대로도 하고. 너무 재미있지요."

첫인상도 좋았지만 하는 일도 맘에 들었고, 깊은 눈매와 차분한 성격과 지적인 매력까지 겸비한 사람이었다. 연애에 대한 이해도가 높은 지원이는 새아빠가 될지도 모를 그 아저씨에게 일말의 거부감도 없는 듯 보였다. 되레 엄마의 연애를 열렬히 응원하는 쪽이었다. 보수적인 우리 엄마만 내내 안절부절못했다. 나는 그에게 호감을 느껴, 빠르게 친밀도를 높였다. 그리고 브라이덜 샤워 같은 술자리가 열렸을 때 그분과 오래 대화 나눌 기회가 있었다.

"삼촌, 빈티지를 이탈리아 말로는 뭐라고 하죠?"

"이탈리아어엔 없어요. 영어랑 삼탈리아어로만 쓰죠. 우린 좋았던 해의 와인을 비노 다아나따라고 해요."

"혹시 빈티지를 한국말로 번역하실 수는 없나요?"

"음……. 고풍스러운 건 앤티크고, 레트로는 한국말이 아니고, 오래된 특정한 고상함……. 어? 한 단어로 번역이 안 되네요?"

나야 안 되는 거 알았지만 번역가도 안 될 줄은 몰랐다. 나는 그가 민망할까 봐 화제를 돌렸다.

"혹시 조반니 펠리치아노 아시나요?"

내 질문에 흥미를 느꼈는지 눈빛을 크게 들썩인 조지오 삼촌은 와인이 반병 빌 때까지 차근차근 설명해주었다. 나는 삼촌의 그런 성격과 어조가 좋았다. 어미에 이상한 라임을 맞추려 하는 습관만 빼면. 아무튼 그의 설명을 요약하면 이랬다.

"펠리치아노? 이탈리아인 이름 같지만 삼탈리아 사람이죠? 근데 난 그가 내세우는 키치성에 문맥적 저항감을 느꼈지요. 그는 요리 말고는 모든 면에서 의도적 어설픔을 추구했고 시나 산문도 대충 쓴 것처럼 보이지요. 게으른 분들이 뭘 대충 쓱쓱 해놓고 키치를 표방했다고 하면 안 되겠지요? 잘못 판단한 거겠지요? 키치는 매우 정밀하고 이성적으로 어른 되기를 거부해야 하는 것이겠지요. 인과가 중요하단 거죠. 그냥 애들 흉내만 내면 되는 게 아니라는 거 알지요. 그런데 조반니 그분, 요리는 왜 그렇게 진지하게 잘한 거지요? 그의 유명한 파스타 제목은 또 왜 그렇게 유치한 거죠? 문어발 타조알 크로스? 같은 건 너무 곤란하죠. 펠리치아노는 앞뒤가 너무 안 맞아 두통이 생기는 인물이지요. 게다가 남자가 조반니 펠리치아노를 좋아한다면 어쩐지 이상해요. 남자들을 무조건 하등한 존재로 몰아세웠거든요. 반면, 여자들을 여신처럼 숭앙했지만, 페미니스트도 아니었지요. 여자들에게도 험한 평가를 받았지요. 그 사람, 이 여자 저 여자 밝히는 엽색가였다지요? 아. 정말 알면 알수록 느끼한 인간이지요."

　나의 조반니가 받고 있는 평가는 참혹했다. 그러나 조반니에 대해 아는 사람을 만났다는 사실만으로도 정말 신기해서 나는 가능한 한 많은 정보를 얻고 싶었다. 그러나 그는 삼탈리아에서도 정말 마이너한 책을 펴낸 수천 명 중 한 사람일 뿐이고, 책도 자비로 펴내어 가산을 탕진할 만큼 형편없었으며, 그 후 이탈리아 남부에 펠리치아노라는 삼탈리아식 소스가 전해져 반짝 유행하긴 했지만 그 소스를 만든 사람이 조반니 펠리치아노와 동일 인물인지는 모르겠다는 게 삼촌이 아는 전부였다. 토마토, 크림, 볼로네제, 로제, 오일 소스처럼 펠리치아노 소스는 한때 하나의 갈래였다고 한다.

"그 소스는 대략 어떤 맛이에요? 혹시 기억나세요?"

"좀 예스런 맛이었는데 한국말로 전통적? 재래식? 자세히는 몰라요. 어차피 이탈리아 사람들은 남의 소스에 관심 없거든요. 독창성을 중시하니까. 한국 시와 이탈리안 파스타의 공통점이 바로 그거죠. 내가 그 점에 큰 매력을 느껴 한국 시를 번역하지요."

"한국 시까지 번역한다고요? 시를 다른 언어로 번역하기란 정말 어렵지 않나요?"

"어렵지만 그걸 내가 또 해내고 있죠. 날씨 안 좋은 한국에 귀화한 이유가 그거거든요. 한국 현대시가 바로 빈티지예요. 어느 순간 좋은 한국 시들이 넘치다 못해 뻥튀기처럼 터져 나오는 시기를 보았어요. 최고의 날씨에 잘 여문 좋은 포도를 미친 듯이 잘 담그기까지 한 빈티지 와인이 생산되었던 몇몇 연도처럼 말이죠. 시간이 지난 뒤 사람들이 그 시기의 좋은 시들을 '코리안 빈티지'라고 부르게 될지도 모르겠어요. 그걸 관장하는 건 물론 신이겠지만 아무튼 번역할 때 주로 고르는 건 빈티지 느낌 나는 당대의 시들이지요. 나는 단편적인 언어의 변환에 그치지 않도록 끝없이 사유하면서 시인의 심상과 시적 상태를 동기화하려고 노력해요. 그게 얼마나 어렵고 또 얼마나 재미있는지 몰라요."

어디선가 한번 들은 적 있는 얘기 같았다. 뭐가 됐든 시를 좋아한다는 점 하나만으로도 나는 그 아저씨와 금방 친밀해졌다. 친밀도는 상대적이기도 한 거여서 그도 날 좋아했다.

"원식 씨도 시인을 꿈꾸었던 흔적이 엿보이는 마음을 가진 것처럼 보이는군요."

그의 한국말 실력을 보면 한국 시를 잘 번역할 것만 같았다. 그리고 무엇보다 조지오 삼촌이 준 가장 큰 선물은 조반니 펠리치아노의 책을 날 위해 번역해주었다는 점이었다. 삼탈리아어와 이탈리아어는 비슷한 점이 많긴 하지만 비속어를 남발하고 문장 호응이 좋지 않아 번역에 애를 먹었다고 했다. 하지만 내가 '발로 한 번역'과는 수준이 다른 세밀함과 자연스러운 문장이 돋보였다.

"작업을 끝내고 보니 이건 시집이 아니라 책 제목처럼 레시피에 가까웠어요."

중력보다 무겁게 올리브유와 만날 거야
성당의 종소리, 오 그것은 나의 화력

마늘이 희생될 땐 가난뱅이의 슬픈 냄새
페페론치노가 비틀어 쥔 태양의 비통함을 견딜 수 있을 때
비밀스런 모시조개의 육즙에 조의를 한 방울 표하지 않을 수 있
겠는가
　그러므로 차마 루오테보단 카펠리니

　조지오 삼촌은 간단한 해석까지 덧붙였다.

　"그러니까 이게 레시피라면 말이지요, 올리브유 두르고 성
당 종소리처럼 은은한 화력으로 마늘 아껴서 넣고 페페론치
노 넣고 눈물이 살짝 날 정도의 매운 냄새가 날 때까지 볶다
가, 모시조개 넣고 육즙이 배어 나오면 눈물을 한 방울 흘려
넣고, 카펠리니 면을 넣으면 된다는 거 아니겠어요? 더럽게 체
액이 들어가는 것 빼면 그냥 재래식 봉골레 파스타 레시피 아
닌가요? 내가 말했었죠? 이 사람 유치해요."

　그랬다.

　규리 이모와 조지오 삼촌의 결혼식은 빵집에서 치러졌다.
'럭키 베이커리'라는 이름의 빵집 겸 카페였는데 테이블은 다
섯 개뿐이었지만 하객이라곤 조지오 삼촌의 가족과 친구 셋,

엄마와 나, 지원이가 전부여서 괜찮았다. 소박한 예식이었다. 성당도 종소리도 주례도 축가도 웨딩카도 없었다. 요식 행위도, 허세도, 축의금도 없었다. 깊은 커피 향과 눈이 번쩍 뜨이는 요리와 서로 영원히 사랑하겠다는 맹세만 있었다. 집을 얼마짜릴 하니, 혼수를 얼마나 하니, 그 자리에 모인 사람들 모두 관심 없는 주제였다. 우리 엄마만 빼고. 규리 이모는 언제나 작은 것에서도 멋과 행복을 잘 찾았지만 그 이탈리아 남자와 함께 있을 때 가장 예쁘고 행복해 보였다.

나의 제대와 자퇴에 이어 규리 이모가 집에서 떠나는 새로운 국면이 시작되었다. 이모네 커플은 갈월동에서 그리 멀지 않은 해방촌에 신혼집을 얻었다. 지원이는 여전히 함께 살았지만 같은 유치원에서 유아동양철학을 가르친다는 선생과 연애를 시작해 집에서 동거하다시피 했다. 내가 밤에 라면을 끓이면 두 명이 나타난다는 점만 달라졌다. 제기랄.

그런데 그 결혼식은 내게도 중요했다. 음식을 담당한 요리사의 솜씨에 경도된 것이었다. 그것은 마치 시를 난생처음 읽었을 때처럼 강렬한 사건이었다. 요리사는 조지오 삼촌의 동네 술친구라고 했는데 축의금 대신 자신의 재능을 선물했다. 삼촌 친구라 사람이 좋은 건 기본이었고, 그분의 요리를 딱 한 입 먹자마자 나는 당장 제자가 되고 싶다고 마음을 먹었다. 내가 잘 아는 맛이었지만 한 번도 먹어본 적 없는, 그런 신비한 경험을 선사하는 요리였다. 내가 가야만 하는 경지가 그분이 만들어낸 음식 속에서 드러났던 것이다. 그러나 결혼을 축하하는 자리에서 개인적인 놀라움을 주제 삼을 수는 없었다.

나는 엄마도 연애를 좀 했으면 싶었지만 김밥 가게 일이 워낙 바쁘고 힘들어서 그럴 여유가 없는 것 같았다. 규리 이모와 밤새 수다를 떨 시간이 줄었다는 점에서 엄마는 좀 쓸쓸해 보였다. 게다가 엄마는 오픈 마인드가 아니었다. 아니 왜 결혼식을 예식장에서 성대하게 안 하냐는 둥, 그동안 규리가 동창들한테 낸 축의금이 얼만데 왜 그년들은 초대 안 했냐는 둥, 바쁜 와중에도 자꾸 현실적인 말만 해댔다.

"아 왜, 결혼식 딱 멋있던데."

"멋있으면 다니?"

"그럼 또 뭐가 있는데?"

"철 좀 들어라, 이 녀석아."

아무래도 좀 상실감이 있어 보이는 엄마는 대신 김밥집 영업을 확장하는 데 온 힘을 쏟았다. 배달 주문을 공격적으로 뚫었고, 더 이상 소매로 판매하는 수입에는 만족하지 않는 것 같았다. 왜 돈독을 올리시느냐고 묻자 엄마는 말했다.

"너 장가는 보내야지."

"내가 벌어서 갈게. 아직 여자 친구도 없어."

"자랑이니? 얼른 배달이나 가."

솔직히 자랑이었는데 덜컥 첫사랑이 생겨버렸다. 장소는 김밥 배달을 간 교회에서였다. 우리 김밥은 성가 연습을 하느라 점심을 거를 위기에 처한 성가대에서 주로 주문했다. 나는 성경에서 시편밖에 안 읽었는데 교회들이 가게 매출을 올려주는 게 고마웠다. 그중 가장 큰 교회에서 어느 날 김밥 천 줄을 주문했다. 엄마는 개이득이라며 기뻐했지만 일손이 모자라 일용직으로 고용한 전투력 높은 아주머니들과 욕 배틀을 뜨면서 새벽부터 김밥을 만들어야 했고, 배달에 문제도 생겼다.

무거운 김밥 박스들을 갖고 교회에 도착하자마자 주차 관리 완장을 찬 사람들이 입구에서 나를 막았다. 교회에서 주문한 음식이에요, 김밥은 무겁다고요, 해도 자꾸 혼냈다. 멀리서 등짐으로 김밥 박스를 들고 와 엘리베이터를 타려 하자 성도 전용이니 계단을 이용하라고 했다. 5층 성가대 연습실까지 무겁게 김밥을 지고 올라갔는데 대체 어느 고생대 패션인지 알 수 없는 이상한 가운을 걸친 성가대원들이 박스 앞에 모여들었다. 그리고 누군가 속으로 나직이 하는 말이 내 귀에 살짝 들렸다.

"누가 또 촌스럽게 김밥 시켰어."

나는 취향을 존중하여 개의치 않고, 다른 교회에서 늘 그랬듯 거래 명세서를 흔들며 김밥을 가져가는 사람들에게 물었다.

"맛있게 드세요. 계산은 어느 분께 받나요?"

그런데 가장 큰 거래처가 될 수도 있을, 그 강남의 대형 교회 사람들은 김밥을 가져가면서 내 말을 씹었다. 살짝 충격이었다. 아예 들리지도 보이지도 않는다는 듯 아무런 대답도 하지 않고, 심지어는 힐끗 쳐다보지도 않았다. 그들에겐 김밥이란 물건이 왔지, 배달원이라는 인간이 온 건 보이지 않는 것 같았다. 신선하기 그지없었다.

"저기요, 처음인데 김밥 계산 누구한테 받죠? 총무님 계세요?"

내가 장난스레 목소리를 높여봐도 마치 군소 정당 선거 후보가 연설하는 것처럼 아무도 내 존재를 신경 쓰지 않았다. 나는 아무나 인상 선한 아주머니를 택해 눈앞에 얼굴을 들이대며 물었다.

"저기, 이 계산……."

"아이, 왜 나한테 물어. 저리 비켜요."

그분은 나를 밀치고 사라졌다. 이 반응은 뭐지? '교회유머집'이 성황리에 팔리는데 나만 못 읽은 건가? 나는 어느 타이밍에 웃어야 할지 몰라 5분쯤 그대로 서 있다가 조금 뭉클해졌다.

나를 이렇게 대한 건 교회가 처음이잖아. 격 떨어질까 봐 이 소설에 차마 리얼하게 적지는 않겠지만, 해골이 열리는 느낌이 들어 조금은 거칠게 말했다.

"김밥 배달 받으셨으면 돈을 주셔야죠! 왜 자꾸 사람을 무시하세요? 이웃을 사랑하라는 게 계명 아닙니까?"

그제야 어떤 아주머니가 쪼르르 달려오더니 허리에 양손

을 짚고 외쳤다.

"이 청년이 마귀에 씌었나. 어디서 말을 함부로 해! 여기가 어딘 줄 알고 감히."

"이제야 내가 보이셔요? 얼른 계산해요. 바빠요."

"뭐 이런 교양 없는 양아치가 다 있어? 같잖은 푼돈 떼먹을까 봐? 생긴 것부터 껄렁껄렁 해갖고 감히 성전에서 언성을 높여! 배운 게 없으니 배달이나 하지."

"라임이 라면 같네요. 최소한 사람을 사람으로 안 보는 게 교양이면 교양과목 다 에프 받으셨어요?"

"뭐야, 이 청년이? 머리는 빨개가지고. 말조심 안 해? 여긴 거룩한 성전이야."

'이 청년이' 같은 최신 한국어 같지 않은 용법을 자꾸 쓰는 건 조금 웃겼다. 피식, 할 뻔했다. 근데 머리를 염색하면 말을 함부로 하면 안 되나? 거룩한 성전은 '역전 앞'이나 '남은 여생'처럼 동의어 반복 오류 아닌가? 기본적인 한국어도 제대로 못 쓰나? 진짜 교양과목 낙제했나? 의문이 너무 많았다.

교회 이름은 공교롭게도 '사랑이 넘치는 교회'였다. 그럼 문장 불호응의 오류까지 추가되었다. 압수 수색하듯 탈탈 털어도 사랑 같은 건 미생물만큼도 안 나오겠는데 무슨 새소리야.

네이밍 개그야? 성전이지, 상전이냐? 빨간 머리는 자동으로 악마냐? 욕들이 편도선을 복싱 파이트볼처럼 때리며 올라왔다. 그래도 최대한 혓바닥으로 누르며 말했다.

"우리 엄마랑 밤새 한 줄 한 줄 정성껏 싼 김밥이 같잖았어요? 시를 쓰듯 한 줄도 허투루 안 말았다고! 그렇게 싼 김밥 값이 같잖은 푼돈이라고? 그리고 배달원은 직업 아닙니까? 이런 거 하면 계급이 낮아? 그딴 매너도 교양도 없는 인식이 밑바닥 수준 아니에요? 당신들 김밥 먹을 자격도 없을 만큼 천박해!"

그런 뚜껑 열린 웅변을 하다가 첫사랑을 만나버렸다. 성가대원 중에 딱 내 또래인 여자가 우다다다 다가와, 성가대 연습실에서 나를 끌고 나갔다. 달려올 때 성가대 가운을 벗어 던지는 걸 봤는데, 왜 때문인지 가운 속엔 블랙 고딕 패션이었고, 눈빛에 똘끼가 가득했다. 나를 두드려 패러 오는 느낌마저 들었다. 그게 또 내 눈엔 그렇게 멋져 보였다.

"미안해. 그만 화내. 응? 그 얼굴로 그러지 마요."
"예?"

"대신 사과할게. 따라 나와요."

이상하게도 저항할 수 없었다. 그녀는 나를 사람들 없는 구석으로 끌고 가더니 말했다.

"시를 쓰듯 만 김밥에게 정말 미안, 어쩐지 맛있더라. 스웩도 좀 느꼈어."

그 순간 열린 해골이 광속으로 닫혔다. 뇌세포 몇 개는 사이에 낀 것 같았다. 그녀의 말이 성령의 은혜처럼 들렸다. 쳇. 다음 순간 '그 얼굴'이란 말이 대뜸 선명했다. 뭘까? 잘생겼다고도 안 했고, 선하다고도 안 했고, 지칭 대명사 같은데 내 캐릭터와의 연관성은 모르겠고, 알겠는 건 그 여자에게 반해버렸다는 것뿐이었다. 그녀는 말투도 내 스타일이었다.

"머리색 애시스칼렛이네? 유니크하여라."

"응, 고마운데 김밥값……."

"총무님 오늘 안 나왔어. 월요일에 계좌 이체 하겠지. 우리 교회에선 안식일에 돈거래 안 해."

"미리 말해줬으면 내가 화 안 냈……."

"아냐. 내가 대신 미안해. 저 사모님들 이상한 선민의식 있어. 오빠가 한 말들은 정당했어. 쌍욕 빼고."

나는 그녀가 '오빠'라는 호칭을 쓰는 순간 내게 호감이 있음을 맹신하며 이성이 마비되었다. 그녀는 날 따라 나오더니 교회에서 멀리 파킹된 내 김밥 차에 자연스럽게 탑승했다.

"왜 타세요? 어디 가게?"

"시를 쓰듯, 이라고 말하는 사람 첨 봐서. 애인 있어요?"

"있겠니?"

"좋아. 아무 데나 가. 그냥 아무 데나."

그녀의 말에 홀린 듯 잠시 주행하다 그녀에게 말했다.

"아까 비아냥거린 거 미안해. 근데 '그 얼굴로'가 무슨 뜻이야? 수습하려고 아무 말이나 한 거니?"

"아냐. 내가 왜 따라 나왔겠어. 이 얼굴 내 스타일이야. 정확히."

그녀는 머리를 심드렁하게 쓸어 넘기며 대답했다. 옆얼굴이 상당히 매력 있어서 차를 전봇대에 박을 뻔했다.

"예쁘다는 말 많이 듣지?"

"의미 없지만 고마워."

그녀는 〈스타워즈〉에서 본 트윌렉족 여자애처럼 어깨를 으쓱했다. 저절로 미소가 나왔다. 어디로 가야 할지 몰랐지만 방배동 어느 떡볶이집 앞에 차를 세웠다. 이름이 '미소의 집'이어서였다. 우리는 즉석 떡볶이와 쫄면, 라면, 오뎅 사리를 주문했다.

떡볶이가 끓기도 전에 그녀가 말했다.

"나랑 사귈래? 교회에서 봤을 때 새빨간 머리색이 특별해 보였고, 상판대기 이목구비 배치도 특이해서 좋았고, 강남 사모님들 귓구멍에 시를 쓰듯 욕하는 게, 성량과 톤이 하도 듣기 좋아 나도 모르게 다가간 거였는데 냄새까지 좋더라구. 정확히 내 이상형이야."

그 말을 할 때의 표정이 너무 신비로워 나는 오뎅 사리가 될 뻔했다. 진짜 내 스타일인 건 오히려 그녀였다. 이상한 여자 좋아하는데, 나한테 사귀자고 먼저 고백하는 여자라니 딱 이상형이었다. 서로 나이도 모르고 배경도 모르고 그냥 우연히 마주쳤지만 놀랍게도 서로에게 즉시 흡인된 것이다. 그때부터 우리는 거친 핸드와 핸드크림처럼 서로에게 필요한 사이가 되었다. 그녀는 나를 낙낙하게 안아줬고, 함께 시집을 읽었으며, 웬만하면 떨어지지 않게 되었다. 그 사랑의 감정은 우리만의 새로운 우주를 만드는 것과 다름없었다.

그나저나 교회에서 부린 개꼬장으로 대형 거래처가 마술처럼 사라졌고, 엄마는 일요일 새벽에 일하지 않아도 됐지만, 남는 힘으로 내 등짝을 패는 각이 풀스윙이었다.

"교회에서 왜 그 지랄을 했어!"

"김밥 말고 내가 양식을 케이터링 갔어봐, 날 그렇게 천대했겠어?"

"너나 김밥 좀 그만 천대해! 너도 그 사람들이랑 똑같아."

"내가 요리 배워서 돈 벌게. 김밥 같은 간식 말고 폼 나는 프랑스나 이탈리아 정통 요리."

"김밥도 요린데? 서양 애들이 쉽게 못 만들걸. 넌 내 유부볶는 법도 못 배웠잖아. 다른 요리에도 다 도움이 되는 원리라구."

"이제 유부김밥 유행 지났어. 제대로 유행이었던 적도 없지만."

"엄마가 평생 깨달은 노하우도 무시하는데 누가 널 가르쳐 줘!"

떠오르는 인물이 한 분 있었다. 내 눈에 정말 폼 나는 요리사이자, 조지오 삼촌 결혼식 때 내가 사부로 삼고 싶었던 이탈리아 요리 고수이자 삼촌의 동네 술친구. 내 등짝을 세게 후려치다가 엄마가 손 다칠까 봐 나는 당장 행동에 나섰다. 그 분을 통해서라면 양식을 본격적으로 배울 수 있을 것 같았다. 나는 조지오 삼촌을 통해 그분에게 서사시와 같은 긴 편지를 보냈다. 씹힐 줄 알았는데 의외로 답장이 바로 왔다.

'아, 지오 씨 결혼식 때, 아름다운 김밥? 그 아드님이군요.'

규리 이모 결혼식에 왜 김밥을 싸 갖고 가느냐며, 음식을 담당한 요리사에게 실례가 될 거라고 내가 뜯어말렸는데 엄마는 규리가 제일 좋아하던 건데 이런 날에 왜 의미가 없냐며 매우 진지하게 김밥을 만들어 가져갔었다. 케이터링이 이탈리안 코스 요리여서 꺼낼 타이밍을 잡기 힘들었지만 엄마는 후식 때 김밥을 곁다리로 깔았다. 그리고 기절할 만큼 맛있던 스테이크와 파스타를 만든 사부는 내 예상과는 달리 유부김밥을 맛보더니 잠시 혼절했다 깨어났었다.

"정말 놀라운 맛이에요. 비밀이 뭔지 알고 싶을 정도예요."

"유부, 간장, 설탕 그리고 식용유 조금, 멸치 육수, 고추를 센 불에 볶은 거예요. 물론 아지노모토도 조금."

내가 그렇게 대답하자 즉시 엄마가 반박했다.

"요리사 샘이 뭘 넣었는지 몰라서 물어보겠니? 비밀이 알고 싶다고 말하시잖아."

사부는 고개를 살짝 끄덕였다. 그러나 엄마의 다음 말은 정말 충격적이었다.

"못 알려줘요. 우리 아들한테만 물려줄 거예요."

"그럼요. 감히 알려달라고 하지 않겠습니다."

내가 그분의 제자가 된 전말은 이러했다. 내가 보낸 편지는 선생님의 요리를 먹고 시력이 좋아졌으며, 그런 요리를 추구하는 게 내 팔자의 운명인 것 같으며, 제자로 받아주시면 어떤 고된 수련을 받더라도 미쳐버리지 않겠다는 내용이었다. 사부는 이렇게 답장했다.

'어머니 김밥 맛의 비밀 먼저 깨달으세요. 엄청난 경지예요. 그것부터 해낸다면 제가 아는 자잘한 요리들은 얼마든지 가르쳐드리죠.'

엄마의 김밥은 특별한 맛을 내긴 했다. 비밀은 유부 볶는 법에 있었는데, 사실 하도 먹다 보니 내겐 그저 둥근 막대기 같은 김밥에 들어가는 재료 중 하나일 뿐이었다. 그러나 나는 이제 엄마의 주방에서 유부 볶는 비밀부터 제대로 배우기로 했다. 아들인 주제에 그걸 알지도 못했다는 게 부끄러웠기 때문이다.

하지만 엄마는 좋은 김밥 요리사일지언정 좋은 강사는 못 되는 것 같았다. 수첩을 들고 주방에 갔지만 하루 종일 한 자도 받아 적을 게 없자 한숨이 나왔다.

"레시피를 적을 게 없어. 무조건 이래 이래 하면 다 된대. 잘 설명할 수 없는 건 잘 모르는 것과 뭐가 달라?"

"그래서 내가 『금강경』을 읽으랬니, 안 읽으랬니. 배워야 한다고 생각지 마라. 진리는 이미 네 안에 있으니 남에게 받을 수 있는 게 아니다. 알아, 몰라?"

"엥? 그게 그 뜻이 아닐 텐데."

"그러니까 유부를 볶을 때 냄새로 간 맞추고 감으로 불 조절하고 음, 맛있겠네, 하고 주문을 외우면 돼. 그렇게 음식의 맛을 깨우는 거야."

"아아. 아닌 것 같애."

"세상에 정해진 레시피는 없어. 매번 똑같이 한다고 똑같은 맛이 날 것 같니? 매번 날씨가 다르고 기온이 다르고 기분이 다르잖니. 한 번도 같은 날짜와 시간이 아니잖니. 조건이 달라져도 똑같은 맛을 내는 게 진짜 노하우야."

"아니 감으로 때려 맞추는데 어떻게 일정한 맛이 나는 건지 알려달라고요."

"나도 몰라. 요리는 경험치를 쌓는 거야. 그래야 감이 생겨. 구구단 같은 공식 아니야. 다시 볶아봐."

하지만 내가 알고 싶은 건 분자 단위의 레시피였다. 절대 오차가 나지 않고 일정한 맛을 내는 과학적인 방식. 엄마에겐 그런 게 없었다. 그것은 자꾸 갈등을 불러일으켰다.

"아뇨, 엄마한테 못 배우겠네. 엄마가 맛 내는 법을 관찰하고 실험하고 연구해볼래."

"그래 갖곤 모른다니까. 내가 말주변이 없지만 이건 확실해. 볶으면서 음, 맛있겠네, 하는 주문을 꼭 넣으라고. 식재료의 성질에 공감하고, 인정하면서 하는 거야. 근데 정성이 없으면 안 나와. 맛을 소환하는 건 절박한 정성이야."

"어휴, 됐어요, 됐어. 요리가 샤머니즘이야? 엄마가 주술사야?"

훌륭한 통산 타율을 기록한 야구 선수가 은퇴하고 후배를 지도하게 됐을 때, 공이 오면 그냥 치면 돼, 그게 왜 안 돼?라고 가르친다더니 엄마도 그런 식이었다. 게다가 공감이니 인정이니 식재료에 심리학 용어가 왜 나와. 그러나 뒤돌아설 때 뒤통수에 꽂힌 한 가지 단서는 획득했다.

"너도 자식이 있어보면 알 거야. 사랑하는 사람 먹이려고 정성을 다할 때의 심정부터 알아야 해."

"어? 그건 알 것 같은데. 나 사랑하는 사람 생겼어."

실연당한 웨이터를 쉬게 하라

내 숭고한 정성으로 불러낸 맛이

상심의 손길이 닿는 찰나

반드시 소멸되는 지랄을 목도했도다

엄마가 말한 정성은 내가 좋아하는 조반니의 한 문장과 비슷한 면이 있었다.

"그렇다면 정성부터 먼저 배우고 올게."

내 생각엔 연애에 집중하는 게 가장 빨리 '정성'이라는 키워드를 득템하는 방법일 것 같았다.

나는 눈빛이 짜릿짜릿하고 얼굴이 야릇야릇한 그녀가 매사추세츠 공대 부설 제과제빵 학원에 다니고 있다는 얘기를 듣고, 빵순이라는 애칭을 썼다가 낭심을 차인 뒤, 달링이라고 불렀다. 원래 이름은 임앨리스라고 했다. 부모님도 모두 한국 분이신데, 작명 센스를 보면 평범한 가정에서 자란 것 같지는 않아 안심이었다. 그래선지 그녀에겐 모든 행동을 특이하게 하지 않으면 못 견디는 유전자 활성 단백질이 있는 것만 같았다. 하지만 그녀는 사랑스러웠다. 그리고 나를 '오빠'라고 불렀다. 달링과 10초도 떨어지기 싫어서 나는 그녀가 다니는 학원에도 등록했다. 이름이 특이한 학원이어서 꼭 한번 다녀보고 싶기도 했다. 등록하자마자 'Massachusetts' 스펠링부터 가르치는 걸 보니 기본을 중시하는 곳 같았다. 난 어차피 요리사로 진로를 정했고 모든 요리를 열심히 배울 예정이니, 파티시에 과정을 겸한다고 해서 나쁠 건 없어 보였다. 우리는 맛있는 빵집을 찾아다니고, 반죽을 연구하고, 빵과 맥주를 마시고, 함께 시를 읽거나 음악을 듣고, 그러다 말고 껴안고, 뽀시락거리고, 꽁냥거리며 정성껏 진도를 나갔다.

그런데 애인과 키스를 할 때면 희한한 기시감이 들었다. 데자뷔처럼 나는 그녀와 언젠가 키스를 해본 적이 있다는 걸 알 수 있었다. 나라는 존재가 나로 살았던 적이 있었다. 달링을 만났던 적이 있었다. 또한 나는 여기에도 있고 저기에도 있는 것 같았다. 달링의 혀끝이 바로 그 느낌을 환기시키는 매개체가 되는 듯했다.

만약 내가 과학자라면 그 순간 우리의 양자들이 어떤 섹터로 도약해 튀었는지 기록하고, 콰오아의 공전주기가 살짝 바뀐 그 시점에 표기를 해뒀을 것이다. 한 인생은 어떤 지점을 인식하고 상호작용하며 통신하기 위해 반복되는 것 같다. 근데 그런 디테일은 키스가 맛있어서 모르겠고, 나는 너무 달콤해서 버터처럼 녹아내리기만 했다. 달링도 비슷한 현상을 느끼는 것 같았다. 처음으로 자던 날에도 나는 그녀의 치마를 또르띠야 올렸고, 그녀는 내 바지 지퍼를 바깔라우 내렸는데 어쩐지 왕돈까스처럼 익숙했다. 신비한 경험이었다.

달링이 가장 좋아하는 빵은 연유 스틱이었고, 가장 좋아하는 비행기는 보잉777-300ER이었다. 길쭉한 것들이었다. 우리 사이는 아주 길게 갈 것 같았다. 그런데 젠장, 애인은 어느 날 아주 짧게 질문했다.

"이러려고 나 만나?"

나는 당황했다. 남들과 같은 행동이나 표현이라면 치를 떨던 달링이 그런 말을 하다니. 그 짧은 질문을 들은 장소는 시간제로 오븐을 빌리는 사설 제빵 연습실이었다. 핑거쿠키를 굽다 말고 내가 달링의 속옷에 손을 넣었을 때 그 3천 년 묵은 전형적인 질문을 던졌다. 인류에게 축복이었던 3천 년 전 누룩을 함께 반죽해서 그런 건 아닌 것 같았다.

"너랑 단둘이 있는데, 응? 내가 아무 느낌도 없으면, 좋겠냐?"

"땡."

"내가 너랑 한번 하고 싶은 생각밖에 없는 것 같아? 아니야. 너랑 평생 하고 싶……."

"땡."

식은땀이 났다. 두 번 틀렸으면 기회는 한 번밖에 안 남은 것 같았다. 나는 가까스로 존슨을 끄고 뇌를 부팅해 마지막 대답을 만들어냈다.

"우리의 사랑이 비루한 인생을 아름답게 만드는……."

달링은 말을 끊었다.

"정답은 '오늘 표정이 어둡네, 내일 시험 많이 걱정되니'야."

그리고 우리 관계까지 끊었다. 과감한 점층법이었다.

"그만 만나."

"왜?"

"보자 보자 했는데 안 되겠어. 파티시에 시험에 집중 못 하고, 정신 못 차리고, 넌 졸라 미래도 없고, 과거를 잃어버린 채 허상을 좇아 스쳐 지나는 꿈이야."

"그건 뉴클리어 형님들 시잖아?"

"몰라. 난 정성껏 멋진 빵을 만들고 싶다고 했잖아. 근데 넌 내 팬티를 벗기는 것밖에 관심이 없어!"

"아니라고. 브래지어를 벗기는 것에도 관심 많아."

"농담할 때야? 다 끝났어. 넌 지금 내 인생에 정말 방해돼!"

달링의 목소리 톤과 표정은 절대적 진담 같았다. 안면 근육 44개 중 단 한 가닥도 움직이지 않았다.

"내 잘못을 인정할게. 네 진로에 방해가 될 만한 짓은 앞으로 조금도 하지 않을 테니 한 번만 더 같이 갈 기회를 줄 수 있겠니? 그동안 내가 서툴러서 미안했다."

그녀는 한참 이마를 꾹꾹 눌러대며 말을 참았다. 그리고 참았던 말을 끝내 하기로 결심한 듯 형형한 눈빛을 쏘며 입을 열었다.

"아니. 아닌데? 오빠 내 마음과 상태에 관심 없잖아. 널 다시 생각해봤어. 처음엔 당당한 자부심과 새빨간 시심이 황홀

했는데 졸라 근거가 하나도 없어. 요행만 믿는 바보잖아. 진정한 맛대가리를 위해 아무 노력도 안 하는 쌍쌍바 새끼야. 한 번만 더라고? 핑거쿠키 기본도 계속 모르면서? 한두 번 서툰 건 잘못이 아니지만 서너 번 계속 서툰 건 큰 잘못이야."

"내 핑거쿠키 맛있다며? 내 핑거도……."

"닥쳐. 응, 남달리 창의적이야. 근데 기본을 벗어났어. 기본부터 요구하는 이유가 있잖아? 왜 예술적 고뇌부터 해? 제빵시험 쳐야 되는데 왜 떡만 쳐? 네 욕심만 채우면 돼? 난 욕심 없어? 머릿속에 포르노만 가득하니까 이 시공간에서 우리 교집합 면이 자꾸 작아지기만 하잖아."

나는 그 말을 듣고 주저앉아 한참 동안 이마를 짚고 앉아 있었다. 충격적이었다. 내가 기본이 없어서 시인이 못 된 걸로 모자라 빵도 못 만든다니, 그저 일개 섹스광이어서 여친에게 차인다니. 그리고 시공간은 또 뭐라는 거니.

나는 참담한 마음으로 임앨리스와 헤어졌다. 헤어질 때 애인의 이름을 불렀다. 처음 만났을 때 불렀고, 헤어질 때 다시 불렀다. 연인을 애칭 대신 이름으로 부르면 사무적인 느낌이 된다는 걸 알았다.

그녀를 보내고 나는 로션도 선블록도 안 바르고 회한에 잠
겼다. 기본기에 대한 자괴감으로 내 기본 피부라도 망치고 싶
었다. 보다 못한 지원이가 로우킥을 팡팡 날렸다.

"피부 꼬라지 썩은 고구마 새끼! 예비군 훈련 받냐? 있던 애
인도 도망가겠네. 짜파게티 끓여 오면 감자팩 서비스!"

나는 그날 지원이가 가장 좋아하는 스타일의 짜파게티를
먹인 다음, 감자팩 말고 시공간이 뭔지 설명해달라고 부탁했
다. 이공계인 지원이는 너무나 쉽게 설명해줬다.

"시공간이 시 쓰는 공간이 아닌 건 알지? 우리가 사는 우주
를 수학적 모형으로 표현할 때 시간과 공간으로 짜여진 4차
원 연속체를 그리는데, 뉴턴역학의 절대 시간과 공간이 진행
되는 개념으로 이해되다가, 아인슈타인 아저씨의 상대성 이론
이 등장한 뒤엔 중력에 의해 휘어져 있고 중력파로 출렁인다
는 걸 알았거든. 우리의 시공간은 서로 섞일 수 있는 가변성
을 가진 곳이었던 거야. 정말 재미있지 않아?"

"재미없는데."

"이원식. 대가리가 빠가더라도 기운 좀 내. 세상에 짜파게티

를 맛있게 끓이는 사람은 널렸어. 그렇지만 첫사랑에 실패한 직후에도 이토록 맛나게 끓일 수 있는 건 너뿐일 거야. 넌 요리사가 될 운명이야."

그래서 운명이 대체 무슨 지랄일까 생각하며 방황했는데 달링과 자주 가던 서점이 보였다. 나는 김민정 시인의 『아름답고 쓸모없기를』이라는 시집을 골라 들고 눈에 힘을 주며 읽었다. 시구를 놓치고 싶지 않아서 그러기도 했고, 눈에서 힘을 빼면 울게 될 것 같아서도 그랬다.

그때 갑자기 사부에게 전화가 왔다.

"비밀은 잘 배우고 있나요?"

정말 내 사부이기라도 한 것처럼 사부가 연락도 하고 내 진도에 관심을 보이는 것 같아서, 참았던 눈물이 데굴데굴 흘렀다.

"아니요. 제게 실망했어요……, 선생님. 너무 어려워요. 정성이 뭔지도 모르겠어요."

"그랬군요. 하지만 우리에겐 늘 레시피가 있어요. 실망했다면 그게 시작이에요. 내 작업실에 한번 올래요?"

5.

조반니는 어디 있죠

뭐? 섹스라니, 내가 무슨 야한 말을 들은 거니? 청력을 의심했지만 내가 아는 그 단어였다. 나는 삼탈리아어에 서툰 척하며 체스 게임은 잘 못하니 스카치나 한 잔 더 달라고 했다. 설령 그 말이 정말 발화된 것이었다고 해도 나는 아무런 야한 생각도 들지 않았다. 함정 같았다. 게다가 전조도 전희도 없이 어떻게 스위치 켜듯 존슨을 세울 수 있겠는가. 그러나 그런 걱정은 할 필요가 없었다. 에밀리가 길고 흰 손가락으로 치마 끝을 살짝살짝 들어 올릴 때 속옷을 입지 않은 것을 시각적으로 인지한 순간 와락 흥분하고 말았다. 제기랄, 남자 따위란 애초의 설계도면이 음란하다는 게 서러운 것이었다.

"어휴, 변태 같아, 왜 이렇게 벌써 힘이 들어갔을까? 안됐지만 난 시간이 걸리니 천천히 흥분시켜 봐."

그러나 역시 여자의 설계도면은 복잡했다. 먼저 노팬티로 치마를 팔랑거린 존재가 그런 말을 할 수 있으니까. 나는 호랑이에게 앞발 싸대기를 연속으로 얻어맞는 뱀 대가리를 떠올리며 억지로 욕망을 제어했다.

"쳇, 좋아요. 안 그래도 시를 읽어드리려고 했어요."

"정욕에 달아올랐으면서 시를? 매력 있네. 복고풍인데? 역시 난 한눈에 괜찮은 남자를 알아본다니까."

에밀리가 턱을 괸 자세로 귀를 쫑긋 세웠다. 낭독을 경청하기에 바른 자세였다. 나는 그녀의 칭찬과 태도가 고마워서 대학 시절 가장 좋아했던 허연 시인의 시를 암송해주었다.

어느 날이었다 초봄은 추웠다 직박구리가 날아왔다 직박구리는 수돗가에 앉았다 초봄이었다 직박구리는 차가운 수도꼭지에 주둥이를 대고 물을 먹었다 직박구리는 혼자였다 초봄이었다[11]

11   허연, 「직박구리」 부분, 『오십 미터』, 문학과지성사, 2016.

"아! 너무 흥분돼! 이리 와요."

나는 그녀의 반응에 경악했다. 어째서지? 왜 흥분하지? 이 시가 '나는 천천히 불행해졌다'로 끝나는 걸 아는 걸까? 그런데 만약 허연 시인이 이 빌어먹을 소설을 읽는다면 자신의 아름다운 시가 이 따위 장면에 등장하는 걸 얼마나 불쾌해할지 심히 걱정되었다. 아마 에밀리를 민사재판에 고발하겠지? 이 글을 쓴 박상 작가와 SNS 팔로우도 끊어버리겠지? 나는 마음이 다급해서 비문을 썼다.

"죄송하지만 삼탈리아에서 합법은 설마 매춘입니까. 삼탈리아 성 문화 몰라서 그러는데 혹시 당신을 사랑하게 된다면 내면서 돈을 한단 말입니까?"

에밀리는 단번에 정색했다.

"너어! 문법도 다 틀리고 방금 내가 싫어하는 단어를 세 개나 썼어. 합법. 매춘. 돈!"

에밀리는 백만 년 흐른 빙하처럼 정색하더니 마술처럼 어디서 팬티를 찾아 입고 싹 올려버렸다. 방금 전까지 나를 유혹하던 여자, 즉 『소설 임떡정』을 읽고 있다가 치마를 펄럭인 여자가 맞나 싶었다. 그러나 다음 순간 그녀는 샤워기처럼 구슬

피 울기 시작했다. 매춘부의 가식 같지 않았다.

"허망하여라. 절제 없이 시를 탐하는 악동들에게 쫓기는 여행자를 아끼던 시로 구했고, 그의 벌렁대는 가슴을 진정키 위해 팬티를 내렸으나, 그 호혜적 심정을 실낱만큼도 헤아리지 못하고 날 매춘부라 얕보는구나."

"죄송해요. 사죄의 뜻으로 담배를 끊을게요. 진정해요."

"여행자여! 우리는 진정과 흥분 사이를 파도치는 무상한 유전자의 흐름일 뿐, 술이나 마시고 영원히 취기에서 깨지 않는 편이 이롭겠구나!"

그녀가 갑자기 사용한 중세 문학 같은 돈호법이며 낡은 영탄법을 두 귀로 똑똑히 듣고 나서, 이게 뭐야 내가 지금 어떤 시대에 있는 거니 싶은 건 잠시였고,

이상하게 마음이 확 끌렸다. 내 이상형, 혹은 운명의 짝이 똘끼 넘치는 사람이라는 걸 기억해냈고, 그녀의 발등에 새겨진 라틴어 레터링 문신을 읽어버렸기 때문이었다. 한국어로 표현하기 싫고, 영어로 'minge'라는 야한 단어였다.

또라이, 즉 약간 삐리리한 사람, 특이한 개성을 가진 사람 혹은 4차원, 싸이코 같은 전형적인 별명으로 묘사되는 부류

들이 난 너무너무 좋다. 그들은 세상이 어딘가 잘못되었다는 걸 눈치챈 존재들이기 때문이다. 얼핏 이상한 사람 같지만 실은 차원의 경기장을 넓게 쓰는 남다른 감각의 소유자들인 것이다. 똑같은 화장을 하고, 똑같은 옷을 입고, 비슷한 행동과 말을 하는 일반인들이 난 식상했다. 그러다 말도 안 되는 오리지널 4차원 외계 생명체들이 꼬이기도 했지만 그건 부조리한 똘끼를 좋아한 부작용이니까 하는 수 없었다. 세상에는 청순한 사람을 좋아하는 사람도 있고, 도도한 사람을 좋아하는 사람도 있고, 목을 물어주는 사람을 좋아하는 사람도 있고, 또라이를 좋아하는 사람도 있는 것이다. 세기말에 태어나 세기말의 카오스가 철학이나 인생관이 되었고, 음악은 록만 들었고, 이오네스코나 브라우티건, 다카하시 겐이치로 같은 작가만 좋아한 나로선 어쩔 수 없었다. 아무튼 에밀리가 상당한 수준의 또라이 같아 급관심이 땡겼다.

"미안. 에밀리. 고마워서 그랬어. 폐가 될까 봐 폐를 끼쳤어. 기회를 준다면 찬스를 살릴게. 당신의 눈물이 멈추기 위한 눈물을 흘릴게."

나는 그딴 시답잖은 픽업 라인을 때리며 술집 구석에 세워진 기타를 발견하고 잠시 조율한 다음 안타레스의 『Sea Of Tranquillity』 앨범의 첫 번째 곡 〈The leaving〉을 불렀다. 셰르비엥의 집에서 많이 들었기 때문에 C#m 코드를 잡았더니 얼추 비슷한 것 같았다. 나는 그 곡을 아주 열심히, 섹시하게 불렀다. 리듬 파트는 이빨로 때웠다. 혹시라도 삼탈리아의 유행가일까 해서. 그러나 에밀리의 눈물은 멈추지 않았다. 70년대 말의 정서는 40년이 지났는데도 아직 빈티지가 되지 못한 걸까. 대중음악은 와인과 다른 걸까.

다음 스테이지는 레스트룸에서 영화배우처럼 머리를 세팅하고 셔츠 단추를 세 개 풀고 나왔다. 주방 일, 특히 사골 육수를 저으며 만들어진 대흉근을 반쯤 드러내며 선정적인 섹시 댄스를 추었다. 강하게 어필하고자 허리를 좀 많이 돌렸는데 그건 안 통했고 대신 싸대기가 날아왔다.

"왜 허리를 그렇게 돌려! 우리 가게가 18세기 카바레 같아?"

뺨을 맞을 때 눈물이 핑 돌았다. 이 언니는 그냥 내가 마음에 안 드는 것 같았다.

덕분에 한구석에 찌그러져 조금 각성하고, 가방에서 시집을 꺼내 주위에서 무슨 일이 벌어지든 나와 다른 차원의 일이라는 듯 천천히 읽어나갔다. 시 좋아하는 여자를 꾈 때 치트키로 사용된다는 함기석 시집 『뽈랑공원』이었다. 나는 북극성 쪽으로 시집을 세우고 손가락 끝으로 무형의 밑줄을 치며고개를 끄덕이다 말캉한 저음으로 낭송했다.

내가 말과 성당에서 알몸으로 엉켜 통음할 때
시간은 납처럼 녹아 허공을 흐르고
하늘엔 태양이라는 외눈박이 개[12]

초강수를 썼음에도 에밀리의 반응은 싸늘했다. 세상에나마상에나, 삼탈리아에선 그 유명한 함기석 시인을 모르는 것같았다. 시인도 심보선처럼 분위기 있게 생겨야 하는 건가. 아니, 함기석 시인도 분위기는 만만치 않은데? 모르겠고, 내 마지막 카드는 안경을 끼고, 눈빛을 찰랑찰랑 호기심 넘치는 소년처럼 만든 다음, 턱을 괴고 에밀리를 정통으로 바라보며, 나

---

12   함기석, 「말과 섹스하는 남자」 부분, 『뽈랑 공원』, 랜덤하우스코리아, 2008.

직한 목소리로 말하는 것이었다.

"누나 얘길 듣고 싶어. 밤을 새도 좋아."

에밀리는 그제야 표정을 조금 풀었다.

"신선한 면은 떨어지지만……."

그녀는 한참 뜸을 들였다. 나는 호기심 어린 눈빛을 반짝이는 걸 절대 거두지 않았다. 그러자 그녀가 천천히 입을 열었다.

"난 빠그히 태생은 아니야. 이 도시를 싫어해."

"그래? 그럼 어디서 태어났어?"

"응, 나는 꾸어이띠어우느어센렉이라는 작은 도시에서 왔어."

"사투리를 안 써서 몰랐네? 거긴 어떤 곳이야?"

"아름다운 곳이야. 곤충이랑 뱀이 많아."

"와, 정말?"

나는 머릿속으로 그 광경을 상상하며 맑은 표정으로 맞장구를 쳤다. 곤충이나 뱀들도 말하는 사람의 정서적 공감대에 따라선 사랑스러울 수 있었다. 정신을 차려보니 에밀리가 내 손을 잡아끌어 침실로 데려가고 있었다. 뒤태에 곡선 미학이 심해 내 곧은 자제력도 휘어졌다.

"빨리 안 따라올래?"

나는 그녀를 사정없이 따라갔다.

"저게 뭐야? 저딴 초보 기술에 에밀리가 넘어가는 척해주는 거야? 아시안으로 태어날걸."

"아냐, 엘베르통. 그 전에 함기석 시집에서부터 에밀리는 넘어갔어. 즉각적 흥분을 겸연쩍어했을 뿐이야."

"자네가 에밀리를 그렇게 잘 아나? 그녀는 저 남자의 근거 없는 자신감과 부드러운 카리스마, 그리고 소년 같은 공감 능력 따위와 상관없이 다른 인종을 수집하고 싶었던 거라니까."

"에밀리를 짚신벌레만큼도 모르는구먼? 선거 때마다 구태의연한 서정시당만 찍는 주제에."

"술맛 떨어지게 논점을 왜 벗어나? 너네 해체시당 지지자들은 여자 심리 쪽엔 천치들이잖아?"

"이 유치한 자식. 『21세기 한국 시의 지형도』라는 함기석 님 책 알아? 그 섹시한 책을 에밀리가 얼마나 좋아하는지 모르지?"

"알아. 그 책은 지난 3개월 동안 에밀리 침실에 있었거든."

"잠깐, 엘베르통. 침실? 지난 3개월?"

어디서 나타났는지 술집에 모인 삼탈리아 아저씨들이 토론하며 다투고 있었고, 그들은 끝내 서로 멱살을 잡았다. 여느 술집에서나 보던 풍경이었다. 나는 그들과는 상관없이 에밀리의 침실로 갔다. 그녀를 끌어안는 질감은 달리 표현할 방법이 없었다. 그러나 침대 옆에 『21세기 한국 시의 지형도』라는 두꺼운 책이 존재한다는 건 확실하게 표현할 수 있었다. 나중에 꼭 읽고 싶었다.

"조반니를 찾는다고 했니⋯⋯ 알호즈드뽀흡뿌⋯⋯에 가면⋯⋯ 웅⋯⋯ 조반니를⋯⋯ 끙 어머 거기⋯⋯ 형 아는 사람이⋯⋯ 있을 거야."

에밀리가 절정에 달했을 때 내게 한 말을 들었지만 묘한 신음 소리의 일부라고만 생각했다. 그 소리가 너무 야해서 세상이 종말할 것 같았지만 자라나는 고양이풀들을 위해 잠시 더 참았다. 그리고 모든 섹스는 대상에 대한 애정이 목적이어야 한다. 목적이 애정을 빙자하면 못생긴 거다. 에밀리는 내 마음을 알았는지 절정의 증폭을 이어갔다. 동물 같은 교성과, 복부의 기묘한 떨림이 전달되었다. 곧 그녀의 허리가 새우처럼 휘었다. 오르가슴에 도달하는 것 같았다. 그걸 보는 나 역시 감정이 풍부해졌다.

사랑을 나눈 뒤 한 시간쯤 껴안고 누워 있다 내가 주섬주
섬 속옷을 입으려 하자, 에밀리는 낚아채 찢어버렸다. 악력이
좋았다. 에밀리한테 꼬집히면 잣 되겠다는 경계심이 생겼다.

"이 남자 매너 왜 이래. 좀 더 껴안아줄래? 아직 여운이 남
은 걸 못 느껴?"

나는 너무 좋아서 여운이 상대적으로 길게 느껴졌다고 변
명했다. 두 시간쯤 더 껴안고 말도 안 되는 아무 말 밀어를 나
누었다. 왜 제일 좋아하는 시인의 책을 베드신에 PPL처럼 넣
니, 같은 말들이었다. 인간은 그리 이성적인 존재가 아니다. 흥
분했을 땐 아무런 말을 해도 그 언어는 존재 가치가 있다. 아
니, 세상에 소멸하지 않고 존재하는 모든 언어는 가치가 있다.
지금은 영상 문법이 세상을 지배해도, 조그만 LCD 모니터
하나 없는 에밀리의 침실에서는 아직 언어가 영상 문명의 존
재감을 압도하고 있었다. 이곳에서 시의 가치는 계측할 수도
없을 지경이었다. 덕분에 에밀리가 관계 중에 말한 알호즈드
뽀흡뿌라는 단서를 머리숱처럼 잊고 말았다.

그 아날로그 공간은 이상하게도 내가 사는 시공간이 한 겹이 아니라는 기분이 들게 했다. 초대칭 같은 보존과 페르미온을 포함하는 초끈이론 용어를 모르더라도 에밀리의 술집 2층은 규리 이모가 열심히 꾸며놓던 갈월동 빈티지 하우스를 닮아 있었다. 벽지의 무늬, 액자의 위치, 조명 기구의 각도와 조도까지 유사했다. 처음 와본 공간인데 금방 편해진 이유가 그것 같았다. 건물 규모나 가구들의 앤티크한 세월, 오래된 집의 냄새, 창문의 모양이 오리지널 바로크 그 자체라는 점만 달랐다. 나는 에밀리와 함께 누워 있는 동안 심하게 선명한 기시감을 느꼈다. 이 공간에 있는 게 처음이 아닐뿐더러, 에밀리에게서 느껴지는 친근함은 최소한 만 년쯤 알고 지낸 사이라는 생각이 들 정도였다. 그리고 그녀가 곧 담배를 물 거라고 생각했다.

그랬다. 그녀는 담배 연기를 깊이 빨더니 내 입에도 나눠주었다. 삼탈리아의 핵심 수출품 중 하나인 담배는 발암물질을 제거한 것은 물론 특수한 맛을 가미해 시를 읽는 것과 비슷한 느낌을 낸다더니, 역시나 가슴과 두뇌를 충만하게 하는 물질이 연기 속에 함유되어 있는 듯했다. 끊은 지 5년 만이었지만 기침도 나지 않았다.

"담배가 가장 맛있을 때 있지."

그것은 무슨 암호 코드였을까. 에밀리가 그 말을 하며 연기를 내뿜자 연기 속에 어떤 공간이 보였다. 겹겹이 처진 커튼들이 투명한 덩어리를 이룬 입체 공간이 4차원적으로 인식되며 보였다가 사라졌다.

"자꾸 이런 게 보인다? 당신도 보여?"

막 오르가슴을 느낀 다음이라서 그런지 4차원이 보이는데도 놀랍지 않았다. 하지만 그 겹들을 자세히 보자 비슷한 문자가 여러 번 반복되어 있는 게 눈에 띄었다. 자세히 읽을 순 없었지만 짜임새로 보아 시 같았다. 담배 한 대를 다 태우자 그 광경은 연기와 함께 희미해져 버렸다.

"신기하다. 시공간을 왜곡시켜 현실에 결합하거나 반영해 보여주는 담배라니. 그런 게 또 있을까."

"왜 없겠어. 오래된 향초. 오래된 그릇. 빛바래지 않는 황금 유물들."

나는 에밀리가 말한 사물들을 떠올리다 어지럼증을 느껴 화제를 전환했다.

"아까 싸우던 손님들 갔을까? 조용해졌네."

"손님 없으면 좋아. 안 바쁘잖아. 내가 영업시간에 침대에 있다고 간섭도 안 하고."

"먹고사는 건 돼?"

"시 읽으면 돼. 동양인들은 바보같이 일밖에 모른다더니. 배고픔이 얼마나 구질구질한 욕망인지도 모르나 봐?"

"미안해. 내가 늘 생계에 시달려서 그래. 근데 시는 영혼의 음식이잖아, 그런 걸로 연명이 돼?"

"야, 관광객 오빠, 영혼이 굶는다면 육체를 연명할 이유가 있어? 정 배고프면 나가서 고양이풀 뜯어 먹으면 돼."

에밀리는 가운뎃손가락으로 눈밑 애굣살을 내리며 말했다.

"여긴 삼탈리아거든."

그러고는 시집 한 권을 모시고 왔다. 음탕한 문장을 구질구질하게 써재끼는 이 소설의 작가 나부랭이가 하필이면 '모시고 왔다'고 정중히 표현하는 건, 정말 비싼 도자기라도 되듯 두 손으로 떠받들어 천천히 옮겨 왔기 때문이었다. 나는 이 소설이 처음부터 마음에 안 들었고 끝까지 마음에 들지 않을 것 같지만 이 시집을 등장시키는 부분만은 마음에 들었다. 『이 시대의 사랑』이었기 때문이었다. 그녀는 그것을 부드러운 베개 위에 올려놓더니 신중하게 무릎을 꿇고 책장을 보드랍게 열었다.

"혹시 최승자 시집?"

"1981년 초판이지롱. 딱 한 권 헌책방에 떴는데 돈이 모자라서 가게를 담보로 은행에 돈을 빌렸어. 때문에 이자가 많이 나가지만 이 시집만 읽으면 전혀 배고프지 않아. 심지어 밥을 안 먹어도 몸에 충만한 에너지가 넘치게 되지."

시집 한 권을 사기 위해 가게를 저당 잡혔다는 게 믿기지 않았고, 그게 일상을 지탱할 에너지가 된다는 것도 이해되지 않았다. 시가 육체적 영양소를 지녔을 리는 없잖아. 그러나 그녀가 삼탈리아어로 낭독하는 최승자의 시를 들으며 나는 주체하기 힘든 감정을 느꼈다. 처음엔 부르르 떨리더니 나중엔 마치 신비한 피리 소리를 듣는 듯 몸이 배배 꼬였다. 그리고 항아리 속의 코브라처럼 고개를 들고 싶었다. 지금껏 알던 세상이 좁은 항아리처럼 보였다. 몸을 꼬며 항아리 밖으로 머리를 내미는 상상을 하자 처음 보는 색감의 비가 내리고 있었다. 비는 하염없이 사랑스러우면서도 쓸쓸했고, 그 물방울 하나하나에 다른 차원이 존재하고 겹치며 드러나 있었다.

거기서 알 수 없는 비가 내리지

내려서 적셔주는 가여운 안식

사랑한다고 너의 손을 잡을 때

열 손가락에 걸리는 존재의 쓸쓸함[13]

"오, 에밀리, 다른 세계가 보이는 것 같아."

"내가 뭐랬니. 시는 스핀 네트워크 사이의 이동을 매개하는 물질이잖아. 학교 다닐 때 루프 양자역학 안 배웠어?"

"인문계였는데요?"

"실험철학으로서의 양자역학은 인문 과목 아니야?"

이 시를 본 게 처음은 아니었는데, 시를 읽을 때 오르가슴이 내 몸을 지나가는 걸 느낀 건 처음이었다. 나는 전율했으므로 부르르 떨었다. 그녀의 침대 옆 키 작은 탁자에 놓인 잡지가 보였다. 셰르비엥의 아내 로라가 보던 《주간 시 차트》였다. 도대체 삼탈리아에서 시적으로 무슨 일이 일어나는 건지 깊숙이 알고 싶어졌다.

"잠깐 봐도 돼?"

---

13   최승자, 「사랑하는 손」 부분, 『이 시대의 사랑』, 문학과지성사, 1981.

"이번 주엔 쓸 만한 시가 없더라. 시인들이 매주 좋은 시를 쓰는 건 어렵겠지만, 요즘 삼탈리아 시인들은 정말 안일해. 정부에서 시인한테 주급 100만 리아[14]씩 지급하니까 여유가 넘치는 거야. 시는 안 쓰고 돈 쓰기 바쁘지. 한국 시인들 있지, 그분들은 1년에 100만 리아도 못 번다고 들었어. 그러니 좋은 시가 나오는 거 아닐까?"

"가난으로 시심을 증폭시키던 시대는 지났어. 글 쓸 여유가 있어야 해. 문학적 영감을 지키기도 모자랄 판에 빈곤이 끈질기게 괴롭히면 뭘 어떻게 써. 모기떼 속에서 명상하는 것 같을 거야."

"돈 걱정 없이 심심하니까 억지 시나 쓰는 여길 보면 그렇지도 않아. 시의 코어가 뭘까? 필요하지도 않은 걸 왜 목숨 걸고 쓰는 걸까? 근데 넌 국적이 어디니?"

"나? 한국에서 왔다고 말하지 않았나. 함기석 시집 읽을 때 몰랐어?"

그러자 에밀리의 눈이 오버사이즈 안경테만 해졌다.

"뭐? 김종삼, 최승자, 함기석 님의 나라? 왜 빨리 말 안 했

---

14   약 130만 원.

어? 그 시인들의 나라? 어머, 어떡해. 진짜야? 삼탈리아 말을 곧잘 하길래 오키나와 사람인 줄 알았잖아. 어우, 목소리 떨려. 오빠, 빨리 한국말 좀 해봐. 아무 말이나."

"음⋯⋯. 여기, 김밥 한 줄 김 빼고 주세요. 콜라도 김 빼고 주시고. 내 친구 이름은 방국봉이에요."

내가 진짜 아무 한국말이나 중얼거리자 에밀리는 의문부호처럼 보이는 수많은 감탄부호를 던지더니 다시 내 허벅지 위에 올라타 기마 자세를 취했다. 최승자 님 시를 원어로 다시 읽어줄래? 하며 내 가슴팍을 쓰다듬는 그녀의 손이 파르르 떨렸다. 눈빛을 보니, 진심이었다. 도대체 한국의 시가 이곳에서 무슨 작용을 하는 건지, 내가 이래도 되는 건지 부끄럽고 신비로웠지만 일단 시를 낭송하며 허리를 움직였다.

에밀리와 침대에서 오래 뒹굴고 나니 몹시 배가 고팠다. 에밀리가 탈진해가는 나를 위해 다시 시집을 들고 올까 봐 걱정했지만 다행히 꾸스꾸스와 아싸두 살디냐스라는 걸 가지고 왔다. 그건 좋게 보면 조밥과 구운 정어리였고, 나쁘게 봐도 탄수화물과 단백질이었다. 훌륭한 요리는 아니었지만 나는 허겁지겁 그것을 먹어치웠다. 그러고는 기절하듯 자버린 다음 다시 눈을 떴다.

　나는 동시에 눈을 뜬 그녀와 또 뒹구는 돌처럼 뒹굴었다. 그건 마치 환한 빛이 내 머리를 감싸는 기분이었다. 그리고 그 빛 속에는 지금껏 겪어온 갈등과 고민과 자괴감과 슬럼프들이 모두 쓸데없는 것이었다는 메시지가 들어 있었다. 그녀와 뒹굴 때마다 잃어버린 자존감이 한 가닥씩 회복되는 기현상을 체험한 나는 그렇게 에밀리의 술집 2층에 딸린 삐걱거리는 침대에서 황홀한 밤낮을 보내기 시작했다. 에밀리를 흠모하던 단골 아저씨 중 한 명이 경찰에 나를 신고했다는 건 까맣게 모르는 채로. 그러든 말든 어쨌거나 정성껏 육체적인 나날들이었고, 에밀리와 나는 만 년 전부터 연인이었던 듯 순식간에 딱 달라붙어 연결돼버렸다. 에밀리가 내 바지 속에 손을 넣으며 말했다.

　"난 원시크가 내 술집에 나타날 줄 알고 있었어. 전날 김밥 먹는 꿈을 꾸었거든. 김밥 냄새가 참 좋았어."

　"김밥이 뭔지 알아?"

　"알아. 이거랑 비슷한 거잖아."

　"음식 만들어줄까?"

　화장실에 있을 때 말고는 우리는 서로에게 아낌없이 공을 들였다. 다시 '정성'이라는 낱말을 떠올리기 좋은 계기였다. 내가 깜빡하고 있던 단어였다. 사랑하는 연인이 된 에밀리에게 내가 요리한 맛있는 걸 먹이고 싶어졌다.

누군가의 부엌을 보면 나는 그 주인의 심리를 어렴풋이 알 수 있다. 그러나 안타깝게도 에밀리의 낡은 주방의 팬과 오븐에서 읽을 수 있는 건 절망이었다. 한때 고통받았고, 끝이 없었고, 아직 치유되지 않은 채였다. 나는 심호흡을 했다. '정성'을 들인 요리는 상심을 완화시킬 수 있다는 걸 다시 믿고 싶었다. 초보 요리사일 때 정말 어렵게 배웠던 스킬인 '정성으로 재료의 맛을 불러내는 법'이 새삼스럽게 부활하는 느낌이었다. 나는 한국의 TV 쇼에서 선보인 요리 중에서 가장 논란이 되었던 '탐미주의자의 씨사이드 바캉스'라는 해산물 파스타를 만들었다. 다시는 못 만들 줄 알았는데, 에밀리에게 먹일 생각을 하자 요리 과정의 디테일이 손에 착착 붙었다. 그녀의 오래된 부엌에서 정성껏 파스타를 만드는 장면이 세상 아름답게 느껴졌다. 마치 알 수 없는 여러 겹의 층위를 하나로 덩어리 짓는 페이스트리 빵 같았다. 한 장면이 한 장면 위에 중첩되며 거울 속 거울 같은 단면들이 나타났는데, 장면들 속엔 모두 아름다운 요리가 보였고 각각의 냄새까지 맡을 수 있었다. 신기한 경험이었다. 에밀리 또한 내가 만든 파스타를 정성껏 먹더니 눈에 쌍꺼풀이 생길 정도로 까무룩거렸다.

나는 한식, 일식, 양식, 서아프리카식, 산타클라라식 등 잘 알려진 조리사 자격증이 무려 하나도 없다. 자격증 딸 시간에 현장에서 커리어를 쌓았고, 스승에게 간혹 요리법을 전수받은 게 전부였다. 돌고 돌아 내 주력 메뉴가 된 건 파스타였다. 내 스승도 파스타 권위자였고, 잠깐 유명해졌던 것도 파스타 덕분이기 때문이었다. 파스타만이 내 주체 못할 개성을 용인하는 넓은 포용력을 지닌 종목이었다.

사누키 우동이나 광동식 갈비찜 같은 요리는 창의성의 접근을 쉽게 허락하지 않는 완고한 문법을 가지고 있었다. 조금만 변용해도 고유한 정체성이 흔들리는 잡종 음식이 되어버리는 것이다. 예를 들어 우동 면의 부드러운 식감에 치중하면 내면의 쫄깃함을 잃어 뚝뚝 끊어지는 실패작이 되고, 간장마늘 맛의 조화가 조금이라도 삐끗한 갈비찜은 글러먹은 비문 같은 게 되고 만다. 하지만 파스타만은 확고한 규칙이 없다. 문법의 확장성이 있었다. 일반적으로 알려진 토마토 소스와 로제 소스, 크림 소스, 오일 소스가 들어가지 않은 파스타가 그렇지 않은 파스타보다 훨씬 적다. 파스타라는 음식은 요리사의 개성을 수용하는 플렉시블한 정체성을 가지고 있다. 심지어 짜장면도 면에 소스를 비벼 먹는 파스타의 일종으로 볼 수 있다. 중식당마다 짜장면 맛은 다르다. 표준이 없는 것이다. 심지어 면에 아무 소스도 안 넣고 감성만 비벼 먹는 파스타도 유행이지 않은가.

삼탈리아인의 식생활도 이탈리아와 크게 다르지 않아서 나는 할 줄 하는 이탈리안 파스타를 만들어 에밀리의 침대로 부지런히 갖다 날랐다. 다시 요리할 수 있게 된 게 기뻤고, 다시 누군가와 맛있는 음식을 함께 먹을 수 있다는 건 더 기뻐서 자꾸자꾸 새로운 것도 실험했다. 조반니의 레시피를 찾으러 가야 한다는 목적도 잊을 정도였다.

식재료가 고양이풀밖에 남지 않은 어느 날 나는 시장에 갔다가 깜빡하고 지갑도 시집도 챙겨 오지 않았다는 걸 알았다. 그런데 요리 실력이 돌아왔기 때문에 어쩐지 시도 지을 수 있을 것 같은 용기가 샘솟았다. 때마침 머릿속에 즉흥적으로 떠오르는 문장이 있었다. 전파 같은 시어들이 내 안테나에 수

신되는 느낌이었다. 시는 사람이 만들어 쓰는 게 아니라 시가 스스로 오는 거라더니 과연 그 말이 맞는 것 같았다. 짜릿한 현상이었다. 나는 실험적인 마음으로 정육점에 들어가 내게로 온 문장을 읊어보았다.

순환선을 타고 장례식장에 갔지
신생아실에 어른들만 가득하다면
유머 감각이 절정이라도 밤을 웃길 수 없겠지
지구의 자전은 감고 있는 것일까 풀고 있는 것일까.

"그만, 그만! 뭐 하는 짓이야?"

이마에 빗금 같은 흉터가 있는 정육점 남자가 고기를 파동 파동 썰고 있다가 날카로운 일본도를 도마에 다꽝, 하고 꽂으며 낭송을 끊었다.

"시어들이 파동역학을 하나도 모르고 있잖아. 아무 의미도 연결되지 않는 언어 낭비인데? '밤'은 또 갑자기 왜 나와. 어디서 이런 위조지폐 같은 걸 주워 와서 낭송하고 있어?"

그랬다. 읊으면서도 이건 시가 안 되겠다고 생각했다. 나는 잘못을 저질렀다고 사과하며 정육점에서 잽싸게 뛰쳐나왔다. 정육점 남자는 화를 참을 수 없었던지 나를 잡으러 따라 나왔다. 손에 칼도 들고 있었다. 나는 최고 속력으로 달아나며 여러 가지 생각을 했다. 이 나라에서 시 갖고 장난치다간 확 그냥 썰리겠구나. 요리 실력과 시는 별개의 세계구나. 요리로도 궁극에 달하지 못한 주제에 시를 쓸 수 있을 리 없구나. 그 생각은 곧 자괴감으로 바뀌었고 에밀리의 가게로 복귀하는 발걸음이 무거워졌다. 조반니의 레시피를 어서 찾아야 한다는 목적만 다시 뚜렷하게 떠올랐다.

그런데 돌아오는 길에 신기하리만큼 긴 가로명 팻말을 보았다. '에피쿠로스식타조앞다리수블라키 블러바드.' 삼탈리아 행정부가 거리 이름까지 굳이 희화화하려는 것 같진 않았지만 가로명이 너무 길어서 사람들이 지나가다 표지판에 머리카락이 자꾸 걸리는 건 희극적이었다. 거리 이름에 한국말도 좀 섞인 것 같은데 그건 기분 탓인 것 같았다. 어쨌든 로라가 말한 조반니 가게가 있다는, 이름 한번 더럽게 긴 그곳이었다. 과연 블러바드(가로수길)라고 불릴 만한 나무들이 무성한 큰길이었는데 그 길의 끝에 이르자 에밀리의 가게 후문이 나타났다. 그쪽으로도 문이 있는 걸 처음 알았고, 왜 큰길 쪽으로 후문만 낸 건지 알 수 없었다. 이것도 설마 희화화일까. 나는 그제야 후문에 달린 시인성이라곤 없는 간판을 읽을 수 있었다. '따베르니 펠리치아노(펠리치아노 선술집).' 에밀리의 가게가 바로 그곳이었다. 나는 경악하며 그 문으로 뛰어 들어갔다. 에밀리가 더 놀랐다.

"깜짝이야. 원시크. 후문으로 들어와서 손님인 줄 알았잖아."

"에밀리, 여기가 거기였어! 자기는 조반니와 무슨 관계니."

"조반니 뭐?"

"자긴 조반니 펠리치아노가 있는 곳을 알잖아. 전에 말했었잖아."

"알려주면 떠날 거잖아."

"아니, 안 떠나. 아니. 그것 때문에 왔으니 떠나야 해. 아니, 널 떠나긴 싫어."

"언제 적 우유부단 개그니? 파스타나 빨리 만들어줘. 배고파."

그렇다. 그녀가 알려줘도 그녀를 떠나기 싫었다. 나는 더 이상 묻지 않고 고양이풀만 듬뿍 넣어 파스타를 만들었다. 고양이풀은 세상의 모든 식재료를 맛의 근원으로 이끌어내는 코어 소스이자 우주의 비밀을 담은 물질처럼만 느껴졌다. 어째서 이런 풀이 삼탈리아에서만 자라는 건지 너무 궁금했다. 시를 사랑하는 나라의 신령한 기운이 만드는 풀일까. 그 아름다운 음식을 다 먹고 아름다운 사랑을 한 뒤 아름다운 음악을 들을 때 에밀리가 이상한 말장난을 날렸다.

"원시크, 죽을 때까지 섹스타파스타만 하면 얼마나 환상적일까. 그게 얼마나 위대한 예술일까."

"하지만 현실은 늘 이상주의를 비웃지. 먹고 자는 걸 반복해봤자 예술성도 없고."

"탐미가 아름다운 건, 완전하지 못한 걸 좇는 공허 때문 아니었니."

"그걸 알다니 좋은 중학교 나왔나 보네. 하지만 난 당신과 살짝 다른 아름다움을 봤어. 이 단편적인 시공간에서 아주 오래 아름답되 공허하지 않은 것. 난 그걸 요리에서 찾고 싶었어. 영양소 섭취나 맛의 쾌락을 위해서가 아니라, 우주의 비밀을 알고 있는 음식. 그것들이 우주에 널린 원자로 구성되어 있는 한, 우주의 비밀을 밝혀내는 도구로서의 요리 말이야. 그래서 그걸 아는 조반니……."

"시끄러. 원시크 다 좋은데 문장이 길고 안 웃길 때가 많아. 디저트 만들러 갈래."

에밀리는 옷을 하나도 걸치지 않고 부엌으로 갔다. 궁둥이를 씰룩거리며 가는 걸 보니 내가 조반니 얘기를 꺼내려던 걸 까먹게 만들려는 것 같았다. 그녀는 뚝딱뚝딱 푸딩 소재의 디저트를 만들어 침대로 돌아왔다. 나는 침대가 식탁을 겸하는 걸 나쁘게 생각하지 않지만, 남근 모양인 디저트 비주얼은 나쁘게 생각했다. 먹어보고 싶은 욕구를 일으키기 힘든 형태였다.

"보기 좋진 않은데, 제목이 있니?"

"있지. '빠라라'야."

"난 배불러. 먼저 먹어."

"아잉, 한 입만?"

나는 에밀리가 재촉해서 빠라라를 한 입 빨아보았다. 저절로 얼굴이 찡그려졌다. 세상에 딱 잣 같은 맛이었다. 달지도 않고 비린내도 조금 나다가 의외의 산미로 마무리되었다. 식감도 물컹했다 딱딱했다 하며 하여간 더럽게 기분 나빴다.

"이건 디저트의 근본을 무너뜨려!"

그 말을 듣고 에밀리는 발끈했다.

"잣 빠는 소리 하네! 근본이 어디 있어? 달고 황홀한 마무리? 꺼지라고 해. 인생은 근본적으로 쓸쓸해, 한 번도 안 달아!"

"그러니까 디저트만큼은 달콤하면 안 돼?"

"안 돼! 안 내면 진 거, 가위바위보."

우리는 그날 처음으로 싸운 거였다. 하지만 에밀리는 가위바위보로 승패를 갈랐다. 내가 얼떨결에 못 내서 졌다. 나는 앞으로 디저트는 꼭 달콤하지 않아도 되는 거라고 인정하기로 했다.

그날 이후로 우리는 싸울 때마다 가위바위보를 했다. 에밀리가 '한국 음식도 한번 만들어죠!'라고 애교 부렸을 때 '조반니는 어디 있죠?'라고 물었다가 '갑자기 끝말잇기 하기 있기 없기'로 싸웠는데 그날도 가위바위보에서 졌다. 다시 물어볼 기회는 좀체 생기지 않았다. 우리는 토론회도 자주 열었다. 에밀리에게 뭘 질문하면 술집 마담답게 대답을 너무 현학적으로, 복잡하게 했기 때문이었다.

"에밀리야, 삼탈리아 다 좋은데 이 나라는 어째서 시를 읽지 않으면 6, 70년대 프로그레시브 록만 듣는 거니?"

"거기까지만 빈티지니까."

"새로운 문화 현상이 난무하는 첨단 문명은 싫은 거야? 사회 분위기가 너무 노쇠한 느낌 없어?"

"원시크. 뭐가 새롭니? 다 시공간에 한번쯤 있던 건데? 그리고 8코어 16스레드 CPU가 나오면 뭘 해. 바로 다음 버전이 나와 구형이 될 텐데. 게다가 우린 궁금하잖아? 우리가 사는 세상이, 지구가, 태양계가, 우리은하가, 우주가 도대체 왜 무슨 이유로 존재하고 왜 이런 식으로 반복적으로 돌아가는지, 그 안에서 인간은 왜 한정적인 시간만 살며, 보이는 건 닥치는 대로 파괴하면서 태어나고 죽는 것 따위나 반복하는지 말이야. 그걸 제 맘대로 정해놓고 믿으라고 하는 게 종교라면, 과학이나 시나 프로그레시브 록은 아직 여전히 그걸 파헤쳐나가는 중이라고 생각해. K-POP이니 VR-ART 같은 첨단의 대중문화도 좋지. 하지만 청순하고 안이한 주제만 반복하니까 여기선 유행이 안 돼."

"하지만 우리가 우주의 비밀을 알기엔 너무 형편없는 뇌를 가졌다는 걸 알 때도 되지 않았을까. 우린 4차원도 인식하지 못하는 존재잖아. 그 허무를 즐기는 방식이 지금의 엔터테인먼트가 된 게 아닐까?"

"쳇, 어차피 죽을 거니까 대충 살겠다는 거야?"

"아냐. 사람들은 까다로운 걸 싫어해. 우주의 원리고 존재의 의미고 나발이고 당장 먹고살기 위해 일을 하고, 대출금과 이자와 육아와 생존 계획과 인간관계의 스트레스에 시달리다 보면 대충 사는 게 아니라 뭔가 다른 걸 생각할 시간도 없는 거잖아. 지식과 예술은 태어날 때부터 돈이 많아서 아무 걱정 없는 자들을 위한 거 아니야? 살아가는 것조차 힘든 사람들한테 그게 무슨 소용이야?"

"살아가는 것?"

에밀리는 술을 촥, 하며 목구멍에 던져 넣고 반문했다. 그녀가 뇌를 부팅할 때 하는 동작이다. 나는 그녀가 그럴 때 몹시 섹시하다고 느꼈다. 이어진 말도 섹시했다.

"시인들이 위대한 건, 시를 써서 먹고살 수 없는데도 시를 쓴다는 거잖아. 구석기 시대 베타미르 동굴에 시를 새겼던 시인은 그 와일드한 환경에서 얼마나 심한 구박을 당했겠니? 인간 사회는 어쩜 거기서 한 발짝도 진보를 못하니. 그러니 프로그레시브 음악이 끌릴 수밖에. 나 삼탈리아 여자야. 삼탈리아 건국 설화는 인간이 먹고 싸고 자면서 후대에 또 먹고 싸고 자는 존재를 만들어 우리 種을 유지하겠다는 동물적 관점을 경멸해. 인간 문명이 최소한 허무개그가 아니길 바라는 국가, 즉 유의미한 질문과 대답을 지향한 사람들이 개천절에 시민들의 공양을 받아. 그러니 내가 시를 읽을 때 느끼는 쾌감은 아이돌 팬들이 공연장에서 느끼는 쾌감과 비슷할 거야. 단 그들은 공연을 기다리며 살아야 하지만 난 좋은 시를 한 편 읽으면 한참 동안 그 쾌감을 지속할 수 있거든. 시는 언제나 근접할 수 있어서 황홀한 거야."

"와, 말 엄청 길게 하네. 네 똥 굵다."

"무슨 소리야?"

"한국 속담이야. 우리가 사실 뭘 하든 똥 굵기 갖고 잘난 척하는 것과 다름없다는 한계성을 풍자해."

"내가 자란 귀족 가문에선 풍자를 이렇게 해. 똥이 굵으면 똥구녁이 아프다. 어때? 수준이 좀 높지?"

그땐 수준이 저급하다고 생각했지만 한번 더 생각해보니, 해 질 녘, 양지 녘 같은 어떤 방향이나 무렵을 뜻하는 의존명사를 합성한 고급 유머여서 다음 날 혼자 화장실에서 웃음이 터졌다. 좋은 유머란 나중에 혼자 똥 눌 때 갑자기 떠오르는 유머다. 그런 식으로 에밀리는 귀족 가문 출신답게 유독 똥을 소재로 한 개그를 좋아했고 반응도 잘했다. 삼탈리아 말로 아몰(사랑)과 끄아믹(유머)은 발음이 비슷했다. 사랑한다는 건 상대를 즐겁게 만들고 싶은 거고, 따라서 웃긴다는 건 상대를 굉장히 사랑한다는 의미 같았다. 그러고 보면 우린 싫어하는 사람을 웃기려고 한 적이 없다. 웃기란 정말 힘들기 때문에 더욱 소중한 가치로 느껴졌다. 문득 사부가 무슨 새로운 개그를 만들고 있을지 나는 무척 궁금해졌다.

어느 날 나는 에밀리를 웃길 소재가 떨어져 갑자기 화장실을 찾아 뛰어가는 과민성대장 액션 개그를 구사했다. 세계적으로 유명한 한국산 빈티지 시트콤 〈웬만하면 그들을 막을 수 없다〉에 나온 명장면이었는데, "아니, 쟤는 왜 집에서 저럴 때까지 참은 거야?"라는 신구 아저씨의 대사까지 재현하자 에밀리가 데굴데굴 구르며 웃기 시작했다. 유머도 역시 삼탈리아에선 빈티지가 통하는 것이었다. 나는 에밀리가 웃다가 계단에서 굴러떨어질까 봐 물었다.

"조반니는 어디 있죠?"

에밀리는 딱 웃음을 멈췄다. 이 챕터의 제목을 너무 반복해서 그런 것 같았다.

"알려주면 떠날 거잖아."

"당연하지."

"당연하다고? 속상해 죽겠네! 내가 이렇게 매력적인데 안 되겠어? 떠나야겠어? 어떻게 떠날 수 있어?"

"몰라. 자기가 어떻게 생각하느냐에 따라 결과는 달라져."

"빌어먹을 슈뢰딩거는 색마였거든?"

"그래서 내가 요리엔 아직도 행렬역학을 적용하지. 요리사가 그릇에 담기 전에 그 요리가 뭔지 모르면 안 되잖아."

"시끄러워. 이 슈뢰똥꾸 같은 놈아."

"그런 심한 욕을? 못 참겠어. 정말 고민 많이 해봤는데, 우리 둘이 같이 가면 되잖아."

낯선 나라의 낯선 도시에서 낯선 사람에게 마음을 활짝 열어준 연인과 헤어질 수는 없었다. 그리고 어쩐지 그리운 누군가와 에밀리는 아주 많이 닮았다. 그녀와 함께 사는 일이 영원하리라는 느낌까지 있었다. 같이 가면 안 헤어질 수 있는 거였다. 나는 갈등이 싫었다. 소설의 발단 전개 위기 절정 같은 지겨운 구조도 싫었다. 에밀리도 마찬가지였나 보다.

"······같이 가는 방법이 있었구나. 머리 좋은데? 일단 침대로 같이 가자."

그날 우리는 우주의 어떤 마그마도 부럽지 않을 만큼 뜨겁게 사랑했다. 에밀리와 함께 '완전한 사랑'에 대한 퍼즐을 맞춰볼 수도 있겠다는 생각이 들 정도였다. '수학자가 쓴 시집' 혹은 '시인이 푼 수학 난제'처럼 불가능한 무언가를 추구하는 것과 같을 거라는 두려움도 있었지만 함기석 시인의 『오렌지 기하학』이란 시집이 그걸 해낸 걸 보면 영 현실성 없는 일만은 아니라는 생각이 들었다. 그러니 시학과 과학은 서로 반목할 필요가 없는 것이었다. 희미한 단서만으로 찾아가는 조반니의 레시피도 마찬가지로 허상이 아니면 좋겠다는 생각까지 들었다.

다음 날 티타임에 나는 한국에서 산 마지막 시집인 『디자인하우스 센텐스』[15]를 꺼내 에밀리 눈앞에 흔들었다. 그 정도는 흔들어야 에밀리가 움직일 것 같았다. 인천공항에서 비행기 탑승을 기다리다 신간 코너에서 발견한 시집이었다.

"오늘 떠날래? 여비는 이걸로 될까."

역시나 함기석 시인 광팬인 에밀리의 눈빛이 번뜩였다.

---

15   언어의 차원과 무한의 공간에 대한 함기석 시인 최신 시집(2020, 민음사).

"원시크 배낭은 무슨 요술 주머니 같아. 시집이 자꾸 나와. 근데 실은 나도 조반니를 찾아가야 할 이유가 있긴 해. 이 가게 이름이 펠리치아노인 까닭이 있거든. 근데 술집 밖은 위험해서 안 나간 거야. 밖에선 옷도 입어야 하고 정신도 차려야 하잖아."

"날 믿으렴. 옷도 입혀주고 엉덩이도 꼬집어줄게."

"알았어. 돈은 꺼내기 좋은 데 넣고 시집은 깊숙이 챙겨."

우리는 그렇게 조반니를 찾아 떠나게 되었다. 나는 삼탈리아에서 우연히 만난 에밀리를 통한 우발적인 스토리 진행이 조금 찜찜했지만 배낭에 남은 시집들을 점검하며 마음의 안정을 되찾았다. 시들이 그토록 정제된 언어인 이상 소설의 문장은 좀 우발적이어도 된다 싶었다. 그나저나 삼탈리아에서 결국 '조반니의 파스타 레시피'를 구하러 떠나는 내 가슴은 일말의 희망에 부풀어갔다. 드디어 그 궁극의 레시피에 근접해가는 것이다. 사랑하는 현지인과 함께.

나와 에밀리는 따베르니 펠리치아노의 문을 닫고, 영업 중단 사과문을 붙인 뒤 세 번 넘게 뒤돌아봤다. 처음 에밀리를 만났을 때 그녀가 읽고 있던 책이 카운터에 그대로 있었다. 어쩐지 우리가 영영 헤어지지 않을 것만 같다는 예감이 들었다. 그리고 그녀를 통해 '사랑과 정성'을 깨닫고, 다시 요리할 수 있게 된 것에 감사했다.

나는 기차역으로 가는 지름길 골목으로 에밀리의 손을 잡고 쫑쫑거리며 걸어 들어갔다. 함께하는 외출은 처음이었고 에밀리가 옷을 다 입은 것도 처음 봤다. 먼저 우리는 기차를 타고 꾸어이띠어우느어센렉으로 이동해 알호즈드뽀흡뿌까지 가는 방법을 찾아볼 계획이었다. 하지만 웬일인지 기차역 광장엔 경찰이 촘촘히 깔려 있었다. 무슨 테러 비상경계령이라도 떨어진 것 같았다.

"씨발, 외국인은 여권을 보여주세요!"

멀리서도 경찰의 확성기 소리가 쩌렁쩌렁하게 들렸다. 에밀리가 나직이 말했다.

"여기 경찰들 원래 욕 잘해. 자연스럽게 행동하면 돼."

하지만 나는 바싹 긴장 탔다. 원래 관재수가 안 좋고, 외국인이고, 여권엔 입국 스탬프도 안 찍혀 있는데 경찰이 분명 비속어를 섞어 '빳따 뽀린노(씨발 외국인)'라고 발음하자 등줄기에 선뜩한 압박감이 두 줄 흘렀다. 나는 경찰들을 멀찌감치 돌아 역에 들어갈 수 있는 방법을 연구해보았다. 그때였다. 눈매가 깊어서 눈동자가 안 보일 정도인 사복 요원들이 어디선가 나타나 서로 턱짓을 하더니 나와 에밀리를 향해 직선으로 달려왔다. 소스라치게 빠른 속도였다.

에밀리는 뭔가를 직감한 듯 나를 밀치며 "오빵! 기차는 안 되겠어. 저 골목 끝에서 총알택시를 타! 꾸어이떠어우느어센렉 옆에 숨은 절벽 마을 알호즈드뽀흡뿌로 가달라고 해. 어딘지 모른다고 하면 한국 시집을 드려!"라고 말했다. 뭐? 뭐라고? 물을 틈도 없이 에밀리는 요원들을 유인하며 나와 반대 방향으로 뛰었다. 왜 삼탈리아 지명들은 길고 어려운지, 왜 에밀리가 날 위해 희생하는지, 갑자기 나를 전 여친 앨리스처럼 '오빵'이라고 부르는 이유가 뭔지, 다 알 수 없었지만 나는 요원들을 피해 우선 메뚜기처럼 뛰었다.

6.

상심의 짜장면과 하드 트레이닝 쇼

조지오 삼촌 결혼식 때 사부에게 물었었다.

"이렇게 맛있는 음식은 처음 먹어요. 어느 나라 음식인 건가요?"

"글쎄요. 난 즉흥적으로 사유한 국적 없는 요리를 만들죠. 맛있지만 칼로리는 낮고, 식재료의 도덕성과 윤리도 훌륭한 것? 오늘은 친구 첫날밤이니 스태미나식, 우후후?"

사부는 조지오 삼촌을 보며 개구쟁이처럼 찡긋했다.

사부에게 요리를 배울 기회가 생긴 건 큰 행운이었다. 그분은 웬만한 레스토랑 주방처럼 잘 갖춰진 작업실에서 숙식하며 작품 세계에 골몰하는 타입이었고, 돈은 소규모 행사나 파티의 케이터링 알바로 번다고 했다.

사부의 작업실에 찾아간 날 그는 뜬금없이 내게 허리를 굽히며 사과부터 했다.

"내가 경솔했어요. 원식 씨가 어머니의 김밥처럼 큰 프로그램을 돌릴 운영체제를 갖추었을까 고려하지 않고 함부로 배우라고 했네요. 돌려 깐 줄 알까 봐 걱정했어요."

나는 허리를 사부보다 더 저각도로 숙였다.

"아닙니다. 그 비유라면 제 CPU나 메모리는 최하급 사양입니다. 사무용으로도 못 쓸걸요."

"비관 말고 하드웨어 업그레이드부터 하죠. 원식 씨가 어머니의 김밥 레시피를 꼭 알게 되길 바래서 제자로 받아들일 거예요. 그 경지는 반드시 다음 세대로 이어져야 할 가치가 있으니까요."

나는 사부의 말이 눈물 나게 고마워서 눈물이 났다. 드디어 제자가 된 것이다.

"저 말고도 제자가 있으세요?"

"가끔?"

사부는 '가끔'이라는 말을 좋아하는 것 같았다. 앞으로 가끔 나를 가르칠 거라고 했고, 애인이 있느냐고 물어도 가끔?

이라고 대답했다. 그분이 '가끔' 하지 않는 것은 농담뿐이었는데 줄기차게 시도하다 보니, 한두 개쯤은 터지기도 했다. 사부는 그런 식의 농담처럼 바로 트레이닝을 시작했다.

"먼저 만들 테니 흉내 내보기?"

사부의 작업실에서 그분의 요리를 모방하는 트레이닝을 시작하며 나는 세 번 반했다. 첫째, 요리를 하는 자세. 사부의 동작은 식재료와 주방 기구를 통솔하는 지휘자 같았고, 깔끔한 복장과 우아한 표정으로 음식을 지지고 삶고 볶는 행위들에 마치 무대 예술을 보는 듯 황홀감을 잔뜩 느꼈다. 둘째, 화법에 반했다. 흔한 식재료가 유니크한 음식으로 돌변하는 과정에 요리사가 기여하려면 철저한 독창성과, 과학 지식과, 하드웨어가 있어야 한다는 얘기를 하면서 모든 말에 농담을 섞었다. 마지막으로는 미친 듯이 환상적인 '맛'이었다.

사부의 시범을 보는 순간 나는 요리라는 장르에서 차원이 다른 미학을 느꼈다. 그냥 기능성 의류만 대충 입고 다니다 옷 잘 입는 즐거움을 알아버린 댄디보이가 된 것 같았다. 누군가에게 이런 황홀감을 선사할 수 있다면 어떤 장르에서든 시를 쓰는 것과 다르지 않아 보였다.

나는 집중력을 끌어올리며 사부가 만든 음식을 따라 만들었다. 그러나 내겐 사부가 말한 독창성도, 과학 지식도, 하드웨어도 없었다. 조미료만 있었고, 당연히 아무 맛이 안 났다. 사부는 이게 요리냐며 애들처럼 헛바닥을 나불나불 내밀며 나를 한참 약 올리다 내가 울먹거릴 즈음 딱 끊고 진지하게 말했다.

"바보는 아닌데 천재도 아니네요. 저처럼요."

사부의 다음 가르침은 이론 수업이었다. 주제는 웃겨야 한다는 것이었다.

"왜 웃겨야 하는지 알죠?"

"글쎄요. 누군가를 웃기려면 머리가 잘 돌아야 하고, 관점도 총체적이어야 하니……까요?"

"총체만 맞았어요. 요리사는 진지하고 예민해야 해요. 기본값이고 필수 항목이에요. 노동 강도가 너무 센데, 그 와중에도 정확해야 하니까요. 근육과 신경계, 그리고 영혼도 함께 쓰는 총체적 집중이니까 당연하죠. 단, 그렇게 길고 고단한 작업으로 번아웃되지 않을 유일한 방법이 있다면, 그게 유머예요. 요걸 잊지 말아야 해요. 우주의 원리를 오류 없는 수식과 공식으로 바꾸고 있는 과학자들도 유머 감각이 없으면 미쳐버려요."

"죄송한데 안 웃깁니다."

"웃기려고 한 말이라고 생각해요? 원식 씨의 요리를 위해서예요. 요리엔 사람의 감정이 이입되기 쉽거든요. 사람들이 음식 맛의 철학과 예술을 공부하려고 먹는 것 아니잖아요. 음식엔 스트레스가 깃들면 안 돼요. 유머는 요리에 즐거운 뉘앙스가 깃들게 하는 마법이기도 한 거예요. 알겠죠? 우후후?"

어쩐지 엄마가 설명한 주술과 비슷한 것 같았다. 정확히 이해하긴 어려웠다.

"사부님은 요리를 얼마나 하셨습니까?"

"글쎄, 프로가 된 뒤로 2년……하고 157개월 정도?"

갑자기 산수 문제라 놀랐지만 선수 생활만 15년이 넘은 거였다. 사부의 특이한 화법은 기회 있을 때 한번 연구해보고 싶었다.

사부가 준비한 다음 레시피는 현장 실습 강행군 쇼였다.

"이제 하드웨어 업그레이드에 들어가요. 과정은 좀 귀찮을 거예요."

그 방식은 영업 중인 주방의 밑바닥부터 경험하는 것이라고 했다. 천재가 아닌데 바보도 아니면 그 방법이 지름길이라고 했다.

"아는 후배네 중식당에 칼판 보조 필요하대요. 칼질부터 즐겁게 배워봐요. 파이팅!"

그 말과 함께 나는 초보 선수로 지옥의 링에 올랐다. 요리사 팔자를 걷기 시작한 것이었다. 사부가 소개한 식당은 제법 규모가 있는 중식당이었다. 주방에 찾아가 꾸벅 인사를 하는데 누군가가 스테인리스 통으로 대가리를 맞고 있었다.

"이게 하프 바트냐? 뇌가 닭고기로 되어 있지? 다시 갖고 와!"

저렇게 심한 욕을 하다니. 분위기가 살벌했다. 하지만 배우러 왔으니 배울 것만 잽싸게 배우기로 마음먹었다. 잽싸게 옷을 갈아입고, 주방 안전화로 갈아 신고, 머리에 조리모를 쓰고, 인사를 똘망똘망 잘했다. 주방장은 나를 쓰윽 한번 훑더니 칼판 담당에게 인계했다. 그는 주방장보다 더 인상이 안 좋았다. 나는 칼질을 배우기 위해 내 조리칼 세트를 꺼냈다.

"존만 한 게 프로 흉내여, 재수 없게."

함께 일하는 동안 그가 가장 길게 한 말이었다. 다음부턴 아주 짧게 말했다.

"썰어."

나는 김밥 썰면서 익힌 나름의 도법으로 최선을 다해 양파를 썰어갔다.

"빨리."

한 달을 근무했지만 그가 내게 사용하는 말은 그 2음절이 다였다. 동작 시범도 없었다. 이론도 없었다. 이렇게 자르는 게 더 빠르다거나, 칼집으로 모양내는 순서는 이러하다든가, 그런 거 없었다. 눈치껏 보고, 모방하고, 숙련되어야 했다. 요리라는 건, 주방 일이란 건, 유머 감각이 고갈되는 작업일 뿐인가. 사부 말대로 즐기긴 힘들었다. 고도의 체력과 지구력과 두뇌 회전을 요구하는 중노동. 눈코 뜰 새도 없어서 즐긴다는 경지가 아득히 멀어 보였다. 반복 노동의 경험칙으로 시간을 단축해가며 한몫 단단히 분담하지 못하면 닭고기 같다는 끔찍한 욕설이 쩌렁쩌렁 울려퍼졌고, 스테인리스 바트로 머리를 맞았다. 공장처럼 돌아가는 주방에서는 음식이라는 완제품을 생산하기 위한 부품 노동자로 멈추지 않고 내 역할을 해내야 했다. 아침 10시부터 밤 10시까지 하루 12시간 동안 그런 식의 주방에서 일하며 배울 수 있는 건 인내심밖에 없는 것 같았다. 허리랑 온몸의 관절들은 아프다고 매일 비명을 질러댔다.

그런 살벌한 분위기를 만든 건 사부의 후배라는 주방장이었다. 그는 남의 말을 듣지 않고 자기 틀에 맞추는 걸 좋아하는 프로크루스테스 스타일이었다. 아무 질문도 허락되지 않았고 오직 명령만이 존재했는데 그마저도 구렸다. 당연히 그 주방장이 만드는 음식은 맛이 없었다.

군대에 한 번 더 왔다는 느낌으로 견디며 반년이 지났을 때 사부가 나를 끄집어내 줬다. 나는 칼질의 부끄러움을 아는 수준이 되어 있었고, 뜨거운 것과 날카로운 것과 무거운 것들이 가득한 주방에서 자신과 타인을 다치게 만들지 않는 기본 신경도 생성되어 있었다. 특히 주방 아저씨들의 예민한 심기를 건드리지 않으면서 내 몫 1인분 이상을 하는 눈치가 빨라져 있었고 말수가 줄어들었다. 어쨌든 조금 업그레이드 된 것이었다.

"1단계는 패스. 고생 많았네요. 2단계부턴 난이도 올라가요. 다시 파이팅."

사부의 다음 트레이닝 현장은 단체 급식을 담당하는 대형 주방이었다. 찬모 아주머니들 사이에서 수두룩 빽빽한 각종 식재료들을 소처럼 다듬고 손질해야 했다. 손이 많이 가고, 까다롭기 닭발 같은 식재료들이 세상에 그토록 많은 줄 몰랐다. 감자나 당근, 호박은 참 착한 애들이었고, 일일이 흙 씻고, 상한 부분 골라내고, 잔뿌리 뜯어내는 부추나 달래도 그렇게 까칠한 애들이 아니라는 걸 알았다. 잘 모르는 재료를 만나면 손질하는 방법과 특징에 대해 수많은 의문이 생겼지만 거기서도 질문은 허용되지 않았다. 주방 일로 잔뼈가 굵은 아주머니들은 온갖 관절통과 정신병에 시달리느라 상당히 예민하고 공격적이었고, 표정을 100미터 파들어가도 유머라곤 없었다. 나는 미친 노동량에 시달리다 문어발처럼 흐느적거리며 퇴근한 뒤에도 피곤한 몸을 잠시 더 괴롭혔다. 샬롯, 오크라, 송로버섯, 콜리플라워, 펜넬 등등 온갖 처음 뵙는 분들이 계셨고, 그것들을 손질하고 조리하고 맛을 끄집어내는 기술과 재료별 특징에 대한 정보 습득을 필수적으로 해나갔다. 함께 조리하면 안 되는 것과, 반드시 함께 조리해야 하는 것들, 하나의 요리를 위해 각기 조리 시간이 다른 재료를 융합하는 이론들의 섭렵 과정이었다. 그러나 나는 주방 보조이지 조리 보조가 아니었다. 조리는 한참 짬을 채워야 할 수 있어서 어깨 너머로만 공부할 수 있었다. 게다가 그 와중에 주방 아주머니들끼리 파벌을 나누더니 붕당 싸움 같은 게 일어나버렸고 일터 분위기는 붕어 아가미처럼 변해버렸다.

배움에 대한 욕망과 현실 사이의 괴리감은 나날이 커지는데, 노동 강도에 몸과 멘탈을 다 털리기만 한 반년 뒤 사부는 나를 다시 중식당에 보냈다. "또 중국집에 가라고요?" 하며 소심하게 반항했더니 사부는 어디서 배웠는지 모를 불완전한 급식체를 썼다.

"웍 고수한테 배울 기회가 온 건 레알 상타 치는 부분이고요, 웍에 볶고 지지는 각은 재미가 규장각 보신각 오지고 지리고요, 고요한 밤이고요."

몸과 마음이 너무 힘든데 사부 연세에 안 어울리고, 유행도 지난 개그를 때릴 땐 좀 울컥하게 되는 면도 없지 않았다. 하지만 자기 인맥을 동원해 내가 영업장에서 급여 받으며 배우게 해주는 사부에 대한 고마움이 풍성했다. 사부는 사람들이 먹고살려고 평생 참고 하는 일을, 짧은 기간 배우면서 일희일비하면 똥구녕 같은 거라고 나를 토닥여줬다. 아아, 이 모든 게 사부가 그린 큰 그림 속 트레이닝 쇼였다.

어쨌든 웍은 진입 장벽이 높은 기술이었다. 사부가 소개한 곳에서 힘 못 쓰게 생겼다며 처음부터 욕먹었는데, 과연 웍을 돌릴 때 손목 힘이 모자라 쩔쩔맸다. 알고 보니 약간의 근력과 스냅을 쓰는 요령이 필요한 건데 나는 손목 관절이 나가도록 힘만 꽉 준 방법으로 연습해야만 했다.

쇼핑몰 푸드코트에 딸린 개방형 식당인 그곳은 호텔에서 근무하다 왔다는 실장 때문에 군기가 아주 센 편이었다. 손님들이 듣든 말든 폭언이 오가는 게 다반사였고 손님이 몰릴 땐 실장이 강한 압박으로 주방 일을 돌렸다. 그런 가게가 맛이 있기는 힘들었다. 푸드코트란 쇼핑하던 손님이 대충 때울 음식을 기본기만 갖춰서 내는 곳이 대부분이니까.

이렇게 비전문적인 곳에서도 나는 맞으면서 웍 돌리는 걸 배워야 했다. 물론 실장이 웍 고수인 건 인정했다. 웍을 돌리다가 웍으로 대가리를 때릴 수 있는 사람도 세상엔 드물 거였다. 그런 분에게 배우는 건 어쩌면 좋은 기회였지만 요령에 대한 설명도 음식 맛처럼 비전문적이었다.

"이래 갖고 이렇게 해!"

"예? 팔꿈치 각도를 조금만 설명해주시면."

"말대꾸야, 인마! 이걸 이래 하라니까! 왜 이래 해!"

비슷하게 해봤지만 실장은 하루 종일 짜증만 냈다. 화법도 좋지 않으면서 입만 열면 호텔에서 일하던 얘기만 자랑처럼 떠드는데 왜 호텔에서 계속 일 안 하고 푸드코트에서 짜증 내며 일하는지 정말 의문이었다. 짜증 낼 시간에 맛이나 좀 연구하지. 윽박만 지르고, 불맛도 귀찮다며 목초액 같은 꼼수로 때우고, 신선도가 떨어진 해산물을 식초 푼 물에 대충 헹궈 볶고, 담배 피우고 와서 손도 안 씻고. 사실 표정부터가 식욕이 떨어질 정도로 뻔뻔하게 굳은 데다 아귀처럼 처진 입 라인을 가진 실장에겐 배울 게 없을 뿐만 아니라 매일 얼굴을 보는 것조차 힘들었다. 뭐라도 배우려고 물어보면 욕만 돌아왔다.

"왜 알려고? 알면 시부랄 네가 주방장 하게?"

나쁜 요리 주간이 있으나 좋은 요리 주간도 있다.

그것은 머리털자리의 순환에 따른다.

머리칼처럼 깨달음도 있다가 없는 것이니 그에 초월하여라.

트레이닝 쇼가 힘들어 입술이 부르튼 어느 날 다시 조반니의 책을 보았다. 조반니는 누구나 알 수 있고, 듣기 딱 유치하지만 일단 위로가 되는 말을 참 많이 만들어냈다. 그것도 재능인 것 같았다.

그래서 좋은 날이 올 것이고, 사부가 나를 이런 곳에 보낸 뜻을 꼭 찾기로 했다. 아무 대가 없이 나를 키우고 있는 사부가 아닌가. 아무것도 못 배우더라도 최소한 밑바닥에서 구르는 동안 참을성 하나는 남들보다 계속 단단해져 가고 있다며 위안했다. 이 압박 축구 속에서 토탈사커를 스스로 깨달으리라. 그러나 그것도 착각이었다. 매일 두어 대씩 머리를 맞다가 두어 달쯤 넘었을 때 실장 아저씨가 하도 세게 때리기에 부욱, 하고 인내심이 찢어져 물었다.

"잘하고 있는데 왜 때려요?"

"시부랄 놈아, 더 잘하라고! 호텔에선 이래 말대꾸하면 튀김기에 거꾸로 꽂는 거야. 알아?"

"사람을 거기 왜 꽂아요? 범죄 아닙니까?"

"어라, 이 새끼 반항하네?"

"필요한 말은 하겠습니다. 실장님은 그냥 습관적으로 사람을 때릴 뿐입니다. 또 때리면 때려치우고 고소하겠습니다."

"요 시부랄 놈. 고소해봐라. 고소하면 참기름."

가뜩이나 싫은 그 실장이 개똥 같은 유머까지 때리자 나는 손목을 탁 잡았다. 그런데 그 인간 손목 힘이 너무나 세서 결국 또 처맞았다. 겨우 몇 달밖에 웍을 안 돌린 내 손목과는 달리 발목인 줄 알았다. 그래서 부랄을 공격했는데 그 인간 부랄이 시부랄이어서 오히려 내가 자빠졌고, 실장이 트라이앵글 초크를 걸기에 잽싸게 탭을 쳤다. 완전한 패배에 좌절하며 고소도 깜빡하고 고구마처럼 되어 있을 때 사부에게서 연락이 왔다. 이번에는 전혀 웃기려고 하지 않았다.

"미안해요, 원식 씨. 그 선배 아직도 그 모양이네. 나랑 호텔에서 일할 때도 그랬었죠. 문제가 많아 계열사 푸드코트로 유배된 거예요."

"아니에요. 제 탓입니다. 사부님 말처럼 유머로 버티지 못했어요."

"제가 왜 밑바닥을 경험하라고 한 건지 궁금했죠? 주방은 그런 카오스에 빠지기 너무 쉬운 곳이에요. 실패한 경험을 쌓아 저레벨 존을 빨리 통과하게 해주고 싶었는데."

"더 경험해야 되나요, 말도 안 되는 주방들이 너무 까다롭습니다."

사부는 쉼표를 다섯 개 정도 치다가 말했다.

"전 이원식 씨를 센 불에 뭉근하게 볶으려고 했는데 '오버

쿡'이었나 싶군요. 부조리를 감당 못 하고 올라가면 높은 레벨에서 만나는 단 한 번의 부조리에 멘붕이 오고 말죠. 가급적 면역력을 두껍게 키워야 해요. 그건 요리사의 환상 혹은 미몽을 깨는 계기가 되기도 하고, 레벨을 빨리 올려 각성하는 기회가 되기도 해요."

"사부님, 아직도 권위주의, 서열주의가 유행인가요? 주방인지 군대인지 헷갈려요."

"제 경험에 그건 외국 주방도 마찬가지였어요. 일본이 제일 까다로웠고, 유럽이나 미국 식당도 기본적으로 규율이 엄격하고 철저해요. 주방은 위험하고 위생적인 곳이기 때문에 위계가 필요해요. 하지만 이번엔 그 단계가 민주화된 주방을 추천해줄게요. 원식 씨가 요리에 대한 몽상과 열망을 다시 가졌으면 좋겠어요."

늘 웃기려 하던 사부가 그렇게 말하자, 나에게 실망한 것 같은 느낌이 들어 신경 쓰였다.

새로 가게 된 곳은 일식당이었다. 나는 그곳에서 사시미 칼질부터 배우기 시작했다. 한마디로 그 주방엔 좋은 시스템이 있었다. 주방 일의 합리성은 당연히 시스템이 좌우하는 것이었다. 하기 싫은 걸 겨우 견디는 자들이 아니라 인격과 여유를 지닌 사람들이 하고 싶은 걸 하기 위해 만든 시스템. 그곳은 주방장의 고함 혹은 실장, 또는 사장의 강권으로 유지되는 곳이 아니었다. 내가 지난 주방 경험을 얘기하자 일식당 '다찌' 실장은 말했다.

"고함지르면 음식이 됩니까? 고함질러 나오는 음식이라면 맛이 있겠습니까?"

식당 따위 일하러 오는 공부 못한 잡놈들은 말귀를 못 알아먹어서 소리를 질러야만 한다고 닭소리를 하던 저능한 인격들과는 다른 품격이 느껴졌다.

그리고 '가다'라고 불리는 뒷주방 부장도 칼 솜씨가 예리하면서, 일에 대한 설명도 날카롭게 해주었다. 자기 일을 성심으로 하는 사람들은 나이가 많아도 눈빛이 흐려지지 않는다는 것을 그분들을 통해 알았다. 나는 열라 열심히 배우기로 작심했다.

일식당 일은 우선 용어들을 배우는 것부터 시작되었다. 오로시, 아라이, 다이묘, 산마이, 나나메기리, 와기리 등등 회 뜰 때 사용하는 생소한 단어들과 그 뜻을 달달 외웠고, 다음엔 그걸 잘하는 방법에 대해 차근차근 배워나갔다. 위생은 극히 중시되었고, 폭력이나 막말은 없었으며, 사시미 칼의 움직임은 내가 요리를 배우면서 본 어떤 동작보다 우아했다. 수산물이라는 흥미로운 식재료가 가진 깊은 세계가 마치 우주의 원리처럼 신비하게 느껴졌다. 체력 고갈과 인원 부족에 허덕이며 좀비처럼 움직이던 지난 주방과는 너무 달라 아스라한 꿈과 같을 정도였다. 그곳에서 나는 요리도 예체능처럼 하루만 게을러도 하루만큼 퇴보하는 프로 세계의 기예라는 걸 알았다. 게으름은 개나 주고 매 순간 열심히 하나하나 깨우쳐나가자 사부 말대로 다시 요리의 아름다움에 대한 열망이 꽃피었다. 그 열망은 우주에 산산이 흩어졌던 내 연애 세포까지 다시 집적시킨 게 분명했다. 다시 연애를 하게 된 것이다.

첫사랑과 같은 여자였다. 무슨 인연인지 모르겠지만 나와 헤어졌던 앨리스가 어느 날 내가 일하는 곳에 서빙 알바로 왔다. 뒷주방에서 바쁘게 일하다 보니 알바가 바뀐 것도 모르고 있었는데, 주방 마감이 일찍 끝난 날 마침 늦게 퇴근하던 그녀와 눈이 땅 마주쳤다. 정말로 머릿속에 그런 소리가 났다. 헤어진 지 땅 1년 반 만이었다.

"알고 왔니?"

"뭘 알고 와?"

"넌 서구적으로 생긴 애가 안 어울리게 일식당에 알바 왔니."

"가까워서. 이 건물 옥탑방 살거든."

"독립한 거니? 축하해."

"아니. 집이 어려워져서 쫓겨났어. 졸라 힘들어."

"……4차원 광녀가 흙수저이기까지 해서 안됐구나."

"지랄하네. 지는?"

그녀를 우연히 다시 만났다는 것만으로 나는 지난 모든 은원이 잊히는 느낌이었다. 아니 원망할 건 없었다. 내가 잘못해서 헤어진 거니까. 그래선지 다시 호감을 느끼며 밀고 당기고하는 과정도 날름 생략한 채 딱 달라붙었다. 내 상판대기를보자마자 홍채가 하트 무늬로 바뀌는 걸 보니 그녀도 같은 심정인 듯했다. 연애에서 가장 어려운 부분을 패스한 건지 가장재미있는 부분을 날려먹은 건지 모르겠지만 우린 퇴근하면옥탑방에 함께 올라갔고, 맥주를 여섯 캔씩 마셨고, 다시 연인이 되었다.

달링은 제빵 때려치우고 항공사 승무원을 준비하고 있다고했다.

"말이 되냐? 절실하게 빵 만든다며?"

"오빠랑 헤어지고 울다가 오빠고 빵이고 다 꼴 보기 싫더라. 같이 호빵 먹던 추억도 짜증 나고."

"자기가 차놓고 아파하는 거 재미있네?"

"몰라. 나도 남친이 없어진 거잖아. 심란해서 시험도 떨어졌고. 난 실력도 없는데 오빵만 빵 잘 만드니까 짱났었나봐. 그래서 승무원 친구랑 예테보리에 여행 갔는데, 말도 마! 내 항덕 포텐셜에 누가 라이터를 땡기는 것 같았어. 난 노빠꾸 노마드 인생이라는 걸 알았고, 승무원이 되어 전 세계를 유랑하고 싶어졌어."

거기까진 너무 일반적인 흐름이라 하품이 나왔다.

"게다가 웃길 거잖아. 내가 유니폼 입고 승객들을 응대하는 상상을 해봐."

오오, 그건? 스터드 박힌 고딕 패션 좋아하던 애가 항공사 제복을? 미친 듯이 웃길 것 같았다. 나는 응원의 박수를 칠 수밖에 없었다. 사회 규격에 끼워 맞출 수 없는 성품과, 막돼먹은 어법과, 글러먹은 서비스 정신머리를 가진 앨리스가 승무원 같은 정갈한 전문직에 도전한다고? 그런 급회전 개그는 웃길 확률이 매우 높을 것 같았다. 그녀와 헤어진 뒤 웃긴 적도 없지만 웃기고 싶지도 않았고, 남이 웃기려 할 때도 냉담하기만 했었는데 덕분에 유쾌함이 슬슬 되살아났다. 여자 친구가 구사하는 '세상과의 이질감 개그' 시리즈가 기대되었다.

그런데 그녀는 일식집 서빙을 하며 손님과 싸우지도, 손님을 때리지도 않으면서 예상 밖으로 재미없게 굴더니, 유니폼도 똑바로 입고 서빙하며 서비스 정신을 연습하는데 보기에 어울리더니, 딴사람처럼 성북구 친절 알바 대회에서 우승하더니, 서울시 대표 선발전에서도 트로피를 받아 오더니, 또 집에서 나와 대화할 때조차 우아하고 자연스러운 미소를 머금으려 집중하고 노력하더니, 곧 어떤 국내 항공사에서 합격 통보를 받더니, 일식집 알바를 때려치웠다. 합격 축하 맥주 쇼를 하던 날 내가 물었다.

"사람이 이렇게 변하기 있어?"

"닥치고 오빠도 좀 달라져봐. 만날 실장님 사시미 실력 넘사벽이라고 어리광만 부리지 말고 성장해줘. 인생으로 웃길 땐 차원이 높은 만큼 재미있잖아."

인상마저 세련되게 달라진 그녀가 내게 해준 잔소리는 사실 너무 고마운 것이었다. 나도 그녀의 남자 친구로 살아남으려면 폼 나는 요리사로 레벨업 해야만 할 것 같았다. 나는 잠도 줄이고 수험생처럼 집중해서 생선을 손질해나갔고, 컨디션 좋던 어느 날 실장에게 사시미 아트를 선보였다. 광어와 연어와 참치로 접시 위에 옥돔을 그렸는데 살아 움직이는 생선처럼 보이도록 생선 살로만 만든 것이었다. 실장은 내 등을 오구오구 팡팡 때리며 자네에겐 더 가르칠 게 없다고 했지만 그건 순전히 사랑의 힘이었다.

때마침 사부도 연락했다. 가끔 결혼을 하는데 이번이 세 번째 결혼이라 세이셸로 신혼여행을 떠난다고 했다. 네 번째 결혼 땐 네팔에 갈 거라고 하는 것 같았는데 못 들은 척했다. 사부는 좀 오래 나가 있을 예정이라서 내 진도를 체크하기 힘들 거라고 했다. 앨리스 달링은 스스로 길을 찾지 않고 사부에게만 의존하다 빚지는 인생이 될까 봐 걱정했었다. 그래서 나는 사부께서 다 떠먹여주시는 건 부끄러우니 잠시 스스로 진도를 나가 스승의 수고를 덜고, 사부가 돌아왔을 때 다시 가르침을 구하면 어떻겠느냐고 상의했다.

"자립심 멋지네요. 그것도 레시피의 하나예요. 그럼 다시 만날 때까지 유머를 잃지 말아요."

그랬다. 나는 유머를 잃지 않기 위해 애인의 옥탑방에 틈만 나면 놀러가다 아예 함께 살기 시작했고, 우리는 무슨 뭐, 눈빛만 살짝 스쳐도 서로 끌어안는 몸 개그를 했다. 그중에서 애인이 객실 승무원 트레이닝을 마치고 비행 스케줄을 받게 되자 함께 있을 수 있는 날들이 모자라게 된 게 가장 웃겼다. 아쉬웠지만 나는 사시미 수업을 통해 손이 섬세해져서 여자 친구 비행 가는 날 몸단장을 도울 수 있었다. 특히 머리가 너무 당기지 않게, 윗머리에 볼륨감도 남기면서 잔머리가 한 가닥도 삐져나오지 않는 쪽머리를 잘했다. 앨리스는 요리 그만두고 승무원 전용 그루밍 숍을 열라고 부추겼지만 내 꿈은 요리사였다. 항공사에서 승무원의 헤어스타일을 제한하는 것도 맘에 들지 않았다. 달링이 오프인 날 머리를 푸들처럼 풀고 쉴 때 가장 예뻤기 때문이었다.

홈파티를 즐기며 애인에게 맛있는 요리를 해 먹이는 게 내 삶의 동기가 되었다. 주방에서 일하는 사람들은 집에서 쉴 때 음식을 만드는 게 정말 죽기보다 싫은데, 달링에게 먹이려고 만들 때는 오히려 더 신이 났다. 함께 먹을 음식을 정성껏 미즈 앙 플라스[16] 해놓고 애인을 데리러 공항에 갈 때가 가장 행복한 순

---

16   조리를 위한 사전 준비.

간이었다. 옥탑방 홈파티엔 요리뿐만 아니라 온갖 음악과 시와 맥주도 난무했다. 갈월동 집에 자주 가지 않아 엄마가 삐쳤지만 갈 틈도 없었다. 아름답고 서정적인 시절이었다.

나는 일식당에서 하산한 뒤 셀프 트레이닝 쇼를 위해 남도식, 스찬식, 지중해식, 동인도식을 가리지 않고 주방 용병을 구하는 데만 있으면 마구 일하러 다녔다. 역시 지뢰밭 같은 주방이 수두룩 빽빽했다. 번뜩이는 깨달음을 주는 주방도 있었지만 기초적인 부조리 경연 대회에서 다시 현역으로 뛰어야 하기도 했다. 하지만 바보들도 스승이란 말은 옳았다. 그들처럼 하지 않을 방법을 연구하면 그 분야에 발전이 있었다. 또한 조반니의 말처럼 머리털자리의 순환에 따라 실력이 출중한 요리사가 있는 주방에서도 근무할 수 있었다. 다각도의 지식과 지성이 있고, 풍부한 경험도 있고, 조리사들을 체스판의 말처럼 운용해 좋은 결과를 내는 주방을 만나는 쾌락도 여러 번 맛보았다. 다만 유명한 프랜차이즈 외식업 주방에 용병으로 갔을 땐 멘탈이 털렸다. 조리학 개론의 서론 정도만 겨우 읽은 학생들을 알바로 데려다 놓고 돌리는데 아무렇지 않게 유지되는 괴상한 시스템이 의아했던 것이다. 음식에 요리사의 철학이 들어갈 틈도 없었고, 가열 조리 시 발생하는 발암성 물질 아크릴아마이드를 줄일 적정 온도 같은 건 고려하지도 않았다. 매출과 마진에만 모든 걸 맞춘 희한한 시스템이었다. 물론 괴상한 재래식 시스템을 가진 가게보다는 확실히 나았다. 그런 곳에 가면 정말이지 끝도 없는 주방 일과, 피곤한 손님을 상대하는 감정 노동이 겹치기 쉬웠다. 손님을 받기 위해 영업하는 게 아니라, 어느 순간 손님이 오면 짜증이 나는 희한한 카오스에 빠지는 것이었다. 그러나 프랜차이즈란 스스로 시스템을 만들지 못하는 경험 없는 점주들에게 알맞은 보급형이긴 하지만 내 입엔 저급한 퀄리티의 일반화밖엔 안 되는 것 같았다. 맛의 신세계를 보여주기는커녕 개성 없이 하향 평준화만 시키는 건 인류 미식 쾌락의 역사를 시시하게 만드는 몹쓸 짓 같았다. 그래서 이 소설의 이 문단도 재미가 없다. 어쨌거나 그런 곳에선 오래 복무하지 못했다. 성장이 되질 않았다. 스파 브랜드 옷만 만들면 개성 있는 패션 디자이너가 될 수 없을 것 같았다. 옷이 기능만을 위해 만드는 것이 아니듯, 음식도 허기 충족만을 위해 조리되어선 안 된다.

음식 문화의 개성을 찾아 떠난 다음 주방은 남달리 매운맛을 맛깔나게 내는 라면집으로 유명한 곳이었다. 늘 손님이 줄을 서서 대기했기 때문에 주방 일은 아주 바빴다. 그곳에서 인스턴트 라면을 끓이고 또 끓이면서 나는 한 가지 의문을 느꼈다. 라면이 맛있게 끓여질 때와 냄새부터 조금 밋밋할 때의 차이가 있었는데 원인을 알 수 없었다. 정확한 계량을 하고 정밀한 공식대로 끓이는데도 맛이 조금씩 달랐고, 분자 미식학을 믿던 나는 물질의 상태 변화가 일반적인 물리, 화학의 성질을 벗어날 때가 있다는 걸 이해하기 힘들었다. 그러나 원인을 알아내기도 전에 그 라면집은 바로 옆에 매운 라면 프랜차이즈가 근사하게 오픈하는 바람에 망해버렸다.

사람들은 그쪽으로만 줄을 섰다. 나 또한 그 프랜차이즈를 만든 요리 연구가는 뭔가 알고 있을 거라 생각했지만 가서 라면 냄새를 맡자마자 돌아 나왔다. 다름 아닌 인공 캡사이신 냄새였던 것이다. 게다가 주방 인력들은 화구 앞에서 얼굴이 벌게진 채 손발이 따로 놀고 있었다.

그렇게 혼자 이런저런 주방들을 경험하는 동안 사부의 혜안에 대해 생각하게 되었다. 사부가 말한 유머란, 결국 내공의 탄력을 말하는 게 아니었을까. 허접한 주방에서도 멘탈을 지킬 수 있는 내공, 바쁘거나 변수가 터져도 맛을 지키기 위한 흔들림 없는 기력 같은 것 아니었을까. 공격당하기 시작했을 때 하수는 단단하게 긴장하고, 고수는 부드럽게 웃음 짓지 않던가.

그러나 위기가 찾아왔을 때 나는 아직 하수라는 걸 알았다. 웃기려고 라면집 다음으로 일본 라멘을 배우고 있는데 위생 점검이 예고되었다. 실장이 쉬는 날이라 부실장 형이 면을 뽑고 있었다. 부실장은 모자를 안 쓰고 일했다. 내가 "형, 오늘 위생 점검 나온다던데 모자 좀 써요"라고 했더니 "와 씨, 실장 없으니까 별게 다 갈구네, 쌍" 하고 비아냥거렸다. 그리고 잠시 후 음식에서 머리카락이 나왔다. 모자를 안 쓰고 주방에서 일하는 건 손을 씻지 않고 식재료를 만지는 것, 가스를 잠그지 않고 퇴근하는 것과 같은 큰 실수다. 손님의 그릇을 회수해보니 머리카락 길이와 색깔이 딱 그 형 것이었다. 이거 봐요, 형. 이래서 우리가 모자 쓰잖아요. 그러자 형이 버럭 화를 내며 내 모자를 벗겨 땅바닥에 집어던졌다.

"건방진 새끼, 감히 부실장한테 이래라저래라 해?"

그때 누군가가 주방에 우르르 들어왔다. 처음 보는 사람들이었다.

"저거 보세요. 어휴, 예고까지 했는데 모자도 안 쓰고 일하시네!"

하필 구청 위생 점검 담당 공무원들이 왔고, 타이밍 오지게 거지 같았고, 나와 그 형은 나란히 잘렸다. 벌금도 상당했는데 월급에서 깎였다. 비운이었다. 집에서 소주를 마시고 있을 때 여친이 방콕에 레이오버 갔다 돌아왔다. 위로를 기대했지만 애인에게도 사건이 있었다.

"오빠, 세상엔 왜 이렇게 이상한 사람이 많을까?"

"소상히 말해보거라."

"나 잘리려나 봐. 난기류 때문에 손님이 맥주를 자기 콧구멍에 끼얹은 걸 봤거든."

"저런, 웃었느냐?"

"아니. 손님이 어푹어푹 할 때 진짜 웃겼는데 잘 참았고 잽싸게 티슈를 가져다 드렸어. 근데 그분이 고맙다며 다시 맥주를 마시려는데 기체가 또 세게 흔들린 거야."

"으응? 또 코에?"

"응, 그냥 얼굴에 다 부었어. 나는 훗, 터질 뻔했지만 CAT 모더레이트라고 위험한 순간이어서 정색하고 손님들을 자리에 앉혔어. 그 손님 얼굴은 티슈로 닦아드렸고. 그래도 뭔가 찜찜해서 적어도 비행 내내 세 번 이상 괜찮으시냐고 케어하고, 서비스 땅콩까지 챙겨드렸어. 근데 그 손님이 '하아, 왜 내가 맥주만 마시면 터뷸런스야. 되는 일이라곤 없어' 하고 혼잣말로 한탄하는데 목소리 톤이 진짜 웃긴 거야. 그때 내가 살짝 미소를 지었나 봐. 손님은 '웃기죠? 지루한 비행에서 이런 걸로라도 웃어야죠, 그죠?' 그러더니 아까부터 챙겨줘서 고맙다며 칭송 카드를 달라고 했단 말이야? 근데 하기한 뒤에 거기 내 이름 적고 손님의 불운 앞에서 쪼갠 이 승무원 때문에 기분 나빠 우울증이 심해졌다고 쓴 거야. 세상에 그런 엿을 먹일 수가. 차라리 앞에서 화냈으면 비행 내내 무릎 꿇고 용서를 구하든 어쩌든 했을 텐데 왜 뒷말을 남겨 남의 일자리를 위태롭게 할까."

나는 진정하고 물었다.

"칭송 카드에 불만을 적을 수도 있는 거야?"

"응. 그게 고객의 소리 카드도 돼."

"몸 개그에 약한 사람도 많은데 너무하네."

"몰라. 내 미소 봐봐. 과한 것 같아? 사무장님이 표준 미소라고 칭찬했었는데? 새똥 맞은 것 같아. 징계를 받을지도 몰

라. 잊어버리게 얼른 위로해줘."

달링과 나는 누가 무슨 말만 하면 풉 하고 맥주를 뿜으면서 즐거운 밤을 보냈다. 좀 더러웠지만 달링이는 크게 위로가 되었다고 했다.

그러나 일반 승무원으로 진급한 지 얼마 안 된 그녀는 하필 회장이 클레임을 직접 읽는 바람에 징계를 세게 받았다. 앨리스는 억울함을 호소했지만 조직 문화가 낡고 경직된 회사였고, 불의에 저항하는 것도 말이 안 통해 다 필요 없다며 때려치우고 나왔다.

"싫은데 참기만 한 윗세대도 바보 같고, 나서서 싸우기만 하다 이상해져 버린 세대도 구려. 난 그냥 스스로 멋있는 세대가 될래. 아름다움을 탐할 거야. 세련되게 전문적으로."

애인은 그런 멘트를 날리고 치열하게 준비하더니 외국 항공사에 덜컥 취업해버렸다. 남친 한국에 놔두고 웬 외항사 면접을 봤냐고 물었더니 설마 채용될 줄 몰랐다고 했다. 그녀가 사는 곳은 카타르 도하가 되었고, 그때부턴 달링이 인천행 스케줄을 받아야 겨우 얼굴을 볼 수 있었다. 어쩐지 그녀처럼 4차원을 넘나드는 존재에게 어울리는 상황이 된 것 같았다.

그녀는 캐빈 크루 일을 하다 보니 점점 인상이나 성격도 좋아졌지만 내면에 여전히 이중인격 삐리리를 숨기고 있는 또라이였다. 그녀가 똘끼 혹은 광력, 개력 같은 걸 잃는다면 매력이 확 반감될 것 같기 때문에 나는 그녀의 이중성이 너무 사랑스러웠다. 또한 배달원이 이상형이면서 나 같은 시다바리 요리사를 첫사랑이라고 계속 만나주는 것도 정말 또라이 같아서 좋았다.

그녀의 옥탑방도 나 혼자 쓰다시피 했다. 자주 볼 수 없게 되었어도 우리는 연인이었다. 거리만 멀어졌을 뿐 나 역시 같은 차원에 있는 것이니까. 하지만 그녀가 인천행을 비딩해도 잘 배정되지 않아 우리가 만날 수 없는 날들은 빚처럼 쌓여갔다. 그 외국 항공사는 달링을 자꾸 아프리카 노선으로 돌려댔다.

남겨진 나는 레벨업이 되지 않고 정체된 기분을 느꼈다. 허접한 층위를 극복하고 탐미적인 스테이지로 넘어가고 싶었다. 그러던 어느 날 여자 친구 생일에 고급 중식당에서 함께 짜장면을 먹다가 맛이 너무 예술적이라 깜짝 놀라는 사건이 일어났다. 비싼 가게지만 정말 고수가 보여주는 높은 수준을 읽어낼 수 있었다. 어떻게 만드는 걸까, 나는 언제쯤 고수가 될까 궁금해하며 먹고 있는데 조리사 구인구직 어플에서 푸시 알림이 들어왔다. 오옷? 마침 그 가게 주방에서 사람을 뽑고 있었다. 이건 또 운명 같았다. 나는 짜장면을 먹다 말고 주방에 들어가 면접을 보았다. 칼질과 웍 돌리기 테스트가 있었다. 자신 있어서 자신 있게 돌리고 썰었다.

"어디서 좀 놀아봤군요. 내일부터 일할 수 있겠어요?"

기연 같은 채용이었다. 달링은 남은 생일 축하 케이크를 재활용해 내 취업을 축하해주고 다시 카타르로 날아갔다. 그 중국 음식점은 단골 장사를 하는 소규모 프리미엄 식당이어서 주방에 사람이 많지 않았다. 중식 주방에서 벌어지는 모든 일을 다 할 줄 알아야 했고, 일이 아주 바빴지만 경험을 살려 빠릿빠릿하게 한몫 단단히 돕기 시작하자 쉬는 날을 내가 정할 수 있게 배려해줬다. 나는 무조건 여자 친구가 한국에 오는 날로 맞췄다. 달링이 다달이 스케줄표 받으면 거기에 맞춰 쉬는 날을 요청했다.

새 일터에는 고수가 많았다. 고난의 트레이닝을 하며 나름 좋은 선수들에게 많이 배웠다고 생각했는데 그들과 아예 리그가 다른 선수들이었다. 내가 칼판을 맡은 날 아주 빠르고 정확하게 양파를 썰고 있을 때였다. 수셰프 선배가 지나가다 내 다리를 로우킥으로 툭 찼다. 순간 몸이 흔들리면서 양파가 일정한 간격으로 썰어지지 않았다.

"수셰프님, 깜짝 놀랐습니다."

"그렇지? 미안해. 근데 내가 썰 테니 차볼래? 세게 차도 돼."

그는 로우킥으로 허벅지를 걷어차도, 바깥다리를 걸어도, 똥침을 놓아도 나보다 빠르고 정확하게 폭풍칼질을 해나갔다. 조리장 성대모사, 해파리 춤, 감자를 똥꼬 모양으로 까기 등등 갖은 방해 공작을 해도 수셰프는 흔들리지 않았다. 양파는 지고지순하게 딱 일정한 간격으로 썰어져 나갔다.

한 요리사가 서커스처럼 하나의 고조된 경지를 보여주고 있었다. 내 두개골에 깨달음이 빡 하고 들어왔다. 나는 침대에서 떨어지는 베개처럼 무릎을 꿇었다.

"가르침에 감사드립니다."

"눈빛도 살아 있고 손도 빠르고 어디서 고생 많이 한 티도 나고 열심히도 하는데, 하체가 흔들리는 거 보면 안타까웠어. 단단한 자세가 요리사의 가장 기본이야. 그게 없으면 중노동만 하는 거지, 맛을 내고 유지하는 중대함을 감당할 수 없어.

지진이 일어나도 일정한 칼질을 할 수 있는 안정된 자세를 가진다면 시공간에서 오롯이 자신만의 요리를 할 수 있게 돼. 좋은 지향점이지 않나?"

"시공간이라 하셨습니까? 요리사가 그런 차원까지 도달해야 하나요?"

"지구 위에서 무엇이든 잘 만들고 싶으면 당연히 우주 돌아가는 법칙도 이해해야지. 지구가 우주 말고 어디 딴 데서 돌고 있나? 우리가 어떤 차원에서 칼질을 하는지 알면 맛이 달라지거든. 양파 하나를 썰 때도 시공간의 곡률을 느끼면서 칼을 기울여봐."

아니 수학, 물리학 쪽으로 새대가리라 요리를 택한 사람에게 일반상대성이론이라니요? 예를 들면 자동차 정비공에게 엔진 소리의 언술 형식을 분석해 피상적으로 도치된 부품을 교체하고 그 의의를 논리화하라는 얘기를 하는 것 같잖아요? 그리고 뉴턴역학 시대의 요리사들은 맛을 낼 줄 몰랐단 말입니까? 그런 반론을 펴려다, 가르쳐주려는 분에게 겸손하지 못한 짓 같아서 그냥 수셰프 말대로 내가 속한 시공간을 인식해보기로 했다. 내게 칼질당할 예정인 양파와, 칼을 들고 주방에 서 있는 나는 시속 10만 7천 킬로로 움직이는 지구의 속도 위에 함께 존재하고 있었다. 나와 양파의 존재성이 어지럽게 느껴졌다. 3차원밖에 못 보는 인간으로서 4차원의 시공간 곡률을 인식하자니 멀미가 날 지경이었다. 칼질을 제대로 할 수 없을 것 같았다. 수셰프가 말한 단단한 하체란 근력이기도 하지만 만물에 대한 지식 기반의 탄탄함을 가리키는 것 같기도 했다.

나는 수셰프가 준 힌트를 가슴에 새기고, 훌륭한 작품을 남긴 과거의 예술가나 요리사들의 지식을 탐독하기 시작했다. 그들은 나 따위가 모르는 무언가를 알고 있고, 뭔가 눈치챘기 때문에 훌륭한 것들을 남길 수 있었는지도 몰랐다. 그 비결을 나도 터득해야만 했다. 매일매일 그런 공부와 사유를 꾸준히 계속하자 놀라울 만큼 하체가 탄탄해져 바지 치수를 두 칸 늘려야 했다. 팬티 치수도 마찬가지였다.

다음 깨달음은 소리로 얻었다. 4차원 시공간을 어느 정도 이해하게 된 내 자세를 보자마자 조리장이 나를 따로 불렀다.

"삼선볶음밥을 해보아라."

나는 해산물의 맛이 잘 우러나도록 모양내고, 익는 순서가 모두 일정해지도록 정확하게 투입한 뒤, 적절한 온도의 불 위에서 웍을 달그닥달그닥 돌려가면서 삼선볶음밥을 완성했다. 조리장은 박수를 딱 한 번만 쳤다. 친 것도 아니고 안 친 것도 아니었다.

"너와 나의 차이를 보아라."

조리장이 조리하는 모습을 뚫어지게 관전하는 건 처음이었다. 항상 뭔가 다른 일을 바쁘게 하고 있으니까 남이 하는 걸 볼 기회가 없었다. 그는 내가 만드는 방법과 한 치도 다를 바 없는 순서로 음식을 만들어나갔다. 순서가 틀린 건 아니라서 다행이라고 생각할 무렵 내 밥통 같은 머리통에 또 깨달음이 훅 들어왔다.

'소리가 나지 않는다!'

차이는 소리였다. 조리장은 요리할 때 나처럼 번잡한 소리를 내지 않았다. 움직임은 몹시 부드러웠으며, 모든 동작이 계획적이고 숙련되어 있었다. 심지어 웍이 화구 받침과 닿는 소리조차 최소한으로 냈다. 웍이 불 위에 구름처럼 떠 있는 느낌이었다. 칼질도 마찬가지였다. 나 같은 하수는 파 하나만 다듬어도 땅땅땅땅 도마 때리는 소리를 내는데 고수의 칼질은 도마에 칼이 닿는 소리조차 아주 희미하게 냈다. 식재료가 잘리기에 필요한 힘 이상을 결코 쓰지 않는 것이었다.

"쨍쨍거리면 음식도 스트레스 받지."

그러고 보니 점심때 주문이 동시에 들어와도 조리장은 당황하는 법이 없었다. 언제나 물 흐르듯, 마치 자판기에 동전을 넣으면 캔 음료가 나오듯 심플하게, 그에게 주문지가 닿는 순간 요리가 튀어나왔다. 바쁠 때 조리장이 어마어마한 양의 식재료를 넣은 무거운 웍 세 개를 동시에 흔드는데도 달그락거리는 소리가 나지 않았던 게 그제야 떠올랐다. 그 와중에 손님들마다 디테일하게 요구한 것들, 즉 알레르기 때문에 짬뽕에서 뽕을 빼달라거나, 짜장면에서 짬뽕 맛이 나게 해달라는 그런 사소한 요구까지 정확히 반영한 음식이 나갔다.

나는 또 주방 바닥에 이불처럼 푸스스 주저앉아야 했다.

"감사합니다. 다른 차원을 보았습니다."

그 뒤로 요리를 하는 나 자신을 인식하는 데 많은 시간을 보내기 시작했다. 면을 반죽할 때도, 뽑아낼 때도, 짜장 소스를 볶을 때도, 나는 내가 움직이고 있는 시공간을 반드시 인식하려 애썼다. 그 속에서 움직임을 완벽히 내 것으로 만들어 제어하고 싶었다. 그래야 원치 않는 소리를 내지 않을 수 있었다. 소리는 결과적인 것이고, 모든 움직임에 정밀한 사유와 인식이 동반되어야 했으므로 나는 방법을 찾아 괴로운 수련을 해나갔다.

맛있는 짜장면을 만들 줄 아는 똑똑한 요리사 선배를 만나는 건 흔치 않은 기회이고, 일하며 배우는 것도 기연인데 반드시 깨달음을 얻고 싶었다. 하지만 조리장은 다른 차원을 보여주기만 했지, 가는 길은 알려주지 않았다. 다만 그는 틈날 때마다 시집을 읽고 있었다. 길은 시에 있구나 싶어 나는 조반니의 시집을 다시 탐독했다. 조반니는 늘 시심과 요리의 연관성에 대해 궤변을 늘어놓았지만 시적 상태에 이르라는 말만 집요하게 반복 기술하고 있었다. 그놈의 인식을 하라는데 방법은 나와 있지 않았다. 나는 퇴근하고 오면 다른 시인들의 시집을 읽어나갔다. 시에 대해서는 조반니보다 더 훌륭한 시인이 한국엔 널렸으니까.

그런 고급 수련을 달리는 동안 여자 친구에 대한 집중력을 놓친 나는 그녀가 인천공항에 도착하는 날을 깜빡하고 말았다. 반차 써서 공항에 데리러 간다고 영혼 없이 연락해놓고는, 날짜도 시간도 잊어버린 채 풀타임으로 일한 뒤 멍청하게도 가게에 핸드폰까지 놔두고 집으로 돌아왔다.

마침 그날 인천행에서 악독한 사무장과 마음 안 맞는 크루들과 비행했고, 손님은 꽉 찼고, 까다로운 손님들이 호출 벨을 미친 듯이 눌러대는데 몸 상태까지 안 좋아 간신히 근무를 마친 뒤 택시를 타고 돌아온 여자 친구는 단단히 삐쳐 있었다.

"어? 달링이 이쁜 입술 왜 이리 튀어나왔어? 썰면 세 접시 나오겠네."

"하아, 지금 농담이 나와? 여자 친구가 아프다는데 데리러 오지도 않고, 전활 해도 받지도 않고! 지금 내 심정 전혀 모르지? 이런 사람이 그놈의 짜장면에서 시공간인지 차원인지를 뭘 어떻게 깨달아!"

나는 심장이 덜컥할 만큼 미안했다. 연구에 매진하느라 정말 크게 실수했다고 싹싹 빌었지만 그 와중에 여자 친구의 말에 힌트를 얻었다. 그렇구나. 내가 다루는 식재료들과 나와의 관계도 집중도 높은 공감에서 시작되는 것이구나. 나는 양파의 심정과 밀가루의 심정, 춘장이 된 검은콩의 심정과 썰려 있는 돼지고기의 심정을 하나도 공감하지 못한 채 공식에 의해서만 맛을 내려 했다. 그래서 조리장과 똑같은 레시피로도 맛을 낼 수 없었던 것이다. 이러한 깨달음을 수첩에 기록하고 있을 때 여자 친구는 플라잉 니킥으로 내 턱을 돌려놓은 뒤 나를 옥탑에서 쫓아냈다. 그녀의 몸 상태가 진짜 많이 안 좋은 것 같았다. 니킥을 정통으로 맞았는데도 기절하지 않았으니까.

뒤늦게 문고리에 나무늘보처럼 매달리며 울고 짜도 소용없었다. 옥탑 사는 여친의 안전을 위해 내가 3중 걸쇠를 달아놓았기 때문이었다.

"네 덕분에 비밀을 알게 되었어. 고마워! 이제 짜장면을 알겠어. 넌 내게 너무 소중한 존재야."

"꺼져! 가서 짜장면이랑 사귀어!"

여자 친구의 어투는 갑자기 등줄기와 사타구니에 한기가 들 만큼 싸늘했다. 나는 여자 친구라는 가장 아름답고 비밀스런 우주를 짜장면이라는 일반적 현상과 맞바꿔버린 것만 같았다. 싹싹 빌며 어떻게든 풀어주려 했지만 그녀는 하루 만에 돌아가는 일정이었다. 그리고 그녀가 떠난 뒤 옥탑방의 비밀번호는 바뀌어 있었다. 마음이 미어지는 것 같았지만 출근을 안 할 수는 없어서 다음 날 내가 깨달은 대로, 모든 식재료에 공감한 상태로 짜장면을 만들어보았다. 손님한테 나가는 짜장면 냄새를 맡은 조리장이 브레이크 타임 때 말했다.

"원식 군, 내게 짜장면 한 그릇 해주겠나."

맛만 보려나 싶었는데 그는 한 그릇을 원샷하고는 남은 소스까지 핥아 먹었다. 조리장은 입가에 소스가 묻은 채 소년 같은 눈빛으로 말했다. 눈물도 약간 맺혀 있는 것 같았다.

"너 이 자식, 이런 맛을……. 감동받았다."

그의 말을 듣고 나는 눈물을 주르륵 흘렸다. 나 또한 또 다른 차원을 완전히 인식할 수 있었다. 그는 방법을 가르쳐주지 않은 게 아니라, 방법을 가르쳐주면 원하는 차원으로 유도할 수 없게 된다는 걸 알고 있는 고수였던 거다. 짜장면은 좌표가 없는 슬픈 음식이었다. 어쩐지 쓸쓸한 상심의 맛이 짜장면의 원형이었다. 정말 맛있는 짜장면을 먹을 땐 묘하게 코가 찡한 이유가 그것이었다.

눈물은 멈추지 않았다. 여자 친구가 나를 떠난 심정에도 그제야 정말 완벽하게 공감할 수 있었다.

조리장의 호평과 달리 너무 뒤늦었다는 걸 깨달은 나는 사흘 밤낮을 울었고, 그걸로도 모자라서 30일을 더 울었지만, 마음을 닫은 여자 친구는 다시 문을 열어주지 않았다. 난기류

를 만나 얼굴에 맥주를 끼얹고 콧구멍에도 들어간 남자의 심
정에도 공감이 되었다. 하필이면 내가 요리에 눈을 뜨던 그 순
간에 사랑하는 여자 친구는 난기류 속에 있었던 것이다. 그런
얘기를 비롯해 2억 번 넘게 연락해서 사과하고 애원한 끝에
한 번 통화를 했지만 결국 이런 말을 들었을 뿐이었다.

"짜장면이랑 잘돼가니? 남친을 딴 년도 아니고 짜장면에게
뺏긴 기분 아니? 비행 중에 너무 아파서 눈치 보고 욕먹으면
서 돌아와 간절히 기댈 곳을 찾았던 마음을 아니? 춥고 쓸쓸
한 공항에서 너랑 연락이 안 된 심정을 아니? 무슨 일 있는지
얼마나 걱정했는지 아니? 그런데 집에 가니까 뭐, 씨히발 입술
이 세 접시가 나와? 그따위 80년대 멘트를 날린 것만은 용서
할 수 없어. 요리에 미쳐갔고 내 입술도 먹을 걸로 보이던? 순
간 진짜 오만 정이 다 떨어졌어. 내가 사랑하던 원식 오빠가
사라지고 우리 옥탑에 짜장면 만드는 괴물이 있었어. 말해도
이해하지도 못했어. 뇌에 짜장면뿐이니까! 내가 오빠더러 유
명한 셰프가 되라 그랬니? 돈을 많이 벌어 오라 했니? 내가
비행 열심히 다닐 테니 가급적 공항에 데리러 와주고, 일 때
문에 못 오더라도 연락 꼭 되고, 우리 옥탑에서 서로 사랑하

면서 맥주 마시고 농담하고 좋은 음악 들으면서 잘살자고 했 잖아. 그게 어려워? 남자 손님들이 나한테 얼마나 많이 명함 주는지 알아? 그중에 내 이상형도 얼마나 많은데? 짜장면으로 득도하면 나한테 경쟁력 있어? 어떻게 그런 식으로 나를 잊을 수가 있어? 난 다시는 평생 어떤 짜장면도 안 먹을 거야. 내 눈앞에서 꺼져, 넌 평생 후회나 하며 살면 좋겠어. 네 짜장면은 만들자마자 불어터졌으면 좋겠어. 맛이라곤 없었으면 좋겠어."

그 저주의 깊이를 통해 나는 그녀가 느낀 상실감과 자존감의 상처가 얼마나 컸을지 깊이 공감했다.

양파나 감자를 이해하는 진동수를 압도적으로 초월하는 게 인간의 진폭인데 그것도 몰랐고, 그걸 깨닫게 해준 사람에게 내가 너무 나빴다. 그녀를 통해 공감 능력과 동시에 절대 양다리를 걸쳐선 안 된다는 걸 배웠고 그 소중한 걸 알게 해준 보답을 하고 싶었는데 이젠 할 수 없게 되었다. 인생이 멀티플레이가 안 되고 외길밖에 모르는 바보라면, 하나만 선택하는 게 옳다. 요리를 사랑한다면 요리에만 집중하고, 여자 친구를 사랑한다면 여자 친구에게만 집중해야만 했다. 결국 나는 짜장면을 선택한 셈이 됐고, 내 소중한 여자 친구를 다시 잃었다.

그리고 젠장, 중국집에 너무 오래 결근해 직장도 잃었다.

갈월동 집에서 절망으로 식음을 전폐하고 있을 때, 내게 뭔일이 생긴 걸 귀신같이 감지한 엄마가 김밥을 싸 갖고 왔다. 질려서 먹지도 못하는 김밥을 왜? 그런데 엄마가 가져온 친환경 종이 상자를 열기 전부터 냄새가 사뭇 다른 걸 알았다. 나는 10년 만에 김밥에게 강한 식욕을 느껴 허겁지겁 물고 빨고 삼켜댔다.

"맛이 다른 거 알고 먹어?"
나는 세 개씩 입에 처넣느라 고개만 크게 끄덕였다. 눈가에 눈물이 그렁그렁해졌다. 내 절망을 백번 이해하고 공감하고 위로하는 맛이었기 때문이었다. 어떻게 김밥으로 그런 마술을 부릴 수 있는지, 또 어떻게 그런 경지에 오를 수 있는지 놀라웠다. 어쩌면 짜장면으로 어떤 경지에 올라보았기 때문에 까치발로나마 뭔가 보이기 시작한 것 같았다. 엄마의 우엉김밥이 가진 레벨은 담 너머에서도 저 멀리 높은 곳에 있었다. 경지에 오르기 전엔 보이지도 않아서 존재하지 않는 줄 알았던 레벨이었다. 짜장면을 알았을 뿐이지만 다른 음식의 경지까지 보인 다음에야 엄마가 그 정도 고수인 걸 깨달은 게 미안해서 눈물이 막 쏟아질 것 같았다.

"우엉김밥은 우엉 까기 힘들어서 안 파는데 네가 감기 걸려서 입맛 없을 때도 이것만 잘 먹던 게 생각나더라."

그 말을 듣고 나는 결국 우엉 울고 말았다.

7.

오래된 부엌의 파스타

'우엉김밥이 먹고 싶다.'

슈마허처럼 생긴 삼탈리아 사복 경찰에게 쫓기며 나는 생각했다. 잡혀 가면 조반니의 레시피고 김밥이고 에밀리와의 연애고 다 끝이다. 고로 사랑하는 것들을 잃지 않으려면 무조건 잡히지 말아야 한다. 사복 경찰은 낯이 익었다. 에밀리의 가게를 떠날 때부터 쭉 나를 미행해온 녀석이었다. 열심히 일하면 인센티브를 받는지 모르겠지만 꽤 성실한 인재였다. 하여간 경찰에게 잡히면 엿 되는 거니깐 나는 최대한 근육을 긴장시키고 두뇌를 풀가동하면서 도망쳤다. 그러나 아무래도 일개 개인이 한 나라의 정예 요원이 보유한 추적 실력을 이길 방법은 없는 것 같았다.

"거기 동양인! 당장 멈추지 않으면 테이저 엿 맛을 볼 줄 알
아."

요원의 말이 겁나지는 않았는데 맛이 끈적할 것 같아 맞고
싶지 않았다. 쫓기다 지친 상태라 마음속으론 달달한 엿을 먹
고 싶기도 했지만, 아직 조반니의 레시피도 구경 못 했는데 경
찰 테이저 엿에 근육의 자율신경을 잃고, 아끼는 셔츠가 끈적
끈적해질 걸 상상하니 정말 싫었다. 그래서 개기기로 했다. 개
김성이야말로 내 인생을 지탱해온 탱탱볼 같은 것이다. 나는
통통 튀듯이 지그재그로 뛰면서 요원들을 따돌리려 애썼다.
그러는 내 모습이 귀여웠는지 요원들은 나를 더 이상 쫓아오
지 않았다.

고 생각했지만 다음 골목에 바리케이드가 쳐져 있었다. 드
론도 정수리 위에 떴다. 목소리 톤이 매우 저질인 놈이 드론에
달린 확성기로 말했다. 멘트 담당은 백 써서 된 것 같았다.

"너 이 새끼 완전히 포위되었어. 지금이라도 투항하면······."

"투항하면 뭐?"

"······엄마에게 이르진 않겠다."

경찰이 그런 애길 왜 농담처럼 하나 싶었지만 그 얘기는 좀 무서웠다. 엄마라는 단어를 듣는 순간 엄마가 무척 그리워 발목이 꺾였기 때문이었다. 피가 섞인 애정은 항상 발목을 잡는다.

나는 더 이상 다람쥐처럼 쫄 수가 없어 고심 끝에 삼탈리아에서 일어나는 시적 허용을 이용해보면 어떨까 생각했다. 아무리 범인 검거에 여념이 없는 경찰들이더라도 시를 좋아하는 놈이 한 놈이라도 있지 않을까 생각한 것이다.

"저기요, 좀 봐줘요. 저는 이현호 시인의 「옥탑에서 온 조난통신」[17]를 낭송해드릴 수 있어요."

"그건 정보 요원 고시 기출 문제인데? 역시 수상해."

그 말을 듣고 보니 에밀리가 예전에 했던 말이 떠올랐다.

'삼탈리아 경찰은 현대시학 혹은 양자역학 석사 학위 이상만 지원할 수 있어. 그만큼 세상의 질서와 철학과 우주관에 대한 기본 지식이 있어야 해.'

그 말이 더 시적 허용 같았는데 현실이었다. 나는 포기하고 손을 들었다. 그리고 팔꿈치 역방향 체포술로 팔이 꺾인 채

---

17   이현호 시집 『라이터 좀 빌립시다』(문학동네, 2014)에 수록된 시.

아 아파요, 하며 경찰서로 끌려갔다. 가자마자 골초 중견 시인처럼 보이는 형사 반장이 책상 앞에 나를 앉혀놓고 내 여권 사진과 실물을 15분 동안 대조했다.

"정말 비슷하게 생겼는데 왜 이름이 다르지? 직업이 요리사라고 했나?"

"그래요. 지금은 요리를 하고 있지 않지만."

"너 이 자식, 그럼 전직 요리사셨군. 어디서 뻥을 치려고. 현직은 뭔가? 어서 불지 못해!"

"현직은 밀입국한 시베르놈[18]이겠죠."

나는 체념한 듯 후드티를 뒤집어쓰며 얼굴을 최대한 가리고 말했다.

"뭐 이런 무죄 추정의 원칙도 못 지키는 피의자가 다 있어? 삼탈리아 법에 그런 죄목은 없어. 밀입국을 했건 안 했건 우리 섬에 온 사람들을 우리는 '소온님[19]'이라고 부르지."

"그럼 왜 대대적으로 날 체포한 거요?"

"우린 야스라는 일본인 스파이를 추적하고 있지. 삼탈리아

---

18   어느 언어에나 한국어 발음처럼 들리는 단어가 한두 개 있다. 이것은 삼탈리아어로 '범법자'를 뜻한다. 진짜다.

19   '손님'이라는 뜻. 진짜다.

핵심 기술들과 고양이풀 씨앗과 영농법까지 훔쳐 가려는 아주 시베르놈이야. 너랑 붕어빵 틀에다 찍은 듯 정말로 똑같이 생겼어. 왜인 줄 알아? 그게 너니까."

"삼탈리아에도 붕어빵이?"

"쓸데없는 단어에 의문을 갖느니 네놈이 야스가 아니라는 걸 증명할 방법부터 찾는 게 좋을 텐데?"

"내 여자 친구는요?"

"어휴, 걔는 너무 야해서 독방에 가둬놨어."

나는 눈물이 핑 돌았다. 가엾은 에밀리. 나 때문에 엄한 일을 겪는구나. 여기서 살아 나가면 진짜 잘해줘야지.

"거, 힌트라도 좀 줘요. 수사관들이 너무 인정머리가 없네."

"힌트? 자네가 요리를 만들어보는 건 어떨까. 정보국 첩보에 따르면 야스란 자는 평생 한 번도 요리를 해본 적이 없거든. 게다가 우리 삼탈리아 사람들은 칼질하는 것만 봐도 요리 안 해본 놈을 즉각 구분해낼 수 있지. 못 만들면 넌 야스야."

"아니, 경찰이면 유전자를 검사해서 대조하거나 빨리 야스라고 자백하지 못하겠냐며 고문을 하면 되지, 요리를 하라니요?"

"우리에게 그놈 유전자 정보, 홍채 정보, 심지어 지문도 없어서 그러는데 자꾸 쪽팔리게 만들 거야? 단지 변장하지 않은 상판대기 사진 하나만 갖고 있지. 딱 너처럼 생겼거든. 자, 요리를 못하겠으면 자네 조언대로 고문부터 해볼까?"

"좋아요. 그럼 화력과 주방 도구와 식재료를 줘요. 당신들에게 한식을 만들어줄게요. 야스라면 일본인 이름 같은데 한식은 못 만들 거 아닙니까."

경찰은 구내식당 주방을 내게 오픈해주었다. 구내식당이라니 삼탈리아에도 그런 게 있는 줄은 몰랐다. 하지만 최근에 음식을 조리한 흔적은 없어서 청소부터 해야 했다.

"삼탈리아 공무원들 중엔 미식가가 많아. 이런 구내식당에서 식판에 주는 걸 음식이라고 처먹는 놈이 없어서 망했어. 그럴 만도 하지. 소중한 점심시간에 말이야, 밖에는 천 개 만 개 되는 메뉴들이 있는데 한 끼라도 맛없는 걸 먹으면 억울하잖아?"

직장인이 누가 맛있는 거 몰라서 외식 안 하나? 나가면 비싸고, 줄 서야 되고, 찰나와 같은 점심시간이 아까우니까 하는 수 없이 구내식당에서 때우는 거지. 그러거나 말거나 나는 경찰이 주섬주섬 챙겨준 식재료들을 살폈다. 양파와 마늘, 올리브유, 페페론치노, 모시조개, 파마산 치즈, 루콜라와 고양이 풀 정도가 있었다. 지극히 일반적인 파스타 재료였다. 슬럼프에 빠진 최전방 공격수에게 월드 클래스 수비수 넷을 제치고 지금 당장 골을 넣으라고 요구하는 것처럼 느껴졌다. 내가 왜 한식을 만들어준다고 했을까. 다시 개김성을 발휘해 주방을 엎어버리고 도망갈까 하다가 결국 파스타란 무엇인가, 생각했다. 지긋지긋한 슬럼프를 극복하고 싶었다. TV 프로그램에 나가 파스타를 만들 때 나는 우주가 파스타의 일부분인가, 파스타가 우주의 일부분인가 하는 질문에 대답할 수 있을 정도로 컨디션이 좋았다. 그때 내가 얻은 답은 '닥치고 모든 것이 파스타다'였다. 실마리가 생기자 사부에게 받은 가르침도 시의적절하게 생각났다.

"초월은 기정된 모든 한계를 생까는 아름다움이며 그것은 간절함이 초자아의 젖꼭지를 비틀 때 가끔 발현되어요."

나는 자기최면을 걸었다. 모든 것이 파스타다. 에밀리에게 음식을 만들어주며 파스타 실력은 돌아왔을 것이다. 게다가 고양이풀이 있으니까 간절히 바란다면 원하는 맛을 낼 수 있을 거라고 생각했다.

인간의 의지로 우주의 원리와 물질을 바꿀 수는 없지, 뭐.

그런데 매우 간절하다면 맛은 바꿀 수 있다.

조반니의 요리책에 나온 멘트까지 떠올리며 나는 들숨을 길게 마시고 요리에 들어갔다. 우선 면을 삶으면서 팬에 올리브유를 넉넉히 두른 다음 마늘을 지졌다. 그리고 강한 불로 높여 양파와 고양이풀을 동시에 넣었다. 재료들이 자신의 영혼을 불 위에 뱉어낼 때 나는 그것들을 붙잡고 인사를 건넸다. 다음에는 합일이 필요했다. 식재료들이 나를 받아들이는 것. 한국의 김밥집 아들로 오래 살아온 나라는 구성 물질들이 시공간을 초월할 틈을 엿보는 게 느껴졌다. 좀 더 간절해야 했다. 뭔가를 극복할 때 키워드는 하나다. 간절함. 나는 엄마가 그리웠다. 경찰에게 잡힐 때부터 그리웠던 엄마는 내가 한국을 떠날 때 규리 이모와 남극 여행을 떠났다. 부디 그 추운 데서 안녕하기를. 나는 소스 팬과 면 냄비 앞에 흔들리지 않는 곧은 자세로 서서 엄마의 김밥을 그리워했다. 그때 식재료들이 나를 받아들이는 게 느껴졌다. 즉시 화로를 껐다.

'엄마가 그리운 우엉김밥 플레이버 짜장면'이 완성되었다. 김도 없고 쌀도 없고 우엉도 없는데 이걸 해냈다. 멋지게 플레이팅 해 담당 수사관들에게 돌리자 잠시 후 여기저기서 그릇 빠는 소리가 들려왔다.

"이런 데서 우엉김밥 짜장면을 만들다니 확실해. 네놈은 요리사지 야스가 아니군."

"그니깐 내가 아니라고 몇 번을 말했어요?"

"인간의 혓바닥을 믿느니 클럽의 조명발을 믿겠다는 속담도 모르나?"

삼탈리아엔 부조리한 속담이 너무 많은 것 같았다. 경찰들은 야야, 이 새끼 시발 야스 아니래, 엘베르통 그 물통 같은 자식한테 또 속았네, 믿은 우리들이 븅신이지, 그나저나 하, 그 짜장면 존맛이네 등등 어려운 임용고시를 통과한 경찰답게 비속어를 마구 남발하며 클럽 복장으로 갈아입고 있었다. 오늘의 드레스코드는 누드인 것 같았다. 나는 할 말이 없어서 방귀만 나왔다. 경찰서에서 풀려난 나와 에밀리는 한동안 끌어안고 짧은 강제 이별이 준 마음의 상실감을 서로 핥았다. 에밀리는 내 귀를 빨며 "나 사실 알호즈드뽀흡뿌가 어디 있는지 몰라. 조반니 팬들이 꾸며낸 전설일 뿐일 거야"라고 울먹였다. 나는 전설인 것 안다며, 걱정하지 말라며 에밀리을 더 진하게 핥았다. 그때 경찰서 외곽 경비 근무자가 다가와 제발 여기서 이러지 마시고 모텔에 가시라며 우리를 쫓아냈다.

에밀리는 그 와중에도 조반니의 선술집이 있다는 알호즈드뽀흡뿌 마을이 실재하는지 경찰에게 물었다. 그냥 막 던진 건데 경찰은 뭔가 알고 있는 것 같았다. "오? 알호즈드뽀흡뿌는 우리 고향 사람만 아는 덴데." 그는 갑자기 밝은 얼굴로 길을, 아니 좌표를 불러주었다. 그런 다음 근무 일지를 펼쳐 지리교시 항목에 자랑스레 체크 표시를 했다. 친절한 경찰관이 알려준 방법은 택시를 타라는 거였다. 이름 한번 발음하기 힘들었지만 드디어 조반니의 흔적에 가까이 접근할 단서를 얻었다는 데 신이 난 우리는 택시를 타고 경찰이 불러준 좌표를 크게 말했다. 택시는 자동으로 좌표를 음성인식 하더니 운전자 마빡에 지도를 띄웠다. 그러고는 도시를 벗어나 흙먼지가 날리는 사막 같은 도로를 달렸다. 에밀리는 삼탈리아에서 나고 자랐지만 처음 가보는 길이라고 했다. 차창 밖엔 봄밤의 추억 같은 풍경이 지나가고 있었다. 나는 경찰에게서 풀려나 조반니의 가게를 찾을 수 있게 된 것에 감동하며 이승훈 시인의 시집을 꺼내 낭송했다.

이승훈 씨가 대답한다 내가 쓰는 시는 나를 찾아가는,

어디에 있는지 나도 모르는 나를 찾아가는, 그러니까

타자를 찾아가는, 말하자면 일종의 여행이라고 할까요?

아무튼 시작만 알고 끝은 모르는, 따라서 미지의

빙하 같은 개와 개 같은 빙하의, 해질 무렵의 광기가……

알아요 알아! 낯선 남자는 소리를 지르며 이승훈 씨가

쓰다 만 원고를 책상에서 집어 주머니에 넣고는

문을 열고 사라진다 겨울 저녁 일곱 시 이승훈 씨의

방에는 얼음 같은 노을이 가득 찬다[20]

시 읊는 소리를 들은 택시 기사가 말했다.

"왜 이래? 요금은 후불이야. 너네 관광객이니?"

전설 속 조반니의 선술집이 있다는 알호즈드뽀흡뿌에 도착하자 데려다주어 고맙기도 하고 관광객 티를 낸 게 겸연쩍기도 해서 시집 한 페이지를 통 크게 북 찢어서 결제하려는 순간, 그가 손날로 내 손목을 황급히 내려쳤다.

"미쳤어? 시집을 찢으려 해? 무슨 수표책인 줄 아니?"

---

20   이승훈, 「겨울 저녁 일곱 시의 풍경」 부분, 『밝은 방』, 고려원, 1995.

그러나 이미 5분의 1쯤 뜯긴 후였다. 에밀리도 너무 놀랐는지 블라우스 단추가 두 개 떨어져나갔다.

그랬다. 이 나라 사람들이 시를 좋아하는 건 열렬한 애호가 수준이라 시집을 훼손하는 걸 감당할 수가 없었던 것이다. 중요한 건 시집이라는 유형의 물질이 아니라 시라는 무형의 가치일 수도 있지만, 삼탈리아 정서에 비춰볼 때 내가 큰 실수를 한 것이었다. 나는 사려 깊지 못한 행동에 대해 몇 번이고 고개를 숙이고, 담배를 끊겠다며 사과한 뒤, 삼탈리아 리아화로 요금을 냈다. 시의 나머지 부분을 읽어드릴 분위기가 아니었고 기사도 원하지 않았다.

택시에서 내린 다음 나는 에밀리에게 키스로 혼났다. 입술을 세게 빨아 엿처럼 늘리며 혼내는 거였는데, 엿나 아팠지만 잘못했으니까 달게 받아야 했다.

"오빠 유머 스타일은 나랑 잘 맞아. 하지만 바보짓으로 웃길 땐 하나도 안 웃겨. 어젯밤 꿈에 호박엿이 똥꼬에 박혀 똥을 못 싸게 된 트리케라톱스의 영혼이라도 만났던 거지?"

나는 에밀리가 말한 장면을 상상했다. 과학학술지 《네이처》에서 공룡들은 시를 읽지 않아서 멸종한 것으로 판명되었다는 논문을 읽은 기억이 났다. 호박엿은 잘못이 없다. 내 잘못이다. 그때 앞서가던 에밀리가 홱 돌아서며 심상찮은 톤으로 떠들었다.

"여기 이상한데? 클렛빠숑(절벽)이 나와야 하는데 바다 냄새가 안 나."

"잘못 내린 걸까?"

"그런가 봐. 요즘 택시 내비게이션이 다 양자 컴퓨터로 바뀌었다던데 원시크가 시집을 찢을 때 병렬 연산에 오류가 생겼나 봐."

"웅? 뭐?"

"어우, 인문계 남자 짜증 나. 오빠 실수 때문인 것 같아. 여긴 '겨울 저녁 일곱 시'라 불리는 게토 지역 같은데."

"무서워, 에밀리."

"그러니까 내가 술집 밖은 위험하댔잖아."

인간이란 항상 빌어먹을 실수를 하고 바보 같은 오뎅을 하고 꾸어어를 뿌으어한다. 그 점이 우리가 인간임을 증명해주지만 부끄럽고 참담한 심정이 되는 건 어쩔 수 없었다.

주변을 관측해보니 개떡 같은 광야 지대였고 어스름이 짙

게 깔려 있었다. 나의 실수 때문에 에밀리를 고생시키는 것 같아 안절부절못하는 심정이 되었다. 기껏 알호즈드뽀흡뿌 좌표를 얻는 데 성공했건만 결과 앞에서 우습게도 미끄러진 것이다. 내 팔자에 고질적인 비운이 끼었나 한숨을 내쉬다 문득 강한 불만이 치밀었다. 장편소설의 3분의 2 지점에 이른 흐름상, 위기가 찾아오고 절정으로 치달아야 하는 대목인 건 인정하겠는데, 주인공이 이런 식의 작위적인 실수를 하게 만드는 게 싫었다. 구상 단계에서 플롯을 짜고 에피소드를 배치할 때 이딴 아이디어가 어떻게 통과될 수 있었지? 주인공이 호감을 주지 못하는데 독자들이 그의 말과 행동을 어떻게 뒤쫓겠는가. 대충 쓰고 부조리 문학이라고 우기려 한 것 아닐까? 게다가 이런 메타적 진술이 과연 웃길 거라고 생각한 건가? 하지만 나는 실력이라곤 개똥만큼도 없는 작가를 원망하기보단 황당한 실수로 기회를 날린 나 자신을 먼저 부끄러워하는 게 옳다고 생각했다. 문제가 발생했을 땐 자신을 먼저 돌아봐야 덜 쪽팔릴 수 있다.

그러나 다음 순간 온몸에 소름이 돋았다. 위험 지역임을 알리는 지자체의 형광 팻말이 보였는데 견고딕체로 되어 있어 본능적으로 서늘한 예감이 들었기 때문이었다. 견고딕체는 너무 섬한 거 아니야? 아니나 다를까, 멀리서 자비심 없어 보이는 검은 점들이 모래 언덕과 바윗돌 너머로 나타났다. 어기적거리며 직립 보행하는 사스콰치처럼 보였다. 일단 맹수는 아닌 것 같아 다행이었는데, 만약 저들이 '인간'이라면 더 무서울 것 같았다. 분명히 강한 적의를 품고 우리에게 다가오는 중이었다. 에밀리가 날카롭게 고함쳤다.

"마니교인들이야! 뛰어!"

마니교가 뭔진 모르지만 나는 에밀리의 손을 잡고 검은 점 무리들의 반대쪽으로 뛰었다. 10분쯤 뛰었을 때 에밀리의 체력이 푸쉭푸쉭 하는 소릴 내더니 퍼져버렸다. 나는 지독한 주방 일로 단련된 하체 덕분에 체력이 남아 있었다. 검은 점들은 지친 기색도 없이 우리를 계속 쫓아오고 있었다. 나는 에밀리를 어깨에 메고 다시 뛰었다. 에밀리의 배가 내 어깨에 눌려 자꾸 방귀를 뀌었지만 우린 오래전에 방귀를 터서 괜찮았다. 그렇게 20킬로쯤 달리다 보니 작은 사거리가 나타났고, 그 모퉁이엔 사거리 슈퍼와 코인 노래방, 독립 서점, 그리고 제법 큰 은행 지점이 있었다. 독립 서점은 오래전에 망한 가게로 보였다. 너무 먼 거리를 뛰어 힘들어서인지, 연인과 같이 은행을 털다 기관총 맞고 죽는 결말로 끝나는 빈티지 로드무비들이 떠오르는 풍경이었다. 그러나 그것은 거듭된 부조리로 염세주의나 허무주의의 궁극을 맛본 근대 세대의 안타까운 서정이었다. 당대의 서정은 그런 비애감 대신 다시 유쾌한 심상을 품으면 좋겠다고 생각했다. 하지만 지구를 휩쓴 바이러스가 세계를 바보로 만든 시절을 겪은 후에 서정은 또다시 비애투성이가 되고 말았다. 에밀리와 담배 한 대를 나눠 피우며 비애감에 젖어 있자 땅 위에 콧구멍처럼 빵꾸가 두 개 뚫린 시커먼 함정이 나타났다. 그 콧구멍이 우리 쪽으로 넓어지기에 잽싸게 피하려 했으나 나와 에밀리는 구멍에서 삐져나온 콧털 같은 것에 발목을 휘감겨 안쪽으로 딸려 들어가게 되었다.

"마니교 함정 빵꾸[21]야. 오빠! 남은 돈 있으면 버려!"

리아화와 유로화가 얼마 남았나 하고 지갑을 열었더니 돈 냄새가 확, 나면서 우리는 구멍 속으로 더 빨리 빨려들어 가 버렸다. 캄캄한 통로를 미끄러져 떨어지면서 그게 돈 때문이라는 걸 알았다. 그 구멍은 바로 돈 냄새를 탐하는 콧구멍이었던 것이다. 삼탈리아의 낯설고 황당한 것들에 이제 좀 적응했다고 생각했는데 아직 어림도 없는 건가 싶었다. 구멍 속 미

---

21   삼탈리아어로 '굴'이라는 뜻.

끄럼 쇼 끝에는 거지 떼가 사는 지하 마을이 나왔다. 현실인지 아닌지 분간하는 건 이제 의미가 없다고 생각하지만, 광야에서 우리를 토끼몰이 하던 검은 거지 떼들은 우리 존재를 의미 있게 보는 것 같았다. 그들은 곧장 우리의 모든 방위를 단단히 에워싸고 구걸을 시작했다. 머리 위에서 구걸하는 놈도 있었다. 무섭게도 다들 눈에 검은자위가 없었다.

"돈 좀 주시오. 돈 없어 굶어 죽겠소."

돈이라는 말을 삼탈리아에서 듣는 건 참 생소했다. 도시에서 어린 갱들에게 쫓겼을 때처럼 시를 읽어주면 되는 분위기와는 다른 살벌함이 있었다. 현실 감각이 필요할 때라고 생각한 나는 지갑을 열어 가까이 다가온 거지들에게 500원씩 돌렸다. 그들은 돈을 받아 주머니에 싹 감추고는 다시 배고픈 거지 같은 눈빛으로 또 돈을 달라고 했다.

"방금 드렸잖아요."

"무슨 소리. 옆에 있는 놈만 줬잖소. 사람을 차별했으니 고소당할 테요, 현명하게 합의금을 낼 테요?"

에밀리가 옆에서 발끈하는 것 같아 돌아보니 그녀는 이익, 하는 소리를 내며 그 거지의 양쪽 젖꼭지를 꼬집었다. 거지는 즉시 잣이 되었다.

"장난 똥 때리니, 이 대머리 눈깔들아!"

나는 사람이 잣이 되는 건 처음 봐서 진짜 놀랐는데 눈동자에 검은자위가 없다고 대머리라고 비하하는 건 더 놀라웠다. 그런데 그녀는 나에게 눈짓해 2시 17분 방위에 있는 대머리 거지를 가리킨 뒤 속삭였다.

"저 사람에게 남은 돈을 다 줘."

나는 에밀리가 시키는 대로 2시 17분에 서 있는 거지에게 남은 리아와 유로 화폐를 모두 건넸다. 다만 검은돈처럼 손 밑에 깔고 거지의 손에 두툼하게 쥐어주는 척했다. 에밀리가 그 거지를 찍은 이유를 알 것 같았다. 다른 거지들과 달리 아직 눈의 검은자위가 3그램 정도 남아 있는 자였다. 거지는 돈을 받더니 어쩔 줄 몰라 하다 잽싸게 날랐고, 그러자 그를 쫓으려는 거지 떼 사이로 탈출할 틈이 생겼다. 에밀리와 나는 그 공간으로 점프해 달아났다. 아무래도 콧구멍 같은 동굴 속이라 캄캄했지만 어디선가 빛이 나오는 바위틈이 보였다. 에밀리는 그곳으로 다이빙을 했고, 엉덩이가 걸리는 바람에 내가 꾹꾹 밀어 넣었다. 나도 뒤따라 몸을 날린 뒤 암막 커튼을 싹 쳤다. 거지 떼들은 한 명밖에 통과할 수 없는 그 틈을 침범해 들어오지 않았다. 에밀리에게 단독으로 꼬집힐까 봐 두려워하는 거 같았는데 그게 아니라 내가 돈을 다 뿌리고 거지가 됐기 때문에 관심을 끊은 것 같기도 했다.

"쟤네 뭐니?"

"사이비 종교 광신도들이야. 물신숭배자들, 황금만능주의자들을 격리한 지하 사원이 광야에 있다고 들었는데 여기가 거긴가 봐."

에밀리는 긴장이 약간 풀렸는지 썰렁한 어미를 썼다. 나도 그녀처럼 안 웃겨도 된다는 점에 조금 안도하며 주위를 탐색해보았다. 우리가 숨은 틈은 하수도처럼 아래로 계속 내려가는 구조였는데 아닌 게 아니라 꾸릿한 냄새가 콧구멍을 찔러왔다. 나는 요리사의 예민한 후각을 이용해 그 냄새 속 어딘가에 맑은 공기가 섞여 있다는 걸 눈치챈 뒤 에밀리의 손목을 꼭 쥐고 움직였다.

"오빠, 내가 꼬집은 마니교 거지는 지금 고소장 쓰고 있을 거야. 가진 돈을 써보지도 못하고 잣 됐으니까. 분명 뒤에서 누가 증거 영상도 찍어서 비싸게 팔 거고. 귀찮게 됐어."

"대체 마니교가 뭐니?"

"자본주의가 낳은 괴물이지 뭐야. 돈에 환장한 사이비 종교라구."

"가엾어라. 교환가치일 뿐인 조개껍데기 같은 걸 구원이라 생각하는 사람들이야?"

"몰라. 평생 한 번도 시를 읽지 않다가 저렇게 되고 말았대."

"안됐구나! 너무 끔찍하잖아!"

"시뿐만 아니라, 음악도 안 듣고, 소설도 안 읽고, 가족을 사랑하지도 않고, 돈을 쓰지도 않고 오로지 축적만 하다가 돈의 마성과 독성에 눈이 멀어 광증으로 숭앙하게 된 자들이야. 옷도 누가 버린 것만 입고 밥도 굶어서 거지처럼 보이지만, 아주 돈 많은 부자들이야."

"어휴, 검소함의 선을 넘었구나. 징그러워라."

"마니교 십계명 1번이 '돈은 안 쓰는 것이다'거든. 저들이 가장 행복한 순간은 돈이 들어올 때고 가장 불행한 순간은 돈이 나갈 때야. 이 나라에 종교의 자유가 있지만 이건 정부에서도 사이비로 규정했지. 돈을 꽉 움켜쥐고 가난하게 살아도 싸. 배가 고파서 밥을 사 먹으면 행복한 게 아니라 밥값이 나간다는 생각에 눈물부터 흘리는 자들이야. 쓰지도 않을 돈을 움켜쥐기만 하는 자들. 경제가 돌아가는 원리도 생까고, 피도 눈물도 없는 불쌍한 신앙이야."

그렇다면 광야에 그로테스크하게 큰 은행이 있었던 게 이해되었다.

"돈에 무슨 사상이나 철학이 있다고 교리로 삼았을까? 곡식이 재산이던 시절, 그걸 쌓아놓고 '곡식은 안 먹는 것이다'라고 하면 썩혀 내버리는 거잖아."

"돈은 한때 무소불위의 계급이었거든. 우리가 그 억압 때문에 목숨 걸고 독립했지."

"하긴 한국 사회에서도 돈 많으면 훌륭한 사람이고, 없으면 무시하는 계급성이 존재하긴 해. 한국인도 시를 더럽게 안 읽거든."

"부럽다."

"뭐가?"

"그런 척박한 환경이니 한국에서 좋은 시가 나오지. 사회제도에는 아직 정답이 없나 봐."

"아이러니할 뿐이야. 근데 저 사람들은 정말 시를 읽어줘도 안 들어? 가치를 모르는 거니?"

"아메바 귀에 시 읽기라는 속담 몰라? 이성이 있으면 저런 종교에 안 빠지겠지. 삼탈리아의 수치야."

어쨌든 가진 돈을 다 뿌린 다음이었지만 양말 속에 미처 환전하지 못한 한국 돈 천 원짜리가 세 장 있었다. 퇴계 이황 아저씨의 얼굴을 보며 오래전 성리학이 시를 아는 인재를 높이 평가했다는 사실을 떠올리자 조선시대가 새삼 멋있게 느껴졌다. 물론 그 등용 제도 빼면 정말 문제가 많은 왕조였지만 그것은 시를 사랑했기 때문에 생긴 부조리가 아니라, 문학을 종교화하고 권력화한 양아치들 때문이었을 거다.

에밀리와 그런 대화를 나누며 체감 반년쯤 하수도를 헤매다 나는 신선한 공기가 내려오는 원형 공간을 발견했다. 벽을 살펴보니 올라가는 사다리 같은 건 없었고, 쓸데없이 웜홀만 하나 걸려 있었다. 웜홀을 보는 건 처음이라서 이게 뭔가 심드렁했는데 팻말이 있었다.

이 웜홀은 슈켐베초르바로 가는 홀연한 길입니다.

'웜홀이 말이 되냐, 홀연하다니 말이 되냐'라고 투덜거리려는 순간 에밀리가 말했다.

"슈켐베초르바? 거긴 무명 시인들이 살고, 유명한 곱창집이 있는 도시인데?"

"아, 그럼 웜홀이 있는 게 당연하겠네."

우리는 안도감에 따스한 키스를 나눈 뒤 그 웜홀에 몸을 들이밀었다. 또 에밀리의 엉덩이가 걸려 꾹꾹 밀어 넣고 나도 따라 들어갔다. 다 좋았는데 웜홀은 다시는 통과하고 싶지 않을 만큼 아찔하면서 기분 나쁜 느낌을 주었다. 흰수염고래 같은 거대 포유류 막창을 통과해 똥구멍으로 배설된 느낌이랄까? 하지만 한 번 경험했으니 다음에 탈 땐 좀 나아지겠지.

나와 에밀리는 슈켐베초르바시 중앙역 여자 화장실 왼쪽 세 번째 칸에 뱉어졌다. 에밀리는 아까부터 급했는데 웬 행운이냐며 시원하게 볼일을 보고 나갔다. 하지만 나는 밖으로 나갈 수가 없었다. 나가다가 여성을 마주친다면 변태 새끼로 오해받을 위험성이 컸다. 다시 웜홀로 돌아가려 했지만 에밀리가 변기 물을 내릴 때 웜홀도 그만 빨려들어 가버리고 없었다.

나는 비명 소리도 내지 못한 채 등에서 땀이 주룩주룩 흐르기 시작했다. 여름에 식당 주방의 뜨거운 불 앞에서 육수를 만들 때보다 많이 흘렀다. 게다가 공황장애까지 엄습했다. 이 소설이 시작된 이래 주인공인 내게 이보다 더 큰 위기는 없지 싶었다. 이렇게 독자들의 등에도 식은땀이 날 정도로 어려운 위기를 부여해버리면 작가가 어떻게 수습할지 너무 걱정이었다. 여기까지 읽은 독자는 작가가 천재가 아닌 걸 빤히 알 텐데, 마감에 쫓겨서 될 대로 되라 하고 막 던지는 게 아니라 미리 생각해둔 게 있기를 바라는 수밖에 없었다.

그때 에밀리가 화장실에 돌아와 문을 발로 차며 고함을 질렀다.

"오빵, 왜 안 나오니? 31번이야?"

삼탈리아어로 작은 볼일은 1번, 큰 볼일은 31번이었다. 삼탈리아 젤라또가 워낙 맛나기도 하지만, 이 나라에 배스킨라빈스가 없는 이유도 그것 때문이었다. 숫자 3을 엉덩이 모양 기호처럼 여기나 본데, 왜 그러는지는 어휴, 알 게 뭐야.

"아니라고, 여자 화장실이라 못 나간다고."

"아유, 좀. 왜 그렇게 걱정을 오버하는 염려를 해? 지금 아무도 없어. 얼른 나와."

그렇게 간신히 위기를 넘긴 나는 슈켐베초르바역 스낵 코너에서 숍스카 샐러드와 쾨프테, 그리고 크메니짜 맥주를 주문했다. 사랑하는 연인과 배불리 먹고 마시자 다시 알호즈드 뽀흡뿌로 가는 여행을 이어나가려는 희망이 차올랐다. 다만 마니교인들에게 돈을 다 뿌려서 주문한 음식을 계산할 현금이 없었다. 낭송할 시집을 꺼냈지만 카운터에는 "시 낭송 계산 사절─3대째 산문 정신만 추구함"이라는 글자가 궁서체로 붙어 있었다. 뇌과학자들의 말에 따르면 모든 창의성은 나와 다른 생각을 인정하고 연구할 때 극대화된다고 한다. 산문 정신을 추구하기 때문에 시 낭송을 사절하는 사람을 나쁘다고 할 수 없다. 하지만 그러거나 말거나 내겐 또 위기가 온 것이었다. 아아, 삼탈리아에서 무전취식은 어떤 형벌을 받지? 분명 엽기적일 것 같은데 어떡하지? 때마침 에밀리는 기차 시간을 알아보러 먼저 나가버려서 도움을 구할 수도 없었다.

'눈치 없게 이 소설의 위기는 원 플러스 원으로 오냐?'

다시 등에 땀이 나려 할 때 캐셔가 비트코인도 받는다고 해서 천만다행이었다. 세상은 확실히 빠른 속도로 원자 세계를 비트 세계로 연결해가고 있는 것이다. 그러니 조금 전에 우리가 웜홀을 통과한 것도 소설적으로 너무 어이없는 설정은 아니었을 것이다. 비트 세계 다음 5차 산업혁명 땐 시의 세계가 온다는 예언과 분석이 많은데, 나로선 빨리 오면 좋겠다고 생각했다.

"어?"

그런데 비트코인도 한 푼 없었다. 마니교인들에게 둘러싸였을 때 뒤에서 노트북을 펴던 놈이 있었는데 계좌를 해킹당한 것 같았다. 내 사랑 에밀리가 오빵 왜 또 안 나오느냐며 돌아왔지만 그녀 역시 주머니엔 고양이풀 찌끄러기뿐이었다. 가난하다는 동질감에 우리 사랑의 감정은 더 커졌고, 우리는 또 끌어안고 서로를 핥았다. 그런데 다행히 가게에서 재능 기부도 받는다기에 나와 에밀리는 방긋 웃으며 아이디어 회의를 했다. 하지만 어쩌면 그럴까. 문학으로 할 수 있는 모든 콘텐츠는 다 재미가 없었다. 작가와의 대화, 책 읽기 똥꼬 쇼, 시와 ASMR의 만남, 본격 문예 너구리 만담 등등 해볼 수 있는 카드를 다 꺼내도 재능 기부로 인정 안 해줬다. 그래서 우리는 열심히 설거지와 청소를 했다. 나는 주방 일에 잔뼈가 굵어서 그 가게 주방을 거의 포맷하고 새로 깔아줬다.

노역을 마치고 슈쿰베쵸르바 도심으로 나오자, 곱창집과 클럽이 잔뜩 있었다. 젊은 사람들이 신난 표정으로 뛰어다녔지만 우리에겐 그림의 빵이었다. '경축. 오늘은 경찰의 날. 경찰 신분증을 제시하면 칭따오 한 병 서비스.' 플래카드가 걸려 있는 한 클럽의 로코코 양식 파사드를 보며 감탄하고 있는데,

'문명 세계의 위안'이 나타나 내 엉덩이를 토닥거렸다. 드디어 광야의 마니교 콧구멍에서 벗어났다는 실감도 잠시, '문명 세계의 위안'이 다음으로 에밀리의 엉덩이를 토닥거리려고 하자 나는 본능적으로 잽싸게 바깥다리 걸기를 해 그것을 넘어뜨렸다. 그때였다. 클럽의 덩치 좋은 가드 두 명이 입장객을 체크하다 말고 거친 억양으로 내게 주의를 줬다.

"문명을 거스르는 짓이 우리 앞에서 곤란하리란 걸 생각하지 못하는 것이냐?"

나는 빛의 속도로 사과했다. 한 명은 마이크 타이슨, 한 명은 조지 포먼인 게 분명했는데 은퇴하고 업소 가드 알바를 뛰는 것 같았다. 길바닥에 나동그라졌던 '문명 세계의 위안'은 내게 중지를 세우며 일어나 에밀리의 엉덩이를 성의 없이 토닥거리곤 엘리베이터를 타고 에어컨 바람을 쐬러 갔다. 그런데 클럽에 온 경찰들 사이에서 오늘 나를 심문했던 프로파일러 형사가 보였다. 그는 나를 발견하고 차갑게 인사했다.

"풀려난 지 얼마나 됐다고 놀러 다니는 거야?"

"경관님, 방금 마니교 신도들에게 돈을 다 빼앗겼어요. 저희 좀 도와줄 수 있나요?"

"쳇, 근무 시간이 아닌데 어쩌란 거야. 게다가 지랄 맞은 마니교 빵꾸에라도 빠졌던 거야? 경찰들도 그 숭악한 것들은 어쩌지 못해. 거기서 무사히 빠져나왔다면 행운의 여신에게 기부나 하시오. 저쪽 분수대에 동상 있더라."

경찰은 전혀 도움이 되지 않았다. 돈을 다 뺏겼다는 말도 귓등으로 듣는 것 같았다. 그가 동료들과 발바닥 인사를 나누며 클럽에 입장한 뒤, 뭔가 좀 이상하긴 했지만 삼탈리아가 좀 이상한 게 한두 번인가 싶어 신경을 껐다.

그때 클럽에 들어가려는 경찰들 사이로 택시 한 대가 지나가다 우리 앞에서 급브레이크를 밟았다. 택시 기사가 창을 열고 얼굴을 확인하더니 말했다.

"와 씨, 깜짝이야!"

"어, 기사님?"

그는 우리를 알호즈드뽀흡뿌로 데려다준 기사였다.

"데자뷔인 줄 알았네. 내릴 때 좀 이상하다고 생각했지만 내비게이션이 시키는 대로 내려줬는데? 맞지? 근데 왜 여기 있는 거야? 역시 시공간은 돌고 도는 건가."

"혹시 좌표가 남아 있나요? 아까 내린 덴 마니교 광야였어요. 알호즈드뽀흡뿌로 다시 가주실 수 있을까요? 이번엔 이승훈 시인의 시로 요금을 계산할게요. 절대 찢지 않을 거예요."

"뫼비우스의 위대함이여! 요금을 두 번 받으면 나야 좋지."

나와 에밀리는 그렇게 다시 목적지로 향할 수 있게 되었다. 택시 기사는 아까와는 달리 말이 많았다. 정말 많았다. 소설에 일일이 구어체로 옮기면 책이 너무 두꺼워질 거고, 그럼 한동안 심플하기만 했던 한국 장편소설 마케팅 트렌드의 게임 체인저가 될 거고, 다른 작가들이 다시 소설을 길게 쓰느라 피똥 싸면서 이 작가를 원망할까 봐 요약하자면 이랬다.

- 돈이 아름다워 좇았던 마니교인들에게 뭔 죄를 묻겠어? 광의의 탐미주의 아닌가.
- 시나 우주나 몰라서 아름다운 거 아니냐. 혹은 너무 아름다운 건 살짝 떨어져서 보는 게 좋은 거 아니냐.
- 과학이 몹시 발달했으나, 우주의 원리 입장에선 택시 운전하는 나나 아인슈타인이나 큰 차이 없는 바보 아니겠냐. 인류는 아직 우주에 대해 바이러스의 스파이크 단백질만큼도 모르는 거 아닌가.

- 빛의 속도는 우주 입장에선 의외로 느린 거 아는가. 퀀텀 점프를 빨리 상용화해야 하는 거 아니냐.
- 과학과 문학은 전혀 별개가 아니지 않냐. 리처드 파인만은 나보다 시를 못 쓰겠지. 당연히 나는 리처드 파인만보다 수학을 못하니까. 과학자들이 시를 어려워하거나, 시인들이 과학을 어려워하는 건 라이벌 의식의 일종 아닌가.
- 삼탈리아 문화계는 한국 소설도 좀 번역하면 안 되냐. 불어판으로 희용씌어 빠흐의 「새벽의 나나」라는 소설 읽었다. 문장이 웃기게 생겼더라. 그건 타고난 재능 아니냐. 생긴 걸로 웃기는 자를 이길 수는 없지 않냐?
- 시공간의 연속이란 미친 듯이 짧은 한 주기의 반복 아니냐?
- 빅뱅은 시적 은유 아니냐?

택시 기사가 재미없는 질문만 씨불여서 꾸벅꾸벅 졸다가 목적지에 내리자 이번엔 확실히 바다 냄새가 났다. 나는 아끼던 이승훈의 빈티지 시집 『밝은 방』을 찢지 않고 통째 그에게 줬다. 기사는 그제야 말이 없어졌다.

에밀리와 무사 도착 키스를 나누며 바다 쪽으로 걸어가자 곧 좁고 경사가 심한 절벽 지형과, 바다가 내려다보이는 시골 마을이 나타났다. 보이지도 않던 마을이 갑자기 나타나는 마술 같은 광경이었지만 길이 험해서 조심조심 엉금엉금 내려가서야 도착할 수 있었다. 에밀리는 역시 이 근방 출신이라 그런지 절벽을 서커스 단원처럼 잘 탔다. 내가 발을 헛디뎌 추락할 때 발가락 끝으로 꼬리뼈를 걷어차 구해주기도 했다. 그곳을 차면 장요근이 자극받아 추락하다가도 튀어 오르게 된다. 정말 사랑스러운 내 연인이었다.

마을에는 집 몇 채와 식당 겸 선술집으로 보이는 가게가 하나 있었다. 따베르니 간판이 달린 집은 그곳뿐이었다. 마침내 전설에 나오는 조반니의 선술집을 찾은 것 같았다.

문을 밀고 들어서자 저택의 거실 같은 공간이 나타났다. 전형적인 영국식 펍이라고 봐도 무방할 것 같은 인테리어였다. 아바의 「Our last summer」가 흐르고 있었고 당구대가 보였고 맥주 탭이 달린 카운터와 턱수염을 기른 중년의 남자가 있었다. 그는 우릴 보고 눈인사를 건넨 뒤 "알프레도!"라고 짧게 외쳤다. 가장 큰 벽에는 세바스티안 비에니크의 〈퍼펙트 서클〉 시리즈 중 한 작품이 걸려 있어 강렬한 대비감을 주고 있었다. 그리고 그 작품엔 이런 텍스트가 날림체로 씌어 있었다.

Don't forget that

everything will be forgotten.

(잊지 마세요, 모든 것은 잊혀진다는 걸.)

　살짝 드러난 주방 한구석엔 오래된 듯한 금속 화덕 아궁이가 보였고, 홀에는 테이블보가 넓게 깔린 탁자들과 벨벳 재질의 의자들이 있었다. 구석엔 장난감 시집을 읽으며 조용히 놀고 있는 어린아이와 노랑 빨강 파랑 꽃을 피운 화분들이 보였고, 웨이터가 있었다. 내가 들어설 때까지 아이와 놀아주고 있던 웨이터는 동네 백수 형처럼 보였는데 순간 변신과 순간 이동을 동시에 한 듯 깔끔한 접객 차림을 하고 우리 앞에 나타나 자리를 안내해줬다. 쌍둥이인 줄 알았다.

　"둘인 거요?"

　"응."

　에밀리가 답했다.

　"며칠 동안 손님이 없었는데 반갑군그래. 오늘 저녁 추천 메뉴로는 '미누 데헷 주뿌르(오늘의 메뉴)'가 있어. 근데 오해는 금지야. 어린이가 구석에서 놀고 있지만 형편없는 레스토랑은 아니니까 안심해줘. 내 아이는 서비스 정신을 타고났단 말이야. 손님 앞에서 소리치거나 뛰어다니지 않지. 이곳은 보다시피 지형이 좁거든. 가게를 지을 때 생활공간과 레스토랑 공간을 구분하기 힘들었을 뿐이란 걸 이해해주면 고맙겠어. 게다가 저것 봐, 내 새끼지만 저 어린 나이에 장난감 시집을 갖고 놀잖아? 세 살짜리 꼬마들 중에 축구를 하지 않고 시집 읽는 흉내를 내는 애가 있다니 경이롭지 않아? 저 애가 커서 어떤 인물이 될지 너무 기대돼."

"시인들을 생각하니 배가 많이 고프네. 오늘의 메뉴는 뭐죠? 전채나 후식은?"

"문어발 타조알 크로스 파스타 뽈라터. 그 한 접시에 전후가 다 내포되어 있어."

조반니의 유치한 요리 제목이었다. 그게 실제로 있다니 흥분해서 얼굴이 약간 붉어졌다.

"좋아. 그걸 시도할래."

"술 줘?"

"줘."

"무슨 술?"

"고를 수 있어?"

"난 모르지. 술은 저기 턱수염이 탐스런 카발리니에게 직접 주문해. 우리 가게 탭스터니까."

작은 시골 마을의 조그마한 복합 레스토랑에 전문적으로 보이는 웨이터가 있고, 심지어 바텐더도 아닌 맥주 푸어링 전문 탭스터까지 구분돼 있다는 게 웃겼지만 난 웃지 않았다. 살짝 보이는 주방에는 깔끔한 모자를 쓴 주방장도 있었다. 여러모로 빤타스틱했다. 그런데 맥주를 주문하고 온 에밀리에겐 경계심이 생긴 것 같았다.

"저 사람 되게 눈치 없게 생겼다. 조심해."

나는 맥주를 따라준 탭스터를 곁눈으로 스캔했다. 기다리던 원고료를 잡지 구독권으로 대신 받아 라면도 사 먹을 수 없게 된 한국 시인 같았다. 반면 그가 가져다준 맥주는 거품과 맥주의 비율을 잘 맞춘 풍성한 맛과 깊은 향이 났다. 며칠 동안 손님이 없었다면서 생맥주 케그 관을 어떻게 이렇게 잘 관리했나 신기할 정도로 신선한 맥주였다.

우리는 음식이 나오길 기다리며 에밀리가 핸드백에 챙겨온 최규승 시집 『끝』을 읽기 시작했다. 바로 그때 식당 문이 조용히 열리더니 존재감이 희미해지고 있는 듯한 한 노인이 들어왔다. 그는 우리 근처 테이블에 앉았다.

"고리오 영감님."

"그래, 알프레도. 난 그거."

잠시 후 노인에게 서브된 건 카푸치노였다. 지나갈 때 풍긴 향만으로도 숙련된 바리스타가 최상급 유기농 원두를 텐션 높을 때 잘 볶아서 영혼을 담은 탬핑을 하고, 굉장한 빈티지 에스프레소 머신으로 추출한 다음, 지나치지도 모자라지도 않은 온도에 멈춘 크리미한 우유 거품을 냈다는 게 느껴졌다. 그때 커피를 한두 모금 홀짝거리던 노인이 우리에게 말을 걸었다.

"거기 수려한 젊은이들, 보아하니 부잣집 자제들 같은데 가련한 노인네에게 그거 한 편 적선할 수 없겠나."

노인은 우리가 읽던 시집을 눈짓으로 가리켰다. 알프레도가 영감님이 왜 가련해요? 하고 물었다. 그는 대답하지 않았지만 나는 늙어가는 사람은 다 가련하다고 생각했다. 정확한 명칭을 기억하지 못해 그거, 이거 같은 지시대명사만 남발하니까.

"읽어드릴 수 있죠. 좋은 시를 나누는 건 기쁨이니까요."

"배금주의자나 구두쇠가 아닌 아시아인은 첨 보는군. 마치 타인을 배려하는 유태인을 보는 것 같아."

"영감님, 그런 일반화는 곤란하지만 금전만능주의의 반대말이 시라는 건 확실하죠."

"아니야, 주관적인 게 세계적인 거야. 그렇고말고."

나는 고집 센 노인네에게 최규승 시인의 시를 한 편 읽어주었다.

이것은 끝 이곳은 끝 태어날 때 이미 끝 세상은 그날 이후 끝 끝이

계속되는 끝 나는 끝 너도 끝 시작도 끝 끝없이 끝나지 않는 끝[22]

낭독이 끝난 동시에 웨이터가 파스타 접시를 들고 왔다. 노인과 웨이터는 황홀한 표정을 지으며 시의 여운을 음미하더니 파스타를 어서 먹으라는 손짓을 했다.

"'끝없이 끝나지 않는 끝'이라니. 죽어도 여한이 없을 문장이로군. 어서들 먹게, 냄새로 보아 오늘 조반니 3세의 컨디션

---

22   최규승, 「#297」, 『끝』, 문예중앙, 2017.

이 좋은가 보네."

　희미했던 단서가 옳았던 걸까. 제대로 찾아온 것일까. 주방장이 바로 조반니의 손자였던 것이다. 에밀리는 눈짓으로 내게 좋아하는 티를 내지 말라고 했다. 그렇다면 조반니의 비밀 파스타를 계승했을까, 과연 어떤 맛일까. 그 레시피를 오늘 깨달을 수 있을까. 나는 우선 먹어보고 생각하기로 했다.

　나와 에밀리는 전식과 본식, 후식을 겸한다는 그 문어발 타조알 크로스 파스타를 포크로 칭칭 감아올려 덥석 물었다. 그러고는 동시에 서로의 얼굴을 보았다. 그러나 둘 다 뭐라고 주둥이를 나불거릴 상황이 아니었다. 그냥 '맛있네'라고 하면 안 되는 물질이었다. 그 맛을 표현하려면 잘나가는 평론가 100명을 붙잡아놓고, 저기, 당신들이 쓸 수 있는 가장 격렬한 수사를 동원해 이 파스타를 찬양하라며 때리고 할퀴고 간지럽히고 똥을 못 싸게 휴지를 안 줘도ㅡ

　표현하지 못할 맛이었다. 에밀리가 말했다.

　"이 맛을 표현할 수 있는 건 시인들뿐일 거야."

　"맞아. 난 못하겠어."

　끝내주는 시 한 편이나 죽여주는 미술 작품을 보고 해일처럼 밀려드는 충격을 굳이 언어로 표현할 수도 없고, 할 필요도 없는 것과 같은 느낌이었다. 양자역학을 한마디로 정의하는 것보다 어려운 맛을 내는 파스타였던 것이다. 다만 이 파스타 소스는 처음 먹어보는 스타일로, 그리운 무언가를 소환하는 문을 열었고, 그 안에 있는 아름다운 것들이 뿌리째 딸려 나와 시간과 공간의 한계를 무의미하게 만드는 마력이 있었다.

뭐가 들어갔는지, 어떤 식으로 요리했는지 그런 건 조금도 중요하지 않았다. 너무 맛있어서 먹고 있는 동안에도 계속 포크로 다음 한 입을 준비하는 동작을 기계적으로 반복할 수밖에 없었다. 아무런 생각도 할 수 없는 초월적 파스타였다.

문어발 타조알 크로스 파스타 접시를 완전히 비운 다음 바닥에 남은 소스를 포크로 찍어 먹고 있자니, 그때까지도 최규승 시의 여운에 빠져 있던 노인이 다시 말을 걸었다.

"젊은이들, 그게 뭐라고 참 맛있게들 먹네그려."

"정말 맛있습니다. 이 음식 안엔 우리가 모르는 우주의 비밀이 설명되어 있는 것 같습니다."

"우주를 설명해준 건 조금 전 자네가 내게 읽어준 시고, 이건 그리 대단하지 않은 한 끼 식사에 불과하지. 자네가 읽어준 시에 대한 답례로 내 가게 주방을 보여주고 싶은데 혹시 관심 있는가?"

"네? 영감님께 레스토랑이 있어요?"

"있지."

"여기서 가깝나요?"

"여기야."

"예에? 그럼 조반니 펠리치아노 씨랑은 어떤 관계죠?"

"나는 펠리치아노 2세, 버릇없는 손자놈이 제멋대로 날 고리오 영감이라 부르지. 내가 프랑스 작가에겐 흥미가 없다는 걸 알고 놀리는 거야. 아무튼 결혼한 적 없던 조반니 펠리치아노가 입양한 양자가 이 늙은이고, 주방에서 일하는 젊은이가 펠리치아노 3세일세. 내 아들은 아니고, 의부가 어떤 여자랑 노년에 사고 쳐서 낳은 아들이라고 스스로 주장하는데, 증거가 없다는 것이 바로 저 친구의 가장 흥미로운 점이라네. 자네들이 먹은 파스타는 쟤가 만들었네."

"세상에! 저는 조반니 펠리치아노 씨의 흔적을 찾아 여기까지 왔어요."

"쯧쯧쯧. 찾아서 뭘 하게. 내 의부는 의지할 수 없는 사람이었어. 하는 짓이라곤 내가 시 말고 수학을 공부할까 봐 쩔쩔

매는 게 다였거든. 그런 시벨롬도 없을걸세. 아, 나의 랭귀지를 용서하게. 아직도 의부에게 화가 나서 그려. 시나 수학은 완전히 똑같은 건데 말이지. 의부가 좋은 요리사였다는 것도 동의할 수 없어. 파스타 한 가지만 잘했고, 다른 요린 잘하는 척만 했다네. 자신도 모르는 레시피들을 다른 차원에서 엿봤다는 책에 쓴 헛소리를 일부 착한 사람들이 믿어준 게 잘못이지. 의부가 그런 걸로 운 좋게 유명해지자 팬이라고 찾아오는 여자들에게 시를 읊어주고 섬기는 척하다 큰 상처만 주는 걸 여러 번 봤어. 내가 큰 다음엔 그 지랄이 부끄러워서 빠그히를 떠나 꾸어이띠어우느어센렉으로 달아났는데, 거기까지 마니아들이 찾아오자 다시 이 외진 마을 알호즈드뽀흡뿌로 이사해 조반니 3세에게 요리를 가르치며 살았던 거야. 재미없는 개인사로군."

"그럼, 방금 우리가 먹은 파스타 레시피는 조반니 1세 것이 아니었나요? 정말 맛있었는데요."

"그건 맞아. 의부의 문어발 타조알 크로스 뻘라터. 그거 딱 하나라니까. 어디서 언어걸렸겠지만."

"그 문어발 타조알 크로스 뻘라터가 우주의 비밀을 알고 있는 듯한 맛을 냈습니다."

"그러니까 문어가 웬만한 걸 다 알아서 그래. 축구 경기 결과도 알잖아? 우주의 비밀도 그리 대단한 게 아니지 않을까. 커다랗기만 한 타조알처럼? 젊은이, 나랑 저 오래된 부엌에 들어가보겠나. 자네 손을 보니 분명 중식도랑 웍 정도는 깃털처럼 다뤘을 테고, 마늘과 해산물의 맛을 팬에 추출할 줄도 알겠지. 열에 그슬린 피부로 보아 피자도 잘 알겠군. 내 주방에서 자네가 읽을 수 있는 게 많을 거라고 보네. 장소는 바뀌었지만 오래된 조리 도구를 그대로 남겨뒀고 지금도 쓰고 있다네."

나는 알고 싶었고, 알려고 왔고, 정말 근접했는데 좀 부정적인 언사를 들으며 어디가 균형일까 생각하느라, 그리고 균형이란 무슨 의미가 있을까, 인류가 단 한 번이라도 그걸 맞춘 적이 있었을까 같잖게 생각하다가, 그의 주방 풍경에 매료되었다. 그 배치가 바로 균형이었다.

단단한 금속 재질의 조리대가 한복판을 차지하는 주방엔 세 개의 화구가 있었고 피자를 굽는 벽돌 가마가 고풍스런 타일 장식으로 뒤덮여 있었다. 그리고 그 사이에서 굉장히 앤티크한 물건 하나가 균형의 꼭짓점을 차지하고 있었다. 홀에서 봐도 존재감이 뚜렷했던 금속 화덕. 그 낡아빠진 물건에 손을 대자 빈티지가 뿜어낼 수 있는 여러 가치들, 즉 시간과 공간에 바랜 연륜, 오래 살아남은 당당함, 수없이 보고 들었을 방대한 사연, 갖은 허무 속에서 끈질기게 부여된 생명의 숨결, 유행과 변화를 따를 필요도 없이 도도한 스타일 등등이 눈앞을 스쳐 갔다. 화덕을 짚은 손보다 가슴이 더 뜨거워졌다.

"방금 이 화덕을 썼군요. 파스타를 화덕으로 조리해요?"

"여기다 해야 맛이 나는 게 참 희한하지."

노인, 즉 조반니 펠리치아노 2세는 뜨겁지도 않은지 빈티지 화덕을 정겹게 쓰담쓰담했다. 그는 과거와 미래를 동시에 만지는 듯한 표정을 지었다. 고급스러운 장식도 없는 단조로운 형태의 금속 아궁이였지만 그 물건이 가진 유물 같은 빈티지성은 실로 무거운 존재감을 과시하고 있었다.

"이 화덕을 보면 무슨 생각이 드는가?"

"아름답습니다."

"그건 1차원적이고. 시공간이 박제된 아름다움이 보이면 3차원이지. 자넨 시를 좋아하니 다음 차원도 보이지 않는가?"

"네, 보입니다. 빈티지의 존재성이 보입니다."

"훌륭하네. 빈티지란, 인간이 인식 못 하는 4차원 시공간까지 박제해 영사해주는 물질이지. 자, 이 화덕은 500년 전 삼탈리아 개천절 때 만들어졌어. 그렇지만 아직도 여전히 조리 도구로 존재한다네. 이 화덕에 장작을 넣고 파스타를 만들면 500년의 시간과 공간이 모두 한순간의 장면인 것처럼 인식되는 거야."

"매번 그렇습니까?"

"아니야, 이해가 어려우면 화덕의 입장에서 보는 우리는 어떨까? 우린 시간의 흐름대로 공간을 슬라이스해서 겨우 파악하지만, 이 화덕은 그런 귀찮은 과정 없이도 이미 스스로 4차원에 소속된 물질 아닌가."

"잠깐만요. 무척 어렵고요, 4차원을 인식하면 뭐가 좋은데요?"

"다른 놈들이 모르는 걸 너만 아는 게 재미없나? 그걸 알려고 온 것 아니었나?"

"오오?"

"시공간을 이해하게 되면 관점과 태도가 달라지지. 뭘 보든, 뭘 하든, 뭘 생각하든."

요리를 배우며 숱하게 부닥쳐왔던 이야기였다. 짜장면의 상심이 깃든 시공간, 라멘 육수의 우주, 그러나 그 무엇도 나를 궁극에 도달하게 만들지는 못했다. 이제 보니 나는 근처까지만 다다른 존재였다. 요리를 한다는 건 과연 얼마나 먼 우주 탐사 같은 건가.

잡힐 듯 잡히지 않으면서, 내가 무엇을 찾고 있는 건지 헷갈리기도 하다가, 아주 작은 현상에서 바로 콧구멍 앞에 있는 듯 느껴지기도 하는 그것. 그러나 그게 무엇이든 나는 찾아야만 했다. 궁극을 말이다. 반드시 무언가의 끝판일 그것. 끝에 다다르면 끝난다. 원하는 건 그것이었다. 나는 시작했고, 끝나야 한다. 끝내기 위해서는 반드시 끝에 달해야 한다.

그런데 빈티지 화덕 입장에선 내가 어서 궁극을 찾아 쉬고 싶으며, 이곳에 오기 전과는 달라지고 싶다는 걸 이미 알고 있다는 생각까지 들었다.

고리오 영감, 아니 펠리치아노 2세는 내 표정이 깊어지자 자신의 손을 내 손에 갖다 댔다. 처음엔 정말 뜨거웠지만 빈티지 화덕 입장에서 노인을 보는 시각이 내 시야에 적용되는 신비한 경험 퍼레이드가 곧 시작되었다. 그 느낌은 쉽게 답을 찾을 수 없던 질문에 대해 누군가가 커닝 페이퍼를 보여주는 장면 같았고, 무언가가 뇌리를 바늘로 자극해 사용하지 않는 섹터를 활성화시키는 기분이었다. 시공간도 디지털화된 섹터들로 보였다. 그 속에선 화덕을 둘러싼 시공의 총체적 장면들이 하나의 화면으로 재생되었다. 나는 소리치고 말았다.

"이런, 사람들이 살고, 또 죽어요. 태어나고 늙고 또 태어나요. 다만 냄새는, 파스타 냄새는 똑같아요. 여기 이 화덕은 시간, 파스타는 자신의 공간을 이루었군요. 그야말로 시공의 덩어리라고요. 이것은 하나의 우주예요!"

"허허허. 그것만일까. 한잔하면서 천천히 여행해보게. 시간은 무한하다네."

그 말에 탭스터 카발리니가 맥주를 더 가지고 왔다. 맥주를 벌컥벌컥 들이켜자 비로소 내 눈에 조반니의 레시피가 보이기 시작했다. 그의 양자 조반니 2세에 따르면 조반니 역시도 엿어걸렸다는 레시피. 그것은 바로 시공간에 기록되어 있었다. 나도 조반니처럼 엿보고 싶어 잘 보이지 않는 글자를 해독해나갔더니 놀랍게도 초반부터 엄마의 김밥 레시피와 비슷했다. 그것은 다시 엄마의 엄마에게, 그 엄마의 시어머니에게, 그 시어머니의 유전자에게 기록된 무언가를 이어서 재생하는 화면과 겹쳐져 있었다. 인간의 짧은 생은 지나가지만 그 무언가는 꾸준히 남는 것이었다. 그것이 시간과 공간을, 그리고 인생을 모조리 설명해주고 있었다. 나는 너무 갑자기 훅 들어오는 방대한 지식의 양 때문에 술에 취한 듯한 증세를 느끼며 의자에 앉으려다 엉덩방아를 찧고 말았다. 그러자 시공간 저쪽에서 엄마가 주걱을 떨어뜨렸고 조반니 펠리치아노 1세가 깜짝 놀라며 뒤를 돌아보았다. 내가 보고 있는 걸 표현하는 게 힘들었다. 이걸 잘 표현하려면 정말로 시인이어야 했다. 어쩌면 이런 순간이 올 걸 알았기 때문에 시인이 되고 싶었던 건지도 모른다. 그러나 나는 과거에도 미래에도 시인이 아니었다. 시인이 아니라는 게 그토록 소스라치게 서러운 건 처음이었다. 그리고 시인들에게 소름이 돋을 만큼 경외감이 생겨버렸다. 시가 바로 궁극의 레시피이자 우주의 소스 코드를 말할 수 있는 비밀의 언어였다.

하지만 나는 요리사니까 파스타 소스 코드만이라도 건지고 싶었다. 한 분야의 궁극에 달하면 다른 분야의 궁극과 통하는 길이 보인다는 걸 다시 경험하고 싶었다. 어차피 나는 좌절과 절망을 피해 그 열쇠를 찾아왔으니까. 그러나 어지럼증이 점점 더 심해지더니 이윽고 몸을 제어할 수 없어졌다. 에밀리를 찾아보니 그녀는 이미 화덕 앞에 쓰러져 있었다. 그녀가 쓰러지는 장면은 시공간 속에 계속 반복되고 있었고, 그 끝엔 앨리스가 나를 떠나는 모습이 포개졌다. 이게 뭐야? 왜 이래? 안 돼! 고함치고 싶었지만 무엇 때문인지 목구멍에서 소리가 나오지 않았다.

"야이, 카발리니? 이 커플에게 작업을……. 자넨 눈치도 없……."

조반니 2세 노인이 역정 내는 소리가 띄엄띄엄 들린 걸 끝으로 귀에서도 감각이 꺼지더니 나는 결국 정신을 잃었다. 빈티지 화덕을 통한 시공간 VR 여행이 뚝 멈추고 현실만 남았을 때에야 비로소 에밀리의 경계심이 맞았다는 생각이 들었다. 카발리니가 술에 약을 탄 것이었다.

8.

차원 도약의 육수

짜장면을 통해 전형적 차원을 초월하는 데 성공했지만 나는 오히려 서러웠다. 달링과 또 헤어지다니, 여친을 잃고 얻은 경지가 무슨 소용인가. 매일매일 울던 나는 코가 너무 아팠다. 보다 못한 엄마가 우엉김밥을 만들어, 우엉을 콧구멍에 꽂고 돌리며 쑤시듯 아프게 나를 위안하지 않았더라면 거기서 내 요리사 커리어는 끝이 났을 것이다.

신혼여행에서 돌아온 사부는 내 심각한 표정을 보더니 웃기기보단 위로를 시도하려는 것 같았다.

"원식 씨, 왜 그런 법칙이 있는지 모르겠지만 요리사의 성취엔 꼭 희생이 따라요."

"그 법칙 무섭네요……"

"요리 배울 때 저도 애인한테 많이 차여봤는데 그 시절이 그리워요. 이젠 안 차이는 걸 보니 끝까지 왔나 싶고요."

듣다 보니 위로가 안 되고 뭔가 더 무서웠다. 화제를 돌려 사부에게 드디어 초월의 짜장면을 만들 수 있게 되었다고 말하려는 순간, 사부는 가늘고 길쭉한 손가락을 내 입술에 댔다.

"짜장면으로 거기까지 간 건 참 잘했어요. 이젠 파스타도 잘 만들겠어요."

"그렇다면 이제 파스타를 가르쳐주실 겁니까."

"농담이에요."

예? 뭐가 농담인지 모르겠지만 사부는 애인이 부르자 파안 대소하며 총총총 달려가버렸다. 아무튼 오랜만에 만난 사부는 너무 반가웠다. 그날 사부는 귀국 기념으로 서울 한복판에 있는 갤러리에서 창작 요리 전시회를 열고 있었다.

"근데 작품이 하나도 없습니다. 사부님."

"네. 아까 다 먹어버렸거든요."

"전시회가 아니라 시식회였나요?"

"아뇨. 아직 어딘가에 있겠죠."

"시공간 어디엔가요?"

"원식 씨 많이 늘었네. 그럼 이제 좀 더 어려운 부분을 배워 볼까? 다만 쉽지 않을 거예요. 우주는 실로 복잡하고 광대하니까."

천체물리학은 초등학교 3학년 방학 숙제 이후론 안 해봤는데 설마 서른 살이 되어가는 내게 그걸 다시 공부하라는 얘기일까. 다행히 사부는 핸드백에서 자기 명함을 꺼내 신사동 가로수길 인근 주소를 날림체로 갈겨써줬다.

"이 가게의 소우주에서 희생정신을 배워볼래요? 원식 씨 트레이닝의 다음 레시피예요."

나는 실연의 상처를 잽싸게 극복하기 위해 잽싸게 그곳으로 달려갔다. 사부가 적어준 주소를 두 손으로 받치고 간 곳엔 어떤 메뉴를 파는지 알 수 없는 가게가 나타났다. 간판엔 'ㄲ아아아'라고 적혀 있었다. 날림체라 주소를 잘못 본 줄 알았고, 한숨이 나오면서 이런 생각이 들었다. 자영업자들이 가게 이름 지을 때 제발 3초 이상만 생각하면 안 되나? ㄲ아아아라니, 이곳은 2초나 1.9초밖에 생각 안 한 것 같았다. 그런데 의외로 가게 앞까지 진한 돼지 육수 냄새가 풍겨 나왔다.

설마 라멘집일까? 라멘은 안 좋은 기억 때문에 별로 배우고 싶지 않은 음식이었다. 사부가 만드는 초월적 파스타나 간절히 배우고 싶었는데 아직도 트레이닝 쇼가 남은 걸까. 그러나 일련의 과정들이 우주의 광대함처럼 길게 느껴진 건 잠깐이었고, 나는 그 라멘 냄새에 홀려 가게에 저절로 들어가는 스텝을 밟을 수밖에 없었다. 그리고 자동으로 돈코츠 라멘을 주문했다. 키오스크 자동 주문 시스템이었기 때문이었다.

라멘은 딱 금방 나왔다. 안드로메다에 간 식욕도 잽싸게 되돌아올 듯한 고혹적 향내를 풍기는 국물부터 한 입 떴는데, 그 돈코츠 국물이 여친과 헤어진 내 상처를 스어어어어어 어루만지며 위무해준 다음 땀땀이 꿰매듯 치료하는 걸 느꼈다. 비유가 아니라 극사실적으로 묘사하자면 그랬다. 이런 말도 안 되는 얘기도 이젠 좀 지겹다고 생각한 나는 한 숟갈 더 떠먹고 이성과 오성을 총동원해 관찰했다. 이번엔 꿰맨 자리가 한 겹 더 아무는 느낌, 아니 실제 그런 일이 일어났다. 남은 실밥까지 뽑고 상처가 완치된 걸 느꼈을 땐 라멘 한 그릇을 모두 비워버린 다음이었다. ㄲ아아아, 이럴 거야? 이렇게 맛있는 라멘집 이름이 겨우 ㄲ아아아라니. 개선을 요구하는 단식투쟁이라도 하고 싶었다.

나는 서빙 알바생에게 사장님을 좀 뵙고 싶다고 말했다. 사장은 기다렸다는 듯 주방에서 소리 없이 스어어어어 나왔다. 딱 봐도 움직임이 고수였고, 외모는 조몬인의 특징이 강했다. 나는 바로 사부의 명함을 건넸다.

"이분이 절 보냈어요. 라멘은 솔직히 감동이었습니다."

"일식 자격증?"

첫 질문에 나는 놀랐다. 그런 거 없는데요. 게다가 반말이었다. 라멘이 준 느낌과 사장의 애티튜드가 많이 달라 당황스러웠다.

"필요합니까? 몰랐는데 전 배울 수 없는 거겠죠?"

"농담 안 웃겨 미안, 맨. 추천받고 왔으멘 내 동료다. 동료끼리 반말한다. 너도 깐다."

세상에. 초면에 한국어를 이렇게 쓰다니, 실례를 끼친 것 같아 인사하고 나가려 하자 내 어깨에 손이 턱 얹혔다.

"내 라멘 어디까지 알아보고 왔멘?"

"몰라요, 몰라. 근데 방금 먹은 라멘이 제 상처를 치유했어요."

"그거 아닌데. 시인들 누구 회복시키려 시 쓰나? 통증 클리

닉이나?"

"어떤 시인은 그럴 수도 있죠. 어떤 독자들도 원하고."

"우주 비밀 밝히는 궁극적 창작엔 위로 치유 따위 덤인데?"

나는 자동으로 고개가 절레절레 흔들려 가게에서 뛰쳐나가려 했다. 격조사와 접속조사를 진짜 너무 많이 빼먹는 자다. 조사할 가치가 없다. 그러나 사장이 강한 악력으로 내 뒷덜미를 또 낚아챘다.

"시간 없다. 지금부터 일해라, 맨. 라멘은 식재료 정수, 노동력, 재능, 시심 갈아 넣어야 겨우 한 그릇 만든다. 마진 나쁘다. 근데 라면 따위가 비싸다고 욕먹는다. 시집도 마찬가지. 언어 정수, 노력, 재능 아낌없이 갈아 넣고 시 쓰면 사람들 얇고 비싸다 한다. 위로해야 되나? 우리 갈 길 가야 되나?"

그가 자본주의 시장경제는 잘 모르는 것 같았지만 그건 나도 모르겠고, 시집을 예로 들자 어쩐지 쉽게 이해가 되는 느낌이 있었다. 그의 강한 악력에 몸뚱이가 들린 채 들어간 주방에서는 시를 낭송하는 오디오 북이 법당의 염불처럼 재생되고 있었다. 귀 기울여 몇 행을 들어보니 이용임 시인의 시였다. 어머나, 예전부터 퍽 좋아한 세상 아름다운 시인 중 하나였다. 내 가슴에 묻혀 있던 시심이 콩 하며 헛기침하는 기적이 느껴졌다. 나는 이 또한 운명이겠지 하고 가방에서 조리칼을 꺼냈고, 조리화를 신고 조리모를 쓰고 손을 꼼꼼히 씻고 니트릴 장갑을 꼈다.

식당의 이름은 구렸지만 인테리어, 위생, 조리 프로세스, 재료의 품질, 노동자 복지 등등 당장 눈에 보이는 항목들이 모두 으리으리했다. 특히 커다란 육수 통에서는 감칠맛 나는 냄새가 하염없이 퍼지고 있어 침샘이 미쳐 날뛰려고 했다. 이름만 번듯하고 나머지가 다 구린 가게보다는 낫다는 생각까지 들었다.

사장 겸 주방장은 날더러 육수부터 담당하라고 했다. 나는 중요한 포지션을 맡는 것 같아 어떻게 만드는지 적기 위해 태블릿을 꺼내 들었다.

"그분 제자니 재료는 냄새로 알멘? 기복 없는 육수는, 기복 없는 시심으로 끓이는 거. 이것도 무슨 말인지 안다?"

어우, 쉽네. 그런데 그 기복 없는 육수부터가 내겐 꽤 난감한 도전이었다. 재료 중 49개는 냄새로 알겠는데 나머지 하나가 뭔지 알 수 없었다. 하수처럼 냉장고를 열어보니 '육수 재료'라 써진 선반의 50번째 칸에 치킨스톡이 있었다. 자존심이

상했지만 그래도 재료들이 잘 소분되어 있는 가게 시스템이 좋았다. 나는 돼지 사골과 족발과 닭 몸통과 날개와 닭발 등 주재료를 40갤런 스테인리스 국통에 넣고 삶으면서 커다란 나무 주걱으로 계속해서 육수를 저어보았다. 바닥에 눌어붙거나 타지 않게 하거나 재료에서 진득한 맛이 배어나오게 하려는 게 아니었다. 기본적으로 재료에서 시심을 소환하기 위해서 노 젓는 동작이 필요한 것이었다. 그런데 하루 종일 이오니아해를 조각배로 건널 만큼 저어도 내가 만드는 육수의 맛에는 기복이 있었다. 가장 맛있는 냄새가 난 육수도 미묘한 차이로 극에 달하지 못했다. 그 차이는 주방장이 와서 혀를 끌끌 차며 몇 번 저으면 금세 메꿔졌다. 시심이란 게 무슨 조미료처럼 착착 칠 수 있는 건가? 무슨 마술을 하는 건지 주방장의 손을 아무리 봐도 신기하기만 한 현상이었다.

첫날 먹은 라멘으로 실연의 상처가 완전히 아물어버렸기 때문에 나는 더 이상 앨리스를 그리워하지 않고 라멘 육수를 배우는 데 전념할 수 있게 되었다. 하지만 매일매일 가게에 출근해 육수의 마법향 속에서 일하다 집에 와 홀아비 냄새를 맡노라면, 그녀와의 추억을 잊고 나만 아프지 않게 사는 건 옳지 않아 보였다. 달링이는 ㄸ아아아 라멘을 먹어보지 못했으니 상처가 남아 있을 게 아닌가. 그녀가 괜찮은지 안 괜찮은지도 모르는데 나만 괜찮은 건 너무 이기적이라는 생각이 들었다. 그래서 일부러 지난 여행 사진들을 꺼내보고 함께 나누던 농담들을 추억하고 울고 짜면서 억지로라도 마음에 상처를 그어가며 달링이를 그리워했다.

그리고 기회가 찬스일 때 육수의 경지를 빨리 배우고 싶었다. 내가 깨닫는 경지로 인해 희생할 여자 친구가 없을 때 빨리 성취해버리면, 다른 무엇이 희생되더라도 아깝지 않을 것 같았다.

그렇게 육수 통을 젓고 또 저으며 맛의 궁극에 탐닉한 지 한 달이 넘었을 때, 나는 문득 과거의 어느 시간대에 반복해서 몸에 밴 일을 재현하고 있는 듯한 느낌을 받았다. 로마군 노예선 밑바닥에서 노 젓던 기억도 나고, 그때 맞았던 채찍이 시공을 초월해 내 등을 때리는 통증도 느껴졌다. 심지어는, 어릴 때 시 창작과에서 열심히 습작 시를 쓰던 장면도 떠올랐다. 그 장면만 떠오르면 어김없이 교수님이 나타나 고함을 치셨다. "시란 똥가루 같은 걸 종이에 흩뿌려놓고 무늬를 감상하는 게 아니다!" 주방장이 내가 트라우마에 시달리는 걸 보고 준 힌트는 하나였다. 육수 맛은 시심에서 나온다는 걸 다시 강조하는 것이었다. 그런데 안타깝게도 내 몸에 남은 시심은 없고, 그와 거리가 먼 기복 많은 감상들만 보였다. 그러니 내 육수는 계속 완성 직전에 어설픈 문장처럼 되어버리곤 했다. 그러면 주방장이 와서 내 나무 주걱을 빼앗았다.

"한 달째인데 아직 모르멘? 손님 많은데 육수 모자라 돼지 겠멘? 내 주방에 나무늘보 왔나."

그러면서 그가 육수를 저으면 곧이어 늘 맡던 진하면서 향기로운 끄아아아 라멘 표준 육수 냄새가 나는 신비로움이 발생하니 환장할 것만 같았다. 주방장이 마술사처럼 소매 속에 감춘 조미료를 넣나 싶었는데 아니었다. 그가 말한 기복 없는 시심이 추출되는 것 말고는 도저히 설명이 안 됐다.

젠장, 시를 못 쓰는 것도 서러운데 왜 자꾸만 시심이 내 인생에 헤드록을 거는 걸까. 그러나 나는 짜장면으로 한 번 차원을 넘어섰고, 새파랗게 아무것도 모르고 손맛만 믿던 삐리리 주방 보조에서 어느 정도 스텝을 밟을 줄 아는 요리사로 성장했다. 원망할 시간에 지나간 차원들을 현재의 차원과 연결 지으려 애쓰면서, 과거에 못했던 걸 지금 해낼 수 있다고 믿으며 이 경지를 통과하고 싶었다. 그래야 진정한 프로가 될 수 있을 것 같았다.

다시 나는 염불 같은 시 낭송에 귀를 기울이고 묵묵히 육수를 저었다. 대량으로 육수를 만드는 40갤런짜리 국통은 워낙에 커서 노 젓는 동작보다 훨씬 더 힘이 많이 들어가야 했다. 퇴근하면 밥숟가락을 들 수 없을 때도 있었다. 정작 내 어깨뼈가 갈려들어 가는 느낌이 나서 내 몸을 희생하는 게 맛의 비결인가 오해한 적도 있었다. 게다가 여름이 왔고, 찌는 듯이 더운 주방에서 하루 종일 뜨거운 불 앞에서 육수를 젓는 건 미친 고문에 가까웠다. 에어컨이 있어도 소용없었다. 열병으로 죽을 것 같아서 빨리 깨달아야 했지만 내 몸 따위 희생하는 건 희생이 아니었다. 그럴 가치가 없었으니까.

나는 집에 와서도 시 낭송을 듣고 시집을 읽었다. 일상에 찌든 뇌를 시로 헹궈야 했다. 평생 그때 시집을 가장 많이 읽었을 것이다. 그러나 시를 마구 섭렵하는 것으로는 계속 답을 찾지 못했다. 여친에게 잘못한 벌을 받는다고 생각을 바꿔 해봤다. 육수 젓는 반복 동작에 진심으로 누군가의 슬픔을 위로

해줄 진득한 국물이 되길 비는 마음을 담아보기도 했다. 그러려면 나의 잘못을 용서받을 희생을 해야 한다고 생각했다. 좋다. 내 수명을 희생하면 어떨까. 그러고 보면 주방장이 육수를 젓고 나면 좀 늙어 보이는 것이나, 새파란 나에게 가장 중요한 육수부터 맡긴 점 등으로 미루어 보면 사람의 수명을 갈아 넣어야 그 맛이 나는 원리였던 게 아닐까 의심도 갔다. 직접 물어보니 주방장은 아니라고, 몇 번을 말하냐고, 시심이 전부라고 했지만 매일 돈코츠 육수를 먹다 보니, 분명 육수에는 그 성분이 들어 있는 것 같았다. 생명을 갈아 넣었으니까 기본적으로 사람의 생명력을 회복시키는 것이다.

육수 비법이 무슨 에밀레종 설화냐. 이럴 거야? 그러나 내 생명력엔 한계가 있다. 희생도 희생할 개체가 사라지면 더 이상 희생할 수 없는 것이다. 육수는 영원의 맛을 내야 한다. 그렇다면 오류다. 게다가 과학적으로는 내가 하는 행동이 육수의 맛을 바꾸는 데 아무런 영향이 없을 거라는 걸 세 살 때부터 알고 있었다. 그때였다. 문득 엄마가 유부 볶을 때 쓴다는 방식을 써보고 싶었다.

'원식아, 듣고 있니? 맛은 불러내는 거야. 맛은 재료에 이미

다 있어. 그건 가볍기도 하고 깊기도 해. 눈에 보이는 맛만 불러내면 가벼운데, 정성껏 간절히 달래면 더 깊고 무거운 차원을 꺼내놓을 수도 있어.'

나도 엄마처럼 헤어진 달링을 위해서 정성으로 맛을 소환하는 주술사가 되고 싶었다. 그녀는 술을 좋아하지만 위장이 약해 늘 위염을 달고 살았다. 먹으면 바로 눕는 또라이라서 역류성 식도염도 있었다. 그런 그녀의 소화기관을 보호해줄 끈끈한 콜라겐을 지닌 재료들이 자신의 지난 시공간 차원에 담긴 정수까지 다 뱉어내게 하려면 단단한 자세와 정성과 간절함이 있어야 했다. 그다음 내가 아는 건, 사부가 말한 차원 일탈을 위한 유머였다. 나는 주성치의 영화를 보며 육수를 저어보았다. 풍부한 유머가 가미되자 상당한 진전이 있었지만 그의 영화엔 시심이 살짝 부족했다. 내가 짜장면을 만들 때 배웠던 시공간 속 식재료들의 공감 기법도 강하게 써보았다. 육수 맛이 어디서 갑자기 튀어나오는 게 아니라 재료들이 견뎌온 시공간의 곡률을 타고 흘러 녹아나게 하는 경지에 접목했다. 그러나 그건 첫날부터 꾸준히 시도해온 것이었고, 라멘 육수는 그 이상을 요구했다. 손에 잡힐 듯한 그다음 레벨 하나가 참 어려웠다. 시심이 대체 무엇인가……. 절망할 뻔하기도 했지만 돼지 뼈까지 녹여 없앨 기세로 나는 삶고 또 삶으며 젓고 또 저었다.

라멘집 사장은 내가 거의 육수의 9할까진 만들기 때문에 손을 덜 수 있어 좋다고 했지만 깨달음이 더딘 것을 가지고는 계속 약을 올렸다.

"다음 세기에 완성할 거나? 그때 라멘보다 맛있는 거 생기 멘 어떡하멘?"

학창 시절 교수님이 한 얘기와 또 일맥상통했다. 오기에 오기를 더하며 나는 그 뒤로 100일을 더 노를 저었다.

그 지랄을 하자 하나의 진전이 있었다. 내 목표는 실연의 상처를 아물게 하는 맛인가, 헤어진 여친이 돌아오게 하는 맛인가. 당연히 후자였다. 그걸 생각하니 문득 그다음 단계로 점프할 수 있었다. 그녀가 돌아온다면 얼마든지 중노동을 감당할 수 있을 거고, 시심도 반드시 목숨 걸고 깨달아야만 하는 것이었다. 그건 정말 강렬한 동기였다.

헤어진 여친이 돌아오게 하는 맛을 내야 한다. 이 시공간에서 그녀와 나의 교집합 면을 만들어야 한다. 그러려면 나밖에 모르던 자신을 비워야 한다. 그녀를 사랑하는 나만 남아야 한다. 그제야 시심과 육수의 관계 레시피가 조금 보였다. 결국 시는 모든 걸 알고 있었고 내가 그 경지에 이르길 기다리고 있었다. 나는 이용임 시인의 빈티지 시집을 읽으며 육수를 젓다 심장이 미어지는 느낌을 받았다. 이 시집의 본문은 수백 번 읽었지만 표지와 서지 정보 다음에 나오는 맨 앞 장의 텍스트를 놓치고 있었다.

빛나고
멸하여라
아름다운 것들[23]

완벽한 세 줄의 천체 물리학. 그것은 다음 차원으로 가는 마법의 힌트였다. 두뇌가 벌렁거리면서 우주의 질서 중 몰랐던 디테일들을 그 순간 다운로드하기 시작했다. 시인은 시뿐만 아니라 시인의 말도 시적 상태로 쓰는 존재였다. 시심은 바로 그렇게 대입되기도 하는 질서를 우주 만물에서 읽어내는

---

23   이용임, '시인의 말', 『안개주의보』, 문학과지성사, 2012.

마음이었던 것이다. 나는 육수라는 소우주를 그런 식으로 읽어내지 못해 헤맸다. 인간의 먹이가 될 뿐인 국통에서 하루 종일 끓여지고 있는 가여운 돼지와 닭의 몸들은 빛나게 멸해졌기 때문에 아름다운 것들이었다. 나아가서 아름다운 것들을 멸해 빛나는 것을 얻는 것일 수도 있고 아름다운 것들을 멸하기 위해 빛나고 있는 것이기도 했다. 나는 끄아아아 고함을 지를 수밖에 없었다. 그 모든 것이 진리였다.

"잘했멘. 냄새 좋다."

주방장이 바쁜 와중에 육수가 완성된 걸 칭찬했다. 그제야 라멘 국물로 누군가를 치유한다는 기본 개념을 넘어 미지의 고차원에 당도하고 말았다. 그리고 당연히 달링이가 내게 돌아왔다.

끄아아아 라멘집이 입점되어 있는 신사동 빌딩에는 규모가 큰 모델 에이전시가 있어서 단골 패션모델이 많았다. 걔네들이 단체로 오면 가게의 프라이빗 룸을 활짝 열어주곤 했는데, 거긴 주방과 가장 가까운 좌석이었다. 에이전시와 식권 거래를 틀까 말까 고려할 정도로 모델들은 자주 왔고, 내가 육수의 비밀을 깨달은 날 그 손님들 중에 아는 여자가 끼어서 왔다.

우리 주방은 주방장이나 챠슈&부재료 담당이나 심지어 조선족인 설거지 이모도 소리를 내지 않고 일했다. 사람이 세 명 이상 모이면 반드시 한 명은 바보인데 네 명 모두 그렇지 않은, 우주적으로 신기한 조합이었다. 어쨌든 그 네 명 모두가 프라이빗 룸에 앉은 손님의 열렬한 감탄 소리를 들었다.

"어우아, 여기 육수 존맛탱! 만든 사람 면면이 궁금하네. 육수에 뭔 짓을 하면 이 맛이 날까?"

면 뽑던 조몬인 주방장이 그 말을 띄엄띄엄 알아듣고 나가 보려 할 때 내가 그의 뒷덜미를 강하게 낚아챘다.

"육수 만든 사람 보고 싶답니다. 접니다."

그리웠던 여친 앨리스를 나는 그렇게 라멘집에서 재회했다. 모델 에이전시 애들이랑 섞여 왔을 때 눈치챘지만 그녀는 패션모델 일을 한다고 했다.

"직업 좀 그만 바꿔. 미친 달링아."

"아잉, 메르스 터져서 중동 외항사 때려치운 거 몰랐어? 근데 마지막 비행에서 손님이었던 포토그래퍼가 모델 일 한 번만 해보라고 꼬셨단 말야. 미친놈아."

승무원은 비행 내내 너무 많이 걸어서 다리 아프고, 시차가 엉망이 돼 계속 피곤하고, 염증이란 염증은 다 달고 다녔는데, 서서 플래시 받는 건 허리만 아플 뿐이라며 앨리스는 방긋 웃었다.

"모델이라니, 초보가 가능한 일이야? 포즈가 돼?"

"몰라, 내가 사모님들 숙녀복 카탈로그를 위해 태어난 것 같대."

"그사이 되게 이뻐졌네?"

"오옹, 나한테 관심 있나 봐?"

나는 그러면서 명치를 세게 때리는 그녀의 성질머리에 또 반했고, 그녀는 내 라멘 육수의 마법 같은 경지에 반해서, 우리는 다시 사귀게 되었다.

"짜장년이랑 확실히 끝난 거 맞어? 아님 라멘년이랑 양다리야?"

"면이랑 안 사귄다고. 나는 항상 너밖에 없다고!"

"두 번째 헤어질 때 내가 좀 예민하긴 했지만, 상심이 컸다고. 오빠 땜에 지금도 짜장면 못 먹어. 근데 오빵 라멘이 너무 맛있어서 지난 일은 싹 잊고 싶네."

"네 상심을 달래기 위해 이걸 끓이고 있었단다. 아름다운 것."

그녀와 다시 지내게 된 곳은 또 그 옥탑이었고 우리는 연인 관계 3차 시기를 맞아 변화를 주기 위해 셀프 인테리어를 하기로 했다. 인테리어의 콘셉트는 복고풍이었다. 서로 조금씩 성장한 채 지난날의 좋은 관계로 돌아가는 것 또한 업그레이드라 생각했기 때문이다. 아무런 인테리어도 없이 살던 예전 옥탑은 무미건조한 과거일 뿐이고, 그런 변별성 없는 것은 의미를 지닌 채 기록되지 않는다. 우리가 우리를 사랑했던 시간들을 겹치고 겹쳐 아름다운 빈티지로 남길 수 있기를 원했던 것이다. 함께 페인트칠을 하고, 가구들을 고르고, 조명 기구와 소품을 사러 다니고, 그것들을 배치하는 내내 아주 오래전에 했던 일을 다시 반복하는 기분이 들었다. 그것은 늘 현재일 뿐이라고 착각되는 일상 속에 고풍스러운 시간의 누적된 설렘을 부여해줬다. 우리는 그 레트로 콘셉트로 꾸민 옥탑 안에서 천 년 전부터 그랬다는 듯이 사랑을 고백하고 술을 마시고 농담을 하고 응응응응을 했다.

그에 탄력을 받아 라멘 가게 일도 업그레이드해 나갔다. 육수라는 태양계에서 차슈라는 까다로운 인터스텔라를 지나, 제면이라는 심오한 은하계까지 도달해나가는 데 나는 거침이 없었다. 그래도 아직 내가 밟지 못한 차원은 우주의 황당한 크기만큼이나 아득하게 느껴졌다. 그러나 가지 않을 수 없었다. 라멘 한 그릇이 가진 매력에 홀랑 빠졌기 때문이었다. 무엇 하나 완전하지 않으면 전체의 맛이 망가져버리는 아슬아슬한 스릴이 끝내줬다. 예를 들어 육수에 달랑 한 스푼 토핑하는 파기름조차 허투루 만들면 공들인 차슈와 아지타마고, 생면까지 그 허튼 맛을 따라가버렸다. 맛없는 것은 맛있는 것들 사이에 묻히는 물질이 아니라 전부 맛없게 만들어버리는 맹독 같은 거였다. 나는 요리를 할 때마다 오금이 저렸다.

'맛'이라는 건 너무나도 예민하고 지랄 맞은
새새끼 같은 것이라서
병아리콩 한 톨만 한 어설픔이나 부주의에도
포르르 날아가버리고 말지.

나만 몰랐지, 유치한 조반니도 알고 있었던 것 같다. 나는 육수를 만들 때 차례차례 응용해나갔던 걸 더욱 레벨업했다. 라멘을 이루는 원소들에 대한 완전한 이해와 공감, 조리 과정에 기울이는 정성, 맛을 일으키기 위한 간절함, 유머 감각을 통한 차원 초월, 그리고 소리 없이 부드러운 내공 등등. 가진 패를 다 동원해 더욱 열심히 라멘의 우주를 탐사해갔다. 특히 중력 퍼텐셜 에너지를 정확한 섹션에서 가해 반죽을 치대고, 밀가루의 중력 질량에 가하는 내 손의 관성 질량이 등가 원리를 성립하도록 만들어야 라멘에 어울리는 제대로 된 면이 나온다는 것까지 알게 되었다. 중력장을 일일이 느끼는 세밀함이 퍽 까다로웠지만 그만큼 재미있는 탐구 생활이기도 했다.

그런 노력이 몇 달 반복된 어느 날 신기한 현상이 일어났다. 모든 조리 과정에서 운 좋게도 과학과 시심의 조화로운 아름다움이 부여된 라멘 한 그릇이 탄생하자, 그 라멘이 의인화된 것처럼 내게 마음을 열고 고개를 숙이는 느낌이 들었다. 다음 순간 짜릿한 광채가 대가리를 샴푸하듯 감기고 지나가는 것 같더니 머릿속에 내가 읽어보지 않은 시들이 방언처럼 작렬해댔고,

결국 번쩍 눈을 떠버렸다. 잠잘 때 빼고 늘 뜨고 있던 그 눈 말고 완전히 다른 눈동자였다.

아아, 내 요리 실력이 어떤 경지에 도달해버린 것이었다. 스스로 깨달음의 사다리를 통해 올라간 것도 있지만 어쩌다 찾아온 운의 작용이 어마어마한 차원 도약의 순간을 선사한 것이었다. 그때부턴 요리 실력이라는 게 눈에 보이는 물질처럼 보였다. 손에 쥐려면 꽉 쥐어졌으며, 심지어 식재료들은 나의 손길을 갈망하는 강아지처럼 굴기 시작했다. 그런데 내 요리 실력은 없던 게 갑자기 생긴 게 아니라, 기존에 있던 건데 웜홀 같은 곳을 통과해 다른 차원의 우주에서 현재의 내 앞으로 이동해 온 것과 같은 느낌이었다. 하여간 이런 어려운 개념 따윈 닥치고, 그 이후에 만든 라멘부터는 솔직히 이 세상에 존재하지 않는 맛이 났다. 내가 만든 음식을 내가 먹고 너무 맛있어서 지리는 바람에 팬티를 갈아입고 올 지경이었다.

그러나 나는 그 성취의 경험이 무척 불안했다. 행운이 따른 건 좋았지만 그에 따른 충분한 희생을 하지 않았고, 공식을 기록해 학계에 보고할 수도 없을 것 같았다. 그렇지만 내게 한 번 열려버린 세계는 다시 닫히지 않았다. 그동안 요리를 하면서 몰랐던 것들이 너무 손쉽게 이해되며 수월하게 다룰 수 있게 된 것이다. 경품에 당첨된 것처럼 기분은 무척 유쾌했는데 신기하게도 업그레이드 경험 이후엔 당구를 쳐도 다 '뽀록'으로 들어갔다. 게다가 내 손으로 만들어내는 기가 막힌 라멘은 주방장이 내던 라멘 맛을 뛰어넘는 것이어서 원래 많던 가게 손님이 전보다 더 많아지고 말았다. 하루 종일 길게 줄을 서는 것은 물론이고 가게 앞에 텐트를 치고 밤새 기다리다 대기표를 받는 사람까지 생길 정도였으니까. 레벨업이 되어버린 나는 서두르지 않고도 그날 식재료가 소진되기까지 모든 손님에게 기복 없는 품질의 라멘을 착착 내줄 수 있었다. 애인과 사적인 시간을 보내는 데도 여유가 있었고, 체력도 남아돌았다. 그러나 그건 나만 그런 것이었다.

나 때문에 과로로 쓰러질 지경이 된 주방장은 인력을 충원해 떼돈을 벌 궁리를 하기는커녕 내게 썩 꺼지라고 말했다.

"내 동료 놈이 나를 오버하는 놈이멘 나도 공부 더 할 때 됐멘."

그리고 그는 끄아아아, 하며 가게 셔터를 내리고 하카타로 떠나버렸다. 그는 참 좋은 스승이었다.

라멘집이 사라져 할 일이 없어진 나는 여자 친구와 딱 붙어서 시간을 보냈다. 오래 사귀었는데도 전혀 지겹지가 않았다. 자꾸만 변화하는 한 명을 계속 사귀는 것도 나쁘지 않았고,

첫눈에 서로 홀딱 반했던 만큼 우리는 항상 마음이 딱 맞았다. 나 역시 요리를 통해 세상의 지혜에 접근하며 계속 성장해 갔는데, 여자 친구 역시, 이 알바 저 직업을 전전하며 세련되고 진취적인 캐릭터로 자신을 바꿔나갔다. 우리는 항상 찰떡같은 대화를 나눴고 화젯거리도 떨어지는 법이 없었다. 냉장고에 맥주만 떨어뜨리지 않으면 되었다.

나는 달링이 동료들과의 술자리에도 늘 동석했다. 언제나 웃길 준비가 되어 있는 모델 애들이 멤버였다. 좌식 테이블에 앉으면 대부분 무릎이 귀를 넘어갈 만큼 긴 다리부터가 웃겼다. 몰랐는데 내 여친도 만만치 않았다. 예쁘고 잘생긴 애들과 꺄르륵꺄르륵 술 마시며 놀다 보니, 주방에서 늘 땀투성이로 일해온 내가 좀 초라해 보이는 느낌도 있었지만 괜한 자괴감이었다. 차원 도약을 경험한 뒤론 무슨 아무 유머나 막 던져도 애들이 빵빵 터졌으니까. 그런데 그 친구들은 고급진 외모만큼 고급진 유머를 구사하진 못했다. 몸으로 웃기는 걸 많이 좋아했다. 어쩐지 뭔가 공평한 것 같았다.

촬영 중인 여자 친구를 데리러 가던 날이었다. 촬영이 오래 걸릴 것 같으니 날도 추운데 스튜디오에 들어와서 기다리라는 연락이 왔다. 따가울 정도로 강한 조명을 받으며 무서울 정도로 두꺼운 메이크업을 한 여친을 보자 뭔가 눈으로 보여지는 멋의 경지에 도전하는 세계에 대해서도 경외심이 생겼다. 늘 음습한 주방의 뜨거운 불 앞에서 고통스럽게 수련만 했기 때문인지 반대급부로 좀 화려한 게 땡기는 느낌도 있었다. 달링이가 나를 다른 친구들에게 소개할 때도 뭔가 근사한 프로페셔널 요리사로서 존재감에 무게를 주면 어떨까. 사부에게 본격적으로 파스타를 배우고 싶다는 생각이 들었다.

때마침 사부가 나를 초대했다. 아니, 마치 나를 감시 카메라 같은 걸로 보고 있는 건 아닌가 의심이 들 정도였다.

"얼마 전 원식 씨네 라멘 몰래 먹고 갔는데, 훌쩍 레벨업 하셨어요. 육수엔 시심이 가득했고, 면발에선 중력장이 느껴졌거든요. 축하해요. 이젠 훌륭한 하드웨어를 갖췄군요. 그럼 본격적인 프로그램을 돌려볼까요? 양식이 가장 높은 등급의 음식은 아니지만 아주 오랜 식음료 문화를 갖고 있어서 수준 높고 빈티지한 레시피가 많아요. 빈티지란 말뜻 이해하시죠?"

"네, 사부님 덕분에 이제는 이해할 수 있게 되었어요."

"축하해요."

"고맙습니다. 사부님."

"그 사부님이란 호칭은 구식이라 재미없어졌는데 이젠 쓰지 말래요? 좀 감각적인 것 없을까?"

"셰프님?"

"그것도 이상해요. 차라리 그냥 요리사 어때요? 권위나 가식 없이, 사람들에게 봉사하는 느낌이 드는 단어예요."

"네, 요리사님."

"칫, 안 되겠어요. 같은 요리사니까 우리끼린 이젠 이름 불러요."

"좋아요. 지안 이모."

"이모 말고 누나 해. 응?

"응, 누나."

"농담이에요."

나는 그렇게 사부의 이름을 처음으로 불렀다. 규리 이모 말고 이모가 한 분 더 생겼다. 그녀는 배시시 웃더니 우리 사이의 좁혀진 거리만큼 내게 많은 걸 전수하기 시작했다. 수업은 그녀의 작업실에서 이루어졌다. 역시 그때부턴 본격적인 프로의 레벨이었다. 도약을 경험하지 못했다면 이해하기 어려운 것들투성이였지만 그만큼 극복해나가는 재미가 오진 클래스였다.

양식 분야엔 아예 처음 뵙는 요리들이 많아 이론부터 예습을 철저히 해나갔고, 집에 돌아와서도 피똥 나게 복습했다. 전식, 본식, 후식의 타이밍을 고려하면서 조리 시간을 맞추는 센스에 익숙해지기 위해 고수들이 운영하는 비싼 레스토랑에 가기도 했다. 먹으면서는 항상 혓바닥으로 식재료와 요리법을 사이코메트리 하는 데 집중했다. 그리고 사부가 가르쳐준 빈티지 레시피들을 재현하고 현대성을 부여하는 방법에도 골몰했다. 지나간 시간의 호흡을 이해하고, 현재 인간이 인식하는 시공간에 다시 되살리는 요리는 난이도가 가장 높았다. 차라리 퓨전으로 현대성만 달랑 가미하는 게 쉬운 것이었다. 더구나 요즘에 대량생산된 식재료들은 빈티지 레시피를 따르지 않으려는 물성을 보였고, 가스 불은 목탄 화로와 열역학이 달라 몹시 까다롭기도 했다.

사부가 가장 잘하는 건 파스타였다. 동북아 최고의 파스타 마스터로 알려져 있어 방송국에서 줄기차게 섭외하려 했지만 그녀는 매번 미안해하며 거절하곤 했다. 요리 프로그램들이 우후죽순 생기기 시작해 실력 있는 요리사들이 연예인급으로 유명해지는 추세였으나 자신은 카메라 울렁증이 있어서 못 나간다는 것이다.

"카메라 앞에만 서면 못 웃기겠어요. 그게 싫어요. 그럼 요리도 맛없어지는 거 알죠?"

어차피 눈으로 볼 수 없는 깊이를 추구하는 사람이어서 그녀는 TV 쇼들을 거절해왔다. 요리를 예술 작품으로 승화하는 데만 집중한다는 점이 내겐 정말 존경스러웠다.

"음식 문화 엔터테인먼트가 나쁠 건 없지만 수많은 관찰자의 영향으로 맛이 바뀌고 마는 걸 막을 방법을 못 찾겠어요."

사부의 경지에서 보는 요리 예술이란, 까다롭고 어려우면서 그만큼 창조의 기쁨을 획득하는 과정 같았다. 사부의 작업실에서 극도로 정제된 마인드 컨트롤 속에서 하나의 파스타를 탄생시키는 방법을 배우고, 그녀의 논문들을 복습하며 느낀 것도 양자역학의 갈래였다. 심지어 사부는 조반니 펠리치아노의 파스타 레시피를 알고 있었고 격찬까지 했다.

"유치하다고 아무것도 모르는 건 아닐 거예요. 우리 은어로는 그의 레시피에 '야마'가 있어요. 빈티지의 매력 말이죠."

모두가 유치한 사람으로 여겼던 조반니를 나만 좋게 생각해온 시간이 허탈하지 않게 되어 기뻤다. 그렇지만 내가 요리로 한 경지에 올라섰다고 해서 다른 능력까지 발전하는 건 아니었다. 예를 들어 차원 도약 이후에 내게 깃든 강력한 시심으로 시를 써보면 어떨까 했는데, 내가 쓴 시들은 주관적으로 봐도 조반니 수준보다 못했다. 그럴 시간에 요리에 대한 아이디어를 많이 내는 게 나을 것 같았다. 서로 연관성이 매우 많지만 요리와 시의 분업은 이유 있는 우주 질서 같았다.

앨리스는 내가 만들어주는 요리들 때문에 살쪄서 모델 일 잘리겠다며 우는소리를 했지만 내가 뭐든 만들면 참지 못하고 코를 박고 먹었다. 맛있는 것도 먹고 체중도 관리하려면 답은 딱 하나, 칼로리를 소모해야 했다. 모델들끼리 알음알음으로 먹는 살 빠지는 약도 있었지만, 그건 내 입맛에 몸의 균형을 파괴하는 맛이 나서 그때부터 나는 저칼로리 음식을 개발하는 데 주력했다. 한편 달링은 이런저런 보편적인 방식으로 운동을 하다가 별로 웃기지 않다며 창의적인 운동법을 개발하기 시작했는데, 그녀가 어느 달밤에 옥탑방 마당에서 장난으로 취한 동작이 제법 운동 효과가 컸다. 그냥 남을 좀 웃기려는 동작으로 이뤄진 4차원 체조 같았지만 희한하게도 살이 쭉쭉 빠지는 것이었다. 신기해서 나도 따라해보니 다음 날 맥주배가 홀쭉해져서 경악했다.

그 체조를 발명한 덕분에 그녀는 갑자기 유명한 유튜버가 되어버렸다. 그게 그렇게 유명해질 줄은 몰랐고, 다른 인간도 우리처럼 살이 팍팍 빠질 줄도 몰랐다. 우리 같은 4차원 인간 전용이 아니었던 것이다. 하지만 그것은 우주의 시공간에 중첩된 차원 어디에선가 살이 찌지 않았던 시절의 자신을 소환하는 동작이었고, 그녀도 알고 만든 건 아니었다. 가공할 효과 때문에 유튜브 조회수가 폭발하자 그녀는 방송에도 자꾸 불려나가게 되었다. 나는 사부에게 양식을 배우며 정진하고 있었고, 달링은 모델 일보다 방송 출연으로 더 바빠지는 바람에 우리가 같이 있을 시간이 줄어들었다. 그런 균열이 불안했지만 그녀는 돈을 많이 벌수록 나 같은 요리 연구가를 빙자한 백수와의 연애에 더욱 집중하려 했다. 그래야 방송국에서 대시해오는 돈 많고 잘생긴 연예인들을 거부하는 재미로 똘끼의 직성이 풀린다고 했다.

이 소설도 어느덧 막바지에 달해가니 빨리빨리 이야기 위주로 진행하자면, 그녀는 어느 날 한 방송사의 요리 리얼리티 쇼 프로그램 신청서를 내게 들고 왔다.

"오빵. 날 고정 출연시켰던 감독님이 이번에 이런 거 한대. 한번 나가볼래? 오빠 요리 예술이잖아. 요즘 농담도 늘었고, 비주얼도 내 눈엔 훌륭하고."

방송 출연은 생각해본 적이 없어서 사부와 엄마에게 물어보겠다고 했다. 사부의 요리를 복습하면서 센 불이 필요하면 나는 엄마네 가게 주방에 종종 가곤 했다. 엄마는 여전히 김밥 장사를 하고 있었다. 은퇴 좀 하라고 몇 번을 말해도 엄마는 듣지 않았다. 내가 수입이 없어서였을 것이다.

"김밥 안 싸면 내가 아니야. 시인이 시 안 쓰면 시인이게. 김밥이 내 작품이고, 김밥이 내 인생이야."

이젠 연세가 많아져서 장사가 힘들 만도 한데 고집을 부리는 엄마가 안타까웠다. 그러나 엄마는 내가 방송에 출연한다니까 주걱을 쌍절곤처럼 휘두르며 말렸다.

"김밥집 아들이 이상한 꿈을 꾸네."

"요즘 트렌드예요."

"유명해지고 싶은 거야, 맛을 알리고 싶은 거야?"

"같이 갈 수 없는 길인가요?"

"헛바람 들면 음식 맛에도 바람 들어."

"에이, 저도 이제 요리 10년차예요."

"난 50년차다, 이놈아."

엄마가 드라이어처럼 나를 말렸고, 나는 요리 리얼리티 쇼에 출연하기로 마음먹었다. 나는 늘 엄마 말을 안 들었기 때문에 그게 자연스러울 것 같았다. 다음 계획은 가게를 차려 외식 트렌드 세터가 되는 거였다. 아무래도 방송을 통해 인지도를 쌓으면 내 요리를 알리기 쉽지 않을까 싶었다.

방송에 나가보려 한다니까 사부는 내게 그동안 참 궁금했던 의문점을 하나 해소해주었다.

"내가 왜 '가끔'이라는 말을 좋아하는 줄 알아요?"

"웃길 때까지 하는 반복성 개그 아니었나요?"

"인생은 찰나 같은 점들의 연속선이에요. 시공간의 흐름 속에서 인간이라는 미약한 존재는 그 소스 코드에 가끔 인식되고 가끔 연결될 뿐이잖아요. 만약 그 가끔 오는 순간들을 우리가 놓친다면 인생은 정말 찰나가 되어버리죠. 훅 가는 게 아니라 사라지고 마는 거예요. 나머지 모든 것에 드문드문하더라도 그 가끔 오는 연결에는 항상 간절해야만 해요."

"잘 알겠습니다."

"어쨌든 즐겨봐요. 요리란, 남이 결코 따라할 수 없는 지점을 만드는 거잖아요. 원식 씨 어머님의 탐미주의 김밥처럼요."

출연을 신청하러 갔더니 피디 말투가 좀 재수 없어 안 할까 싶었다가, 달링이의 4차원 댄스를 방송에 띄워준 사람이라 꾹 참았다.

"오디션 프로긴 하지만 대본도 있으니까 부담 없이 그냥 여친한테 요리해준다 생각하시고, 예? 우리가 시키는 대로 좀 협조적으로, 알죠?"

그렇게 나는 쇼에 참가하게 되었다. 대본이 있다는 점이 거슬리긴 했지만 아무리 리얼리티 쇼라고 해도 대략적인 스케치나 기획안도 없이 제작 결재를 받아냈을 리가 없으니 이해는 됐다.

방송 첫 촬영날, 어떤 색깔 팬티를 입을까 고르다 나는 문득 사부가 말한 김밥 얘기를 떠올렸다. 엄마의 탐미주의 김밥이라. 그건 요리 실력의 레벨을 어느 정도 쌓은 다음에도 시도조차 하지 않은 것이었다. 어릴 때부터 김밥을 너무 많이 먹은 김밥집 아들이란 그럴 수밖에 없다. 하지만 그 김밥 앞에 붙은 탐미주의라는 말이 어쩐지 내가 다다라야 할 궁극을 다시금 상기시켜 주는 느낌이었다. 그리고 가엾은 우리 엄마를 생각하며 방송국으로 가는 길에 카톡 메시지를 받았다.

엄마: 원식아, 이제 나도 알았다. 유부 볶는 거 설명하는 법.

이원식: 오, 어서 해주세요.

엄마: 지원이가 애기들 데리고 가게 놀러와서 알려주더라. 걔 말 듣고 내가 김밥을 탁 쳤어. 있잖아, 데이비드 봄의 양자론과, 존 벨의 국소적 숨은 변수 이론 알지? 그 차이인데, 존 벨이 맞다고 가정하면 가능하다는 거야. 그러니까 내가 유부를 볶는 동안 나랑 유부, 두 원자는 N, S극이 교차로 얽힌 관계가 되잖아. 그때 '음, 맛있겠네'라는 파동 형태의 주문 행위를 일으킨 물질인 '나'가 유부의 원자에 '스핀 업' 된 전자와 '스핀 다운' 된 전자의 N, S극 각도를 180도로 변경시킬 확률이 높고, 벨의 부등식에 따르면 두 전자는 결국 같은 방향의 스핀을 가지게 된다고 해. 즉, '음, 맛있겠네'라는 내 말에 따라 유부가 맛있어지는 인과율까지 수학적으로 구할 수 있다는 거야. 잘 모르겠으면 '베르틀만의 양말' 알지? 그 물리적 특성을 찾아보면 쉽게 이해할 수 있단다. 어유, 속이 다 시원하다. 이제 이해되지? 이렇게 쉽게 설명할 수 있는 줄 몰랐지 뭐야.

지원이가 애 둘 낳더니 수학 말고 이제 물리학까지 공부하나. 엄마처럼 나이 든 세대도 이해할 수 있게 잘 설명해줬다니 정말 고맙구나, 생각하며 듣다가, 빌어먹을 '베르틀만의 양말'이라는 단어가 나오자마자 나는 유부가 될 뻔했다. 엄마는 내가 유부인 줄 알고 볶아버릴 뻔했다.

9.

궁극의 레시피 같은 소리 하네

정신을 차렸을 땐 어이없게도 셰르비엥이 보였다. 아내 로라는 누군가의 턱을 잡고 왼쪽 오른쪽 광대뼈에 골고루 따닥따닥 잽을 날리고 있었다. 맞고 있는 사람은 아마도 카발리니 같았다. 그는 싹싹 빌고 있었다.

"아닙니다. 남의 시심을 어떻게 훔칩니까요."

조반니 2세는 의자에 묶여 카푸치노를 들고 있었고, 알프레도와 조반니 3세는 나처럼 대리석 바닥에 누워 있었다. 알프레도의 아이는 축구 매니지먼트 게임을 하는 중이었다.

"정신이 드시오, 친구? 이것 참, 내 직감 하난 알아줘야 한

다니까."

셰르비엥이 내 멱살을 쥐고 아래위로 흔들며 우렁차게 말했다. 나는 어지러워서 다시 기절할 뻔했다. 셰르비엥은 코를 수술했는지 좀 오똑해져 있었다.

"링괄 삐안뜨아뜨리체 하이바의 도난 방지 GPS 설정을 끄지 않은 채로 당신에게 줬지 뭐요. 기기가 도난당했다고 판단하고 내 스마트폰에 자꾸 푸시 알림을 보내는 거 아니겠소? 처음엔 당신이 경찰서에 있는 걸로 나와서 안심했는데, 오늘 온 신호는 삼탈리아 지도에 없는 곳이라서 뭔가 사고를 직감하고 달려온 거요."

"고맙습니다. 절 두 번 살려주셨군요."

나는 바로 양말을 벗었다.

"도움은 내가 받은 거라오, 친구. 삼탈리아에 이런 서정적인 관광지가 있는 줄 모르고 있었어. 아내랑 오랜만에 여행하는 기분이라 너무 좋소."

로라 앙노라의 반가운 얼굴과 사투리도 다시 만날 수 있었다.

"인사는 됐고, 머리숱 많은 동양인. 이 남자가 무슨 짓을 했기에 바지를 벗고 기절해 있었는지 얘기해줘요. 이 술집 창고를 수색해보니 다른 사람들 시심이 잔뜩 나왔어. 못된 녀석들 같아."

"저자가 준 생맥주를 마셨어요. 두 잔 정도? 아차, 내 사랑 에밀리는요?"

"에밀리? 저기 치킨수프 끓이는 야한 기지배?"

그녀는 맥주를 한 모금밖에 마시지 않아 다행히 괜찮은 것 같았다. 그녀를 언급하자마자 타이밍을 맞춰 에밀리가 치킨수프를 떠 왔다. 그녀는 한 숟갈 한 숟갈 수프를 내 입에 떠먹여주었다.

"어렸을 때 누가 우유에 독을 타면 엄마가 이렇게, 정성껏 치킨수프를 끓여 떠먹여주곤 했어. 그럼 난 금세 해독되어 뛰어다니곤 했지."

으응? 삼탈리아에선 우유에 독을 타는 일을 무슨 놀다가 넘어져서 무릎이 까진 것처럼 얘기해도 되는 건가, 왜? 바지도 그래서 벗긴 건가? 이젠 삼탈리아에 좀 적응할 때도 됐는데 나는 다시 심한 어지러움을 느꼈다.

"나 지금 해독이 필요한 거야?"

"응, 오빠 마린쭈니아를 벌컥벌컥 먹었어."

마린짜니아라니. 삼탈리아 까리야스 숲에서 나는 반탐미주의 요정 버섯이라고 배웠지만, 아무 맛도 안 나는 식재료를 설명할 기운이 없던 나는 에밀리가 주는 치킨수프에 집중하기로 했다. 먹다 보니 내 입맛에는 완전히 닭곰탕 맛이었다. 아마도 전 세계적으로 치킨수프 레시피는 비슷하기 때문일 것이다. 닭을 넣고, 부수적인 거 한두 개 넣고, 뚜껑 닫고 푹 끓인다. 끝. 한국은 거기 파와 마늘을 넣고, 삼탈리아에선 고양이풀과 비밀의 재료를 넣는 것만 좀 다른 것 같았다.

"상냥한 맛이다."

"우리 가문에서 3대째 내려오는 비법을 썼거든."

"궁금한데 나한테만 알려주면 안 돼?"

나는 닭곰탕을 아주 좋아해서 집중력 있는 호기심을 느꼈다. 에밀리는 남들이 못 듣게 내 귀에만 그 고귀한 레시피를 속삭여줬다.

"좋은 닭을 쓰는 거야."

나는 조금 허망해져서 수프나 마구 핥으려 했다.

"식사 예절도 지키기 힘든 상태구나, 자깅!"

"왜 갑자기 콧소리를 내니?"

"받아먹는 입술이 섹시하잖니."

"그게 왜 섹시해? 난 모성애 자극하는 스타일 아니잖아."

"여자의 감정은 학계에 보고된 것만 2만 3천 가지 정도 돼. 모성애 따위? 훗, 가만 보면 원시크 상상력이 귀여워."

"내가 귀엽다고?"

"오빠가 삼탈리아어 공부를 더 하거나 내가 한국어를 배워야겠다. 장편소설 막판까지 소통 안 되면 짜증 나."

그 말을 하며 에밀리는 치킨수프 그릇을 홱 치우려고 했다.

나는 억지로 그릇을 더 핥으려다 실수로 에밀리의 가슴을 핥고 말았다.

"왜 이래, 진짜? 자꾸 모성애에 집착할래?"

"미안. 자기가 이렇게 가슴이 많이 파인 옷을 입고 있는 줄 몰랐어."

"그게 더 싫어, 미친놈아."

나는 애인에게 욕을 들으면 뇌가 살아나기 때문에 그때부터 완전히 정신을 차렸다.

벌떡 일어난 나는 우선 조반니 2세가 빈티지 화덕을 통해 시공간의 다양한 차원이 연결되는 현상을 설명하던 장면으로 돌아갈 수 있었다. 조반니 2세는 마스킹 테이프로 칭칭 감겨 있었다.

"설마 영감님도 얻어맞았나요?"

나는 조반니 2세부터 풀어주었다. 풀면서 생각해보니 암만 노인이라도 끙, 하고 힘주면 떨어질 테이프였는데 뭔가 싶었다.

"고맙네, 젊은이. 난 늙어서 안 맞았네. 이제 카푸치노를 마저 마실 수 있겠어."

알프레도와 조반니 3세도 정신을 차리고 상체를 일으켰다. 알프레도는 깨어나자마자 탄성을 내질렀다. UFO를 목격한 것 같은 말투와 표정이었다.

"살다 살다 이렇게 빠르고 정확한 펀치 처음 맞아봤잖아. 형도 글치?"

"그니깐. 저 숙녀분이 가게에 들어온 것만 기억나. 가드를 올릴 틈도 없었지 뭐야. 부럽다. 저분 남편은 어디서 맞고 다니진 않겠네."

셰르비엥은 자신을 부러워하는 남자들에게 턱을 끄덕여 일일이 화답한 뒤 콧날을 만지며 근엄하게 말했다.

"근데, 당신들 말이오, 내 친구한테 왜 이런 짓을 한 거요?"

카발리니가 싸늘한 분위기를 감지하고 즉시 무릎을 꿇었다.

"제 잘못입니다. 전 신영배 시인님 팬카페 삼탈리아 지부 운영자인데요, 식사에 집중하는 동안 이분들 가방에서 신영배님 시집이 툭 떨어져서 눈이 돌아갔습죠. 『물안경 달밤』은 제게 없는 신작 시집이었거든요. 그것은 마치 내게 주는 운명적 선물처럼 다가왔어요. 때마침 가게엔 아바의 음악이 흐르고 있었고, '오늘을 살고 걱정은 버려요'라는 가사가 들려오는데, 어우, 그 즉시 저는 그만 탐욕의 쇼바를 올리고 말았습니다. 모두 저 혼자만의 잘못이에요. 동료들은 이분들을 진짜 극진히 모셨습니다요."

"그럼 창고에 갇힌 숭고한 시심들은 다 뭐요?"

"그건 제가 설명해도 될까요?"

현직 주방장 펠리치아노 3세가 나섰다. 소설에 등장한 후로 대사가 한마디도 없었던 인물이므로 한 맺힌 듯 길게 말했다.

"아시다시피 여긴 제 부친 조반니 펠리치아노가 말년을 보낸 곳입니다. 바로 이 집 뒤뜰에서 줄넘기를 하다 왕거미줄에 사타구니가 걸려 뽕알이 뜯어지는 바람에 돌아가셨죠. 저는 부친의 유품들을 모아 창고에 보관해뒀는데 나중에 보니 반

지나 엽서, 드라이플라워, 닌텐도 게임기 같은 물건에서 시심들이 피어오르는 게 아니겠습니까. 다 아버지 여자 친구들이 선물한 것들이었어요. 엽색 행각도 모자라 말년엔 흑마법에 심취하셨던 아버지는 자신에게 관심을 보이는 이들에게 악성코드를 심고 아름다운 마음들을 무작위로 해킹한 것 같아요. 그걸 훔치는 건 정말 나쁜 짓이라고 생각해요. 그럼요. 하지만 저는 그 마음들을 소중히 여겨 저 창고에 아스라이 잘 보관한 겁니다. 더 이상 상처받지 않길 기도하면서요. 보세요, 저중에는 시심 말고, 조바심과 측은지심도 섞여 있잖아요."

"내가 조반니 이 새끼 탐미주의가 지나치다고 했죠? 역시 시를 보면 사람을 알아!"

로라가 고함을 지르며 890헥토파스칼 저기압으로 팍 인상을 찌푸렸다. 폭풍이 불 것 같았는데 이어서 에밀리가 공중화장실에서 똥 누고 화장지가 없다는 걸 알게 된 것 같은 얼굴로 말했다.

"그럼 사랑하는 우리 엄마 빠심도 저 속에 있겠군요. 말년에 통 시집을 읽으려 하지 않으셔서 누군가에게 마음을 빼앗겼다는 걸 눈치챘어요. 엄마가 말년에 만난 사람은 조반니뿐이었으니까, 범인은 안 봐도 비디오네요. 난 엄마가 상사병으로 돌아가신 뒤 물려준 가게 이름을 펠리치아노로 바꿨어요. 아시겠어요? 내가 왜 그랬겠어요? 그의 흔적을 찾아오는 사람들에게 정보를 구하려고요! 엄마의 복수를 하려고요!"

나는 격한 감정에 휩싸인 에밀리의 어깨를 감싸 안고 화장지와 위로의 마음을 전달했다. '안 봐도 비디오' 같은 낡아빠진 어휘를 구사하는 걸 보니 많이 힘들어 보였기 때문이었다. 고리오 영감은 가만히 듣다 자기 턴이 되자 의고체로 에밀리에게 물었다.

"처자가 소문만 무성하던 내 의부의 딸이겠구려……."

그러자 에밀리는 내 어깨에 파묻었던 얼굴을 화들짝 치켜올리며 손사래를 쳤다. 나는 에밀리 머리에 턱을 맞았다.

"아뇨? 우리 술집에선 마담 언닐 모두 엄마라고 불렀어요! 전 꾸어이띠어우느어센렉 시궁창에 버려진 고아였다고요!"

아무튼 뭔가 복잡하고 가엾고 불쌍하고 그래서 나는 듣다만 펠리치아노의 파스타 레시피에 대해 마무리를 짓고 싶어졌다. 그가 괴이하고 엉망인 사람인 건 알았지만 파스타 하나로 궁극에 달한 건 분명했다. 그 경지를 끝까지 알고 싶었다. 살면서 무슨 부귀영화를 원한 적도 없고, 그저 어릴 때부터 궁금했던 레시피의 비밀을 향한 탐구 정신을 이런 상황에서 부려봐도 나쁠 건 없다고 생각했다. 인생 따위 어디로 와서 어디로 가는지 모르겠고, 정신 차려보면, 혹은 정신 차리기도 전에 끝나 있는 것 아닌가. 그 허무에 대한 막연한 답을 조반니는 알고 있다고 믿었다. 그는 요리를 탐미하다 궁극에 도달한 사람으로 보였으니까. 궁극이란, 결국 인생에 대한 완전한 이해 혹은 초월 방법을 가리키는 게 아닐까. 인간이란 태생부터 불완전하니까 궁극에 달해 어떻게든 빈 부분을 메우고 싶잖아. 그중에서 드물게 결론에 도달한 사람일지도 모르는 것이다. 그의 파스타 맛이 내겐 그 증거였다.

"조반니 1세는 삼탈리아에 찾아오면 자신의 비밀을 나누겠다고 책에 썼어요. 여기 그걸 아시는 분이 있나요?"

펠리치아노 2세 노인이 저요, 저요 하면서 손을 번쩍 들었다. 나는 잽싸게 발언권을 드렸다.

"그놈의 빌어먹을 책 구절 때문에 찾아오는 인간이 많아서 이 마을에 숨었다는 얘길 했던가? 동양인이 찾아온 건 자네가 처음이네만, 의부는 그 누구에게도 죽을 때까지 비밀을 알려주지 않았지. 사실 비밀이 없어서 그랬다고 난 추측하네. 인생이란 그딴 식으로 아무도 모르는 것이야. 아무튼 우린 펠리치아노 파스타 소스를 어깨 너머로 전수받은 것만으로도 괜찮았고, 그걸 삼탈리아 사람들에게 팔고 이탈리아에도 수출해 생계를 유지할 수 있어서 좋았다네. 우리에겐 가장이었던 의부가 뿔알이 잘려 죽으면서 말해준 문어발 타조알 크로스 레시피 일부만으로도 먹고사는 덴 지장이 없었지. 저 빈티지 화덕이 가진 시공간의 재현 통로까지 의부는 얘기하고 돌아가셨다네. 한데 그것 말고 또 남은 비밀이 있다면 아마도 의부의 묘지에 있을 거야. 생전에 자기 묘비를 스스로 만들어놓았거든. 우린 묘비에 적힌 말이 무슨 뜻인지 알 수 없었지. 가족들도 필기체를 알아보기 힘든 분이었으니 말일세. 우린 그걸 그대로 무덤에 세워놓았다네."

그러면서 조반니 2세 영감은 갑자기 벌떡 일어나 우리를 후원 쪽으로 안내했다. 깜짝 놀래키기 개그 같았다. 무릎 안 좋은 영감님이 하기에 그만큼 효과 좋은 개그는 없을 것 같았다.

"저기 마린짜니아 균사체들 보이시오? 그걸 쭉 따라가면 까리야스 숲이 나오지. 숲속 그리 깊지 않은 곳에 의부의 무덤이 있다네. 하지만 그의 흑마법 부작용으로 무서운 곤충들과 이상한 생명체들이 나타나 무덤을 지키고 있어. 장례식 이후론 그놈의 혐오스런 것들이 지긋지긋해서 가볼 엄두도 못 낸다네. 비밀을 찾으러 왔으니 자네들은 가보고 싶겠지만 가능하다면 돌아가라고 말하고 싶네. 저기로 간 추종자들은 아무도 돌아오지 않았어."

나는 왜 갑자기 문맥이 중세 소설처럼 되나, 이래도 되나 궁금해하고 있는데 셰르비엥이 말했다.

"이야, 나 이런 스릴 열라 좋아하오. 어서 쳐들어가세."

그는 이미 어디서 쇠파이프 같은 걸 하나 주워 들고 와 숲속을 가리켰다. 로라는 근육들을 스트레칭하며 고개를 끄덕였다. 벌레를 극혐하는 에밀리는 주방에서 양파망을 찾아 와 몸에 뒤집어썼다. 나도 쓰고 싶었지만 하나밖에 없어서 시집을 양손에 들었다.

우리는 그렇게 조반니의 무덤을 향해 발걸음을 옮겨갔다. 까리야스 숲에 다다르자마자 공포 영화 OST마냥 음산한 소리가 들려왔다. 그 숲에 걸려 있다는 흑마법의 부작용은 어지

간한 중세 고딕 소설 관광 보내는 수준이었다. 우선 흡혈 나방이 달려들었고, 미성년 성 착취 포르노와 변종 코로나 바이러스가 그 뒤를 이었다. 나로선 세상 처음 보는 끔찍한 것들이었다. 바이러스들에게 쇠파이프를 붕붕 휘두르던 셰르비엥이 상황이 열세임을 감지하고 얼마 남지 않은 옆머리를 뽑아 던졌다.

"하핫! 내 옆머리에 돌로레스 박사의 만능 백신 나노 밤을 심었거든! 이럴 때 써먹는구만!"

아아. 그것은 숭고하고, 장엄한 장면이었다. 인간들이 끝도 없이 자연을 파괴하는데 왜 자연이 아직 인간을 봐주는지 조금은 알 것 같았다. 인간 중엔 이타적으로 희생하는 존재도 있기 때문이다. 이기적이고 무식한 인간들에게 몹시 화가 난 바이러스들도, 몇 가닥 안 남았고, 뽑을 때 더럽게 아픈 옆머리마저 희생하는 셰르비엥의 기개에 감명받지 않을 재간이 없어 보였다. 이타심이 있는 한 지구에서 인간은 좀 더 살아갈 수 있을 것이다.

셰르비엥이 그렇게 바이러스를 퇴치하는 사이 부인 로라는 스텝을 밟으며 대학원 때 전공을 유감없이 발휘하고 있었다.

몸통만 6인치 스마트폰 크기인 데다 주둥이에 주삿바늘 같은 빨대까지 달린 흡혈 나방들을 무회전 프리 펀치, 떨어지는 너클 커브킥, 때린 데 또 때리기 등등 나 같은 저학력자는 봐도 모르겠는 고급 기술들로 조져나갔다. 그리고 어찌나 시를 많이 읽었는지 그녀의 모든 근육과 관절의 동작에 시심이 에너지를 가득 보태주었다. 엿 같은 흡혈 나방들 중엔 상판대기를 처맞기도 전에 시심의 탄력으로 10미터 이상 튕겨 나가 뻗어버리는 놈도 있었다. 가장 압권은 에밀리가 성 착취 포르노들에게 "그런 거 찍을 시간에 제발 시 좀 읽어라, 이 좆같은 새끼들아!" 하고 에밀레종 소리 같은 사자후를 토하는 장면이었다. 반경 2킬로 이내 고환 달린 모든 생물이 사타구니를 오므려야 할 만큼 강력한 파동의 주파수가 뻗어나가자 포르노 데이터들은 복구할 수 없는 베드섹터가 되어 후두둑 땅에 떨어졌다. 에밀리에게 그런 본신 무공이 있는 줄 몰랐지만 어릴 때 시궁창에 버려진 고아라면 그런 사자후를 내뱉을 수 있을 만큼 엄청난 한이 쌓여 있을 것 같았다. 사랑하는 연인과 삼탈리아 친구들의 도움으로 까리야스 숲의 흑마법 방어진을 헤쳐나가는 동안 나는 우연성과 과장법을 너무 남발하는 것 아닌가, 잠시 생각했지만 요즘 현대사에서 개연성 없는 소설 같은 일을 너무 많이 봐서, 의외로 담담하게 그 모든 장면들을 감상할 수 있었다.

달리 할 역할이 없었던 나는 나무뿌리에 걸려 자빠지는 몸 개그라도 하며 동료들의 사기를 북돋아주고자 했다. 멀쩡하게 생겨갖고 자꾸 그러면 웃길 것 같았는데 무릎만 까지고 아무도 안 쳐다봤다.

10.

삼탈리아로 오라

　요리사 오디션이라니 방송국에 도착해서도 과연 이게 재미있을까 갈등하긴 했지만, 그동안 닦아온 내 요리 실력이 우물 안 개구리 수준인지 아닌지 체크해볼 기회이기도 했다. 우승하면 레스토랑을 오픈할 상금도 받을 것이고, 사부에게서 배운 빈티지의 아름다움을 세상에 알릴 수도 있을 것 같았다. 한순간 빛나다, 시간 속에 묻혔으나 먼지를 털어내면 여전히 빛나고 있는 레시피들의 꾸준한 아름다움. 그게 내겐 참 매혹적이었다.

　요리사 오디션에선 실력은 기본이고, 저마다 스토리가 있는 사람들이 주로 예선을 통과했다. 어릴 때 심하게 장난치다 고환을 다쳐 완자와 미트볼을 만드는 요리사가 되었다는 기막힌 사연도 있었고, 폐지나 빈병을 주워 팔며 요리를 배웠다는 분도 있었다. 아니, 주방에서 일하면 될 텐데 왜 굳이? 억지로 만든 각본 같았지만 그분에겐 사연이 더 있었다. 어린 시절 알코올중독자였던 아버지의 구타로 인해 대인기피증과 공황장애를 심하게 앓느라 사람 상대하는 아르바이트를 못 했다는 것이었다. 그 출연자는 첫 회부터 아무와도 눈을 마주치지 못하며 주목받았고, 피디와 작가들은 그 외의 자잘한 사연들도 적당히 양념을 해서 내보냈다.

내가 좋아하는 출연자는 세쌍둥이를 키우고 요리사의 꿈까지 키우다가 불행하게도 암 판정을 받았는데, 철저한 식이요법으로 극복한 뒤 건강식 요리사로 커리어를 쌓은 인간승리 원더우먼이었다. 어찌나 긍정 에너지가 넘쳐흐르던지 옆에 있으면 내 발바닥의 티눈도 없어질 정도였다. 그리고 또 한 명, 어마어마한 부잣집에서 태어나 전속 요리사들에게 취미로 음식 만드는 법을 배우다, 재능이 있다는 걸 발견하고 실력을 체크하러 나온 재벌 3세 남자도 있었다. 항상 알마니 슈트 위에

앞치마를 둘렀고, 깔끔한 외모와 허당 캐릭터까지 갖고 있어 그는 1회부터 시청자들의 인기를 한몸에 받았다.

그러나 내겐 스토리가 없었다. 대기실에서 성동혁 시인의 시집을 꺼내 읽고 있는데, 요리하는 시인 어쩌고로 제작진이 만들어준 것이 전부였다. 아니 지금은 안 쓴다고요, 못 쓴다고요, 했는데 '그래서 예선 탈락하실 거예요? 성동혁 시집 아무나 읽어요?'라는 피디의 핀잔만 돌아왔다. 그래서 정해진 내 타이틀은 '요리하는 서정 시인' '감성 요리꾼' 등등 갈비뼈가 오그라드는 낱말들이었다. 게다가 내가 추구하는 '빈티지 요리'는 다 '레트로'로 번안했고, 고정 패널들이 툭하면 내게 삼행시를 시켰다. 삼행시도 언어를 다루는 유희로서 시의 한 갈래일 수 있겠지만 내겐 흥미 없는 유행이었다.

뭐가 됐든 경연 대회니까 요리 실력만 잘 발휘하면 부끄럽진 않겠지 생각했다. 그러나 제작진은 요리사들의 예능감이나 캐릭터 변별성을 뽑아내려고 무던히도 애를 썼고, 따라서 나는 감상적이면서도 감정이 풍부한, 복고풍 캐릭터를 연기해야 했다.

대신 요리하는 장면에서는 내게 자비란 없었다. 예선에서는 리처드 브라우티건식 송어고기 파스타를 만들어 토너먼트 상대를 가볍게 제압했고, 시청자들의 문자 투표가 반영되기 시작한 16강에서는 추억의 짜장면을 만들어 심사위원 다섯 중 넷을 어린 시절로 관광 보냈다. 8강전에선 시심이 충만한 돈코츠 라멘을 끓여 냄새만으로 방청객들의 10년 전 숙취까지 해장시켜 버렸다. 스튜디오의 주방은 동선이 익숙지 않았고, 제작진이 자꾸만 예능 요소를 가미하려 해 요리에 집중하기 힘들었지만 조리 과정이 몸에 배어 있어서 다른 참가자들보다 리스크를 크게 받지 않은 건 정말 다행이었다. 하드 트레이닝 쇼를 단단히 시켜준 사부가 새삼 고마웠다.

그렇지만 회를 거듭할수록 나는 방송국 경연 대회에 들이댄 걸 후회했다. 음식을 만드는 깊이는 TV 쇼로는 결코 보여줄 수 없는 것이었다. 보이지 않는 곳에서 갈고닦은 실력은 무대 위가 아니라 주방 한구석에서 묵묵히 발휘되는 게 옳았다. 게다가 내가 요리에 집중하는 장면들은 정지 화면 같아서 그림이 안 채워진다며 거의 편집되었다. 피디는 칼질을 하더라도 동작을 크게, 소리가 나게 해달라고 자꾸 요구했는데 그건 내가 배운 요리 철학과는 너무 반대되는 것이라 받아줄 수가 없었다.

그러나 제작진은 그런 갈등으로 삐딱해진 나를 창작의 고뇌에 빠진 예술가 캐릭터로 진화시켰다. 본방송이 나갈 때 제작진이 삽입한 자막을 보니 안 웃겨서 한숨이 나왔다. '예술이 거기서 왜 나와?' '이원식 참가자, 지금 뭐 하세요. 또 혼자 예술 하나요?' '이원식 필살기. 무소음 웍 돌리기!' 같은 작위적인 자막들을 보면서 시청자들이 과연 재미를 느낄까 생각하면 머리가 지끈거렸다.

신기한 건 그 자막이 만들어낸 캐릭터가 시청자들에게 어필되었다는 거다. '까칠한 성격, 냉철한 불만투성이, 방송 부적응자로 보이지만 그의 요리는 따듯했네' 뭐 그런 식이었다. 지겨운 츤데레 공식이었는데 그게 또 먹히는 게 놀라웠다. 내가 냉모밀을 만들어도 따듯하다고 할까 궁금하기도 했다.

팀을 이뤄 요리하는 2라운드 경쟁에서는 동료 요리사들이 프로답지 못한 모습을 보일 때마다 잔소리쟁이가 되었다. 양파를 왜 먼저 볶으시죠? 팬이 아직 덜 달궈진 것 같은데요. 생선 타는 냄새 나잖아요! 타이머는 정확하게 맞추려고 켠 것 아니세요? 하며 구시렁거렸지만 뒤에서는 손을 써 경쟁자들이 타이밍을 놓치지 않도록 도왔다. 몸이 자동으로 주방 일에 반응해 어쩔 수 없었는데, 선수로 성장해가면서 몸이 기억하는 것만큼 도움 되는 건 없다는 생각을 했다. 그렇게 나는 따듯한 마음을 가진 츤데레 요리사 이미지로 동료들과 시청자들에게 호평을 받으며 4강까지 올라갔다. 그런데 내가 만든 요리의 맛이 살짝 수상하게 느껴졌다. 0.2% 정도 뭔가 부족한 느낌. 나는 그제야 토너먼트와 협업 과정에서 스승의 말을 깜빡 잊고 있었다는 걸 기억해냈다. 나도 스승님처럼 카메라 앞에선 못 웃기는 존재였던 것이다. 즐겁게 만들지 않는 요리란 재미있는 맛을 내기 힘들었다.

4강에서는 폐지 줍던 요리사와 세쌍둥이 원더우먼, 그리고 재벌 3세와 요리하는 예술가인 내가 남았다. 나는 그때부터 적극적으로 웃기겠다고 결심했다. 즐겁게 요리해도 이길 수 있을까 말까 한 쟁쟁한 경쟁자들이었으니까. 특히 재벌 3세 참가자의 실력은 훌쩍 키가 컸다. 일타 요리사들에게 족집게 고액 과외를 받는다는 그는 적어도 요리와 양자역학의 관계를 알고 만드는 수준이었다. 배워도 못 따라가는 사람이 많을 텐데 기본적으로 타고난 재능은 인정할 수밖에 없었다. 게다가 그때그때 행운도 따르는 편이었고 4강 경쟁자 중에서도 인기 가 제일 많았다. 서글서글한 인상의 그가 미소를 지을 때면 절로 호감이 생겼고, 말과 행동 하나하나에 겸손한 성품이 배어 있었다. 특히 요리에선 유복한 인생만이 녹여낼 수 있는 여유와 쾌락이 넘쳤다. 솔직히 부러운 존재였다. 이 남자에게 단점이 있을까. 존슨이 작을까. 그렇다고 해도 신은 공평한 걸까. 그런 걸 생각하니 우울해지려고 했다.

그래서 최선의 실력과 유머 감각을 발휘한 '탐미주의자의 씨사이드 바캉스'라는 해산물 파스타를 만들어 재벌 3세를 이겨버렸다. 나는 내가 가진 콤플렉스와 그의 요리 실력을 동시에 이기기 위해서 아는 유머를 총동원했다. 바쁘게 지지고 삶으며 말할 틈도 별로 없는 와중에 주로 몸 개그를 썼는데, 파스타 면을 저을 땐 브루스 리가 필살기를 쓸 때 짓는 표정을 지으며 오버액션 개그를 노렸고, 바나나 껍질을 까다 미끄러져 자빠지는 슬랩스틱과, 조리모가 자꾸 눈을 가려 3초에 한 번씩 올리면서 요리하는 채플린식 반복루틴 개그를 하기도 했다. 그런 복고풍 액션을 통해 내 시그니처 메뉴가 된 파스타가 탄생했고, 심사위원들은 내 파스타를 다 먹고 나자 선탠이 되고 비타민 D가 풍부해졌다. 그런데 그 파스타는 사실 조반니의 시집에 있는 빈티지 레시피를 응용한 것이었다. 승리 소감을 녹화할 때 나는 그 점을 밝히려고 했는데 피디가 따로 나를 불렀다.

"결승행 축하드리는데, 이건 있는 레시피면 안 돼요. 조반니 아는 사람 우리나라에 누가 있나. 순수한 창작 요리로 가야 돼. MC가 물어보면 그냥 그렇다고만 대답하시죠."

피디가 그러는 이유는 인기 많은 재벌 3세의 탈락으로 화를 낼 시청자들이 납득할 개연성을 만들어야 하기 때문이라고 했다. 재벌 3세는 4강전에서 영국 요리사 릭 스타인에게 직접 배웠다는 '콘월식 농어 앤 칩스'를 완벽하게 재현해냈다. 그걸 든 보잡 요리사 조반니가 알쏭달쏭한 시로 쓴 레시피를 응용한 게 이기면 심사의 공정성에 오해를 산다고 했다. 나는 인생 뭐 있나, 개겨봤자 웃기겠나 싶어 순순히 피디의 말을 따랐지만 결과적으로는 웃기려다 개연성을 놓친 경우가 되고 말았다.

"이런 파스타는 난생처음 맛보는 유형인데 이원식 씨의 창작 요리겠죠?"

"예. 뭐 그렇죠."

나는 진행자의 질문에 그렇게 답했다. 그리고 결승전에선 폐지를 줍던 분과 대결하게 되었다. 그는 실제로 생활고를 겪었고 극심한 대인기피증으로 요리를 배우는 과정조차 순탄치 않았던 게 사실이었다. 카메라 앞에 서는 게 신기할 정도였지만, 아무와도 맞추지 못하는 진득한 눈으로 처절하고 독하게 요리를 해냈다. 흡사 폐지로 음식을 만들 수도 있을 것 같은 경지였다.

생방송으로 진행된 결승전은 특별 심사위원이 상자에서 무작위로 뽑은 메뉴를 독창적으로 만드는 것이었다. 그런데 나는 두 번 놀라고 말았다. 특별 심사위원이 바로 내게 짜장면을 가르쳐준 중국집 조리장이었기 때문이다. 사실 그분의 실력이라면 유명 셰프의 반열에 오르는 데 아무 저항조차 없었을 것이다. 문제는 그가 나를 개쓰레기로 기억할 거라는 점이었다. 짜장면의 비법을 깨닫자마자 내가 가게를 안 나와버렸으니까. 그건 여자 친구와 헤어진 충격 때문이었지만, 그에겐 원하는 알맹이만 빼먹고 튄 얍삽한 산업 스파이처럼 보였을 것이다. 두 번째 놀란 건 무작위 상자에서 나온 메뉴 이름 때문이었다. 나는 다리에 힘이 풀려 개다리 춤을 출 뻔했다.

사람들은 내가 또 웃기려고 그러는 줄 알았겠지만, 아니었다. 김밥이기 때문이었다.

"여러분, 이원식 참가자에게 절대 유리하군요, 이분 김밥집 아드님이잖아요!"

내게 어드밴티지가 생긴 듯 MC가 분위기를 몰고 갔다. 상대는 한숨을 쉬며 억울한 표정으로 무대 바닥을 더 깊이 응시하고 있었다. 고백하자면 거기까지도 대본이었는데 제작진들의 그림 만들 줄 아는 능력이 놀라울 따름이었다. 그게 직업이고, 프로끼리의 경쟁에서 유의미한 성과를 거두는 사람들이니까 당연한 말이겠지만 내겐 그런 당연함이 없었다. 김밥이 결승 메뉴가 될 거라는 걸 온에어가 되기 직전에 알았던 나는 머릿속이 너무 하얬다. 나는 김밥을 만들 줄 모른다. 아무 데서나 볼 수 있는 시판 김밥들 정도는 다 만들 수 있겠지만 '창의적으로' 만들 줄은 모른다. 김밥집 아들이기 때문에 김밥의 타성에 젖었고, 내게 김밥처럼 지겨운 음식도 없다. 요리사는 자신이 먹고 싶지 않은 것을 맛있게 만들 수가 없다. 마치 시심과도 같은 미심이 생기지 않는 것이다. 게다가 치트키와도 같은 엄마의 유부 볶는 법도 나는 아직 모른다. 베르틀만의 짝짝이 양말처럼 엄마가 설명하는 법을 알면 나는 반드시 모르는 상태가 되어버리는데 어쩔 거야.

그런 난감한 상태로 결승전이 시작되었다. 아무 아이디어가 떠오르지 않아 마빡을 손가락으로 꾹꾹 누르고 있는데 문득 지난번에 엄마가 해준 우엉김밥이 떠올랐다. 그것만은 아직도 맛있을 것 같았기 때문이었다. 그러나 우엉 볶는 법도 모르는 나는 내 기억 속 어디엔가 있을지도 모를 엄마의 말을 기억해 내려 애썼다.

'양념은 유부랑 똑같아. 다만 우엉은 보기보다 섬세하니까 약한 불에 좀 진득하니 달래줘야 해.' 그게 단지 내 생각인지 엄마 말인지조차 분간되지 않았다. 게다가 상대는 이미 '새우 튀김 전주비빔 명란마요 트러플 김밥'이라는 걸 만들고 있었다. 혼신의 힘으로 만드는 모습만 봐도 맛이 없을 가능성은 제로에 가까웠다. 그분이 김밥집 아들을 꺾고 김밥으로 우승했다는 반전 스토리를 안겨 시청자들에게 희망을 주면 좋겠다고 생각했다. 심지어는 내가 어떤 김밥을 만들건 그 사람이 만드는 김밥을 이길 수도 없을 것 같았다. 나는 마음속으로 미리 포기하고 그냥 김밥과 파스타를 결합하는 실험 정신이나 부려보기로 했다. 그러나 김밥을 몰라도 너무 몰라서, 내가 배운 갖은 방법과 열정을 쏟아부어 보아도 맛있는 냄새가 나지 않았다. 시간이 1분 남았을 때 나는 혹시나 하는 마음에

'맛있어져라!' 하고 눈썹을 과장되게 치켜올리며 외쳐보았다. 엄마가 말한 '음, 맛있겠네'라는 주문까지 잘못 기억했던 것이다. 문제는 속으로 외친 줄 알았는데 진짜 발성해버렸다는 거였다.

방송이 끝난 뒤 내가 한 외침은 인터넷 밈이 되어 돌아다녔다. 자격도 실력도 없으면서 요행이나 바라는 사람을 조롱하고 싶을 때 활용되었다. 2등에게는 아무 영예도 없었고 쪽팔림만 남았다. 특별 심사위원인 셰프의 심사평은 이랬다.

"이런 분이 어떻게 결승까지 왔죠? 개인적으로 같이 일한 적 있는 이원식 씨의 기회주의적 인성이라면 이처럼 영혼 없는 김밥에 지가 좀 할 줄 아는 파스타를 얍삽하게 결합해 맛을 속이고 얼버무릴 줄 알았어요. 전 높은 점수를 드리기 힘들겠어요. 그리고 맛있어져라, 라니요. 식재료들도 소중한 생명체예요. 인간에게 먹히는 것도 기분 나쁜데 왜 그 반말지거리 명령까지 들어줘야 하죠? 전 그런 인간 중심적 사고방식을 지양하고 자연과 상생하며 조화를 이루려는 노력이 좋은 요리를 만든다고 생각합니다."

셰프는 듣도 보도 못한 사이비 요리를 추구하며 요행을 바라기보다는 세상에 정직한 스텝을 밟는 고수가 얼마나 많은지 깨달았으면 좋겠다는 당부도 잊지 않았다. 나는 심사평이 끝나자마자 그 조리장을 향해 허리가 시옷 자가 되도록 크게 두 번 접었다. 지난날 생까고 출근 안 한 잘못을 사과드린 것이었고, 그럼에도 또 한 가지 가르침을 주셔서 정말 고마웠기 때문이었다. 하지만 이미 늦었다. 나는 준우승 감회를 묻는 마이크에 대고 말했다.

"어머니에게 죄송합니다....... 김밥집 아들이 김밥을 부끄러워한 게 부끄럽습니다."

피디는 그런 나를 보며 구석에서 흑마법사처럼 어둡게 쪼개고 있었다.

TV 오디션 프로그램에서 내가 준우승한 과정은 거기까지였다. 하지만 이야기는 계속 이어졌다. 그 프로그램은 시청률이 상당히 잘 나왔기 때문에 화제성도 컸다. 가장 인기 있었던 재벌 3세가 떨어진 순간 시청률은 최고치를 기록했고, 그를 꺾고 올라간 나는 결승에서 지자마자 화난 시청자들의 공적이 되어버렸다. 방송 후기 게시판은 내 인성을 물고 늘어지는 글로 도배되었고 개인 소셜 미디어도 종류대로 싹 털렸다.

세상에 그토록 간지러운 송곳니가 많은 줄 미처 몰랐던 나는 딱 이빨을 박아 넣기 좋은 개껌이 된 기분이었다. 대중의 타깃이 되어 받는 온갖 비난과 쌍욕은 처음 겪는 거라 좀 신선한 면도 없지 않았다. 그래서 조목조목 키보드 배틀을 뜨며 논쟁해나갔는데 대중의 인해전술을 감당하기엔 손가락이 너무 아파서 무리였다. 특히 아예 말도 안 되는 광기에 찬 비이성은 좀 섬뜩했다. 나와 관련된 모든 기사며 소셜 미디어에 '이원식 출연비리 승부조작 여친상납 학폭의혹 밝혀라!'라는 똑같은 댓글이 달리기도 했다. 억울했다. 가짜 화살을 반복해서 날려 결국 팩트를 희석하는 고급 전술 같았는데, 아니 뭐 밝히라니까 적극적으로 몇 번 입장 표명도 했지만 처음부터 답을 들을 생각조차 없는 것 같았다. 집단 광기로 재미를 보는 건가 싶었지만 참 대책 없었다. 일부는 조리 있게 문제를 지적하기도 했으나 소설 형편없기로 유명한 박상 작가도 울고 갈 만큼 저급한 픽션들이었다. 피디가 내 여친이랑 수상한 사이라 이원식을 출연시켜 결승까지 억지로 올린 거라고? 학창 시절 성적만 봐도 딱 생양아치라고? 게다가 나한테 맞았다고 제보한 애들까지 나왔다고? 그러나 여친은 피디에게 나를 안다는 얘기를 전혀 안 했고, 나도 한 적 없고, 내게 맞았다는 애들의 학급은 심지어 마주친 적조차 없는 이공계였다.

멘탈은 금속으로 만든 게 아니라서 결국 빗발치는 비난에 당황했지만, 사실이 아닌 걸로 다칠 만큼 맷집이 없진 않았다. 대신 반전 쇼를 기획했다. 이렇게 날이 선 채 살아갈 수밖에 없는 사람들이 오히려 가엾었던 것이다. 악플러들에게 세상 맛있는 요리를 먹여 비뚤어진 마음을 달래주고 아름다움에 대해 논하자는 취지로 무료 시식회를 열었을 땐 '농어 앤 칩스 사수단'이라는 피켓을 든 단체가 들이닥쳐 내 요리에 불닭볶음 소스를 뿌리고 달아나버렸다. 와, 젠장 돈도 없는데 재료비만 왕창 날렸다.

그게 끝이 아니었다. 이제는 대수학자가 되어 '양-밀스 이론과 질량 간극 가설'을 거의 다 풀어가는 유부녀 지원이에 대한 불륜설이 돌고, 엄마네 가게 유부김밥은 독신주의를 무시하냐며 불매운동이 벌어지고, 규리 이모 미용실 커트 요금이 18,000원이라 욕 같다며 인하를 요구하고, 앨리스의 4차원 댄스를 따라하다 티눈이 생겼다며 물어내라고 했다. 결국 나는 내가 사랑하는 사람들 모두에게 폐가 되었다.

그런 건 그냥 더럽게 안 웃긴 비운이라 생각했는데 결정타가 남아 있었다. 사람들이 내가 시를 좋아하는 것까지도 불쾌해했다는 점이었다. 내가 좋아하는 시들에 대해 난해성과 사유의 미시화, 산발적 다원성 문제 같은 말도 안 되는 혐의를 붙이며 싸잡아 비난했다. 한마디로 내가 방송에서 요리하며 추천한 시들이 무슨 소린지 한마디도 알 수 없더라는 것이다. 일부는 거기서 멈추지 않고, 유통기한 지난 아날로그 텍스트와 시의성 있는 주류 레트로의 차이도 구분 못 하냐며 나의 문화적 센스를 욕했다. 시를 멸종 직전인 구시대적 산물로 몰아붙이고, 그딴 걸 좋아하는 나의 복고풍 요리 또한 의미 없는 과거의 천착에 불과하다고 공격했다. 나는 결국 사랑하는 시와 시인들과 시심까지 욕 먹인 셈이 되고 말았다.

좋다, 거기까진 다 참았고, 내 잘못이라 치자. 그러나 그다음 공격에 난 버티지 못하고 와장창 깨져버렸다. 안 웃기다는 비난이 시작되었던 것이다. 에이, 그건 너무하잖아. 내가 웃기려고 얼마나 노력했는데.

하지만 레전드 파스타 장인 이지안 셰프에게 요리를 배운 사람이 저렇게 안 웃길 수는 없다고 사람들은 손가락질을 했다. 잘못 배웠거나, 하나도 전수받지 못했으며, 웃기기보단 차라리 우습다는 것이었다. 나는 사부의 가르침을, 그 문파의 명예를 더럽힌 배반자가 된 심정이었다. 뒤늦게 웃겨보려 했지만 웃길 개그력이 남아 있지 않았다. 남은 건 시적 상태를 잃은 시인이 된 기분, 자기 화덕을 빼앗긴 요리사가 된 기분뿐이었다.

시시한 얘기가 길어 대단히 죄송하지만 하나만 더 말하자면, 조반니의 레시피를 아는 사람이 나타났다. 헌책방 주인 아저씨가 '여보게, 표절은 곤란하오'라는 제목의 글을 청와대 청원 게시판에 올린 것이었다. 팩트가 뼈를 때리며 대미를 장식한 셈이었다. 출처도 안 밝힌 채 창작 요리라고 거짓말을 했다고 맹렬히 비난받기 시작하자 나는 깨진 상태 그대로 가루가 되었다. 피디가 시켜서 한 거였지만 그는 뻔뻔하게 발뺌했고, 나만 더러운 복사기 토너 가루처럼 된 것이다. 표절은 어떤 분야에서든 쓰레기 같은 부도덕이자 가당찮은 불법이므로 개쪽이 날개 돋친 듯 팔려나갔다. 그리고 그 일에 대해 세 번이나 진심어린 사과문을 올렸지만 공황장애와 과민대장증후군, 충치, 비염이 생겨버렸다.

신상이며 영혼이며 먼지 나게 다 털리고 덩달아 씹히던 여자 친구는, 4차원 다이어트 체조고 유튜브고 방송 일이고 나발이고 어차피 딱 지겨웠다며 싹 그만둔 다음에 말했다.

"이거 새로운 재미다, 오빵."

그리고 그녀는 무고성 악플에 대해 신나게 고소장을 써대는 신세계를 맛보았지만 내 레시피 표절 팩트가 드러난 날 전부 취하해버렸다. 그리고 다시 말했다.

"닥치고 째자."

그녀의 판단은 옳아 보였다. 안 되면 광속으로 째는 게 답인 것 같았다. 우주의 물질들도 빅뱅 이후 지금 현재에도 그러고 있지 않은가. 앨리스와 나는 아무 데로나 막 달아났고, 달아나다 지쳐서 멈춘 곳은 속초였다. 우리는 그리 멀리 달아날 수 없는 좁은 반도에 살고 있었다. 우리는 일단 종종 가던 대포항에 갔다.

"여기 많이 변했네."

여자 친구는 대포항에 걸린 말린 생선들에게 시선을 던지며 말을 이었다.

"다들 우릴 매달아 말려 죽이고 싶나 봐. 우리가 눈꼴신가 봐, 우리가 불행해져야 비로소 행복할 건가 봐. 그러기로 딱 정했나 봐."

나는 그 불안정한 토로를 듣다가, 급격히 서러워서 앨리스를 껴안고 한참을 울었다. 그녀에게 늘 모자란 남자 친구인 게 미안해서 펑펑 울었다.

물론 그다음엔 회 먹으러 갔다. 역시 울고불고하다가 먹는 회는 맛있었다. 촉촉한 가리비도 사 먹고 오징어순대도 먹었다. 소맥까지 흡입하며 기분이 촉촉해진 우리는 와인을 먹다가 수제 맥주를 먹다가 다시 입가심으로 막걸리를 먹었다. 그렇게 미친 듯이 술을 짬뽕한 뒤 완전히 맛이 간 채 숙소로 향했다. 우리가 엉망으로 취한 걸 본 우리의 시공간은 어휴, 얘네 뭐야 하며 잠시 거꾸로 흘렀다.

나는 떡이 된 술기운 속에서도 이상함을 느껴 달링을 감싸며 주위를 살폈다. 곧 대포항의 옛 모습 그대로인 빈티지한 뒷골목으로 장면이 바뀌었다. 달링과 처음 여행한 곳이었다. 나는 추억의 강한 타격기에 무릎을 꿇고, 그 골목에 퍼질러 앉아 처연하게 울었다. 앨리스도 내 가슴에 이마를 대고 내 셔츠가 다 젖을 때까지 눈물 콧물을 흘렸다. 팬티까지 젖기 시작했을 때 나는 조금 정신을 차렸다. 역행하던 시공간의 흐름이 아예 멈추어 있었다. 갑자기 고개를 든 앨리스가 소리쳤다.

"나 임앨리스 같은 특이한 이름으로 살아온 거 지겨워 죽겠어. 개명할 거야."

"오오, 평범하게 바꿀 거니? 임미영이나 신정아 어때?"

"아니, 에밀리로 정했는데? 너무 평범한가?"

그리고 시공간이 다시 흘렀다. 흐르지 않는 것이지만 흐르는 것처럼 보이는 상태로 돌아간 것이었다. 앨리스가 자리를 털고 일어났다.

"이제 돌아갈래. 부모님 집에 틀어박혀 드라마를 쓰고 싶어졌어."

"재미있겠다. 구상은 했니?"

"시공간의 무한한 반복 때문에 자꾸만 만나게 되는 남녀가 4차원 속 서로를 인식하는 매개체가 되는 빈티지한 요리의 의미를 깨닫는 이야기 어때? 너무 서정적이고 로맨틱할까?"

"아니."

그다음엔 나랑 헤어지자고 했다. 앨리스는 이제 세상에 없으니, 각자 이 개 같은 소나기를 피해 다니다 에밀리로 다시 만나자는 것이었다. 나는 아무리 헤어져도 언제든 또 그녀와 만날 것을 알아서 그 말이 슬프지 않았다. 우리는 속초 시장 도루묵 가게 앞에서 서로를 다시 가만히 끌어안았다. 우리는 공공장소에서 너무 야하다며, TV에도 나온 사람들이 그러면 안 된다며 사람들이 경찰에 신고하고 SNS에 올릴 때까지 딥 키스를 한 뒤 숙소로 돌아갔고, 다음 날 체크아웃과 동시에 헤어졌다.

속초에서 달링과 헤어지고 돌아온 나는 사부 지안 이모에게 연락했지만 그녀는 영국 브라이튼의 예술가 레지던스 프로그램에 선정되어 출국하고 없었다. 답장으로 받은 인스타 디엠엔 이렇게 적혀 있었다.

'제자가 여론에 고통받는 걸 알면서 돕지도 않고 브라이튼의 브라이트한 햇살을 맞으며 피시 앤 칩스나 먹고 있는거, 웃기려고 한 건데 웃기지 않아요?'

그 메시지는 내게 큰 위안이 되었다. 지안 이모는 이제 더 가르칠 게 없다고 했지만 나는 그분에게 아직 배울 게 많은 것 같았다. 중년이 되어도 절대 '브라이튼의 브라이트', '웃기려고 했는데 웃기지' 같은 언어유희를 하지 않아야겠다는 것도 배웠다. 높은 레벨에서 만나는 단 한 번의 부조리에 멘탈이 무너지지 않도록 면역력을 두껍게 키우라 했던 사부의 말을 우습게 여기던 생각이 나서 부활의 〈생각이 나〉도 열 번이나 들었다.

엄마는 독신주의자들의 등쌀에 못 이겨 김밥 가게를 때려치웠다. 그리고 머리를 식히겠다며 규리 이모 커플과 남극으로 장기 여행을 떠났다. 그것 하나만 좀 잘된 일이었다. 사람들의 싸늘한 편견에 둘러싸여 사는 것보단 펭귄에게 둘러싸여 지내는 게 나을 것이다.

가장 안 괜찮은 일은 내가 요리를 할 수 없게 된 점이었다. 의욕을 잃어서 먹고 싶은 게 없자, 칼을 들 때 손에 힘이 하나도 없다는 걸 느꼈다. 남에게 뭘 먹이고 싶지도 않았고 먹일 사람도 없었다. 요리라는 발전기의 퓨즈가 나간 기분이었다. 하체는 훈련을 게을리하자 흔들리다 못해 낙지처럼 흐느적거렸다. 그동안 힘든 주방 일로 고통받던 온몸의 관절들도 한꺼번에 통증을 호소해왔다. 쳇, 기술도, 경험도, 노하우도, 멘탈이 무너지면 전원이 싹 나가는 것이었다. 뭐 잠깐 무너진 거겠지, 하고 되찾으려 해봤지만 그 멘탈은 어느 은하 깊숙이 꽁꽁 숨어 찾을 수 없는 것이 되어 있었다. 빌어먹을, 짜파게티를 조리법대로 끓여도 맛이 하나도 안 났다.

엄마 말 안 듣고 욕심 부린 게 깊이 후회되었다. 나는 잘나가다 자빠진 공간을 떠나 새로운 곳에서 시작하면 어떨까 아이디어를 냈다. 나는 악플의 폭력성에 갇혀버렸고, 지나간 유머에 갇혀버렸고, 매너리즘과 슬럼프에 갇혀버렸고, 우울증과 공황장애에 갇혀버렸고, 그 와중에 공중 화장실에 들어갔다가 걸쇠가 고장 나 갇히기도 했다. 그 모든 숨 막히는 답답함 속에서 빠져나가고 싶어졌다. 한숨을 푹푹 쉬며 조반니의 책을 다시 보니 저자 후기에 눈에 띄는 문장이 있었다.

행운을 빈다는 말에 질렸도다. 나는 직접 주겠으니
삼탈리아로 오라. 나를 발견하라. 내 비밀을 나눠주겠당.

끝까지 말투가 장난스러워 믿음이 가지 않았지만 그래, 삼탈리아에 간다면 어떨까? 조반니가 남겨놓은 비밀 파스타에 혹시 요리 인생에 대한 궁극의 답이 있지 않을까 기대하는 마음이 반짝 빛났다.

그래서 삼탈리아에 대해 알아보기 시작했다. 조반니가 책에 공개한 레시피들만으로도 나는 파스타의 깊은 세계를 맛볼 수 있었고, 그건 사부도 인정한 바 있었다. 이제는 궁극의 비밀 파스타 레시피를 찾아서 한 번만 먹어보고 싶었다. 파스타란, 가장 간단히 만들 수 있기도 하고, 가장 복합적인 레벨의 요리 철학과 실력을 담을 수 있는 음식이기도 하다. 궁극의 파스타를 먹는다면 꺼진' 스위치가 켜지고, 암흑기를 지나갈 색다른 가이드를 받을 수도 있을 것 같았다.

그러나 한국인이 삼탈리아에 갈 수 있는 방법이라곤 없었다. 항공편도 없고, 배편도 없고, 공유 킥보드도 없었다. 인터넷 서핑으로 알아보니 무시무시한 피해 사례와 관광객 테러에 대한 경고들뿐이었고 소셜 미디어를 파헤쳐도 삼탈리아 태그가 달린 피드나 삼탈리아 여행기, 삼탈리아 맛집, 그 흔한 현지 사진 한 장 드물었다. 삼탈리아는 마치 세상에 없는 나라 같았다. 한국과 수교도 안 되어 있으니 도와줄 대사관도 없고, 외교부는 삼탈리아를 빨간색으로 칠해놓고 여행 경보 3단계 '철수 권고국'으로 지정해놓고 있었다.

그러다 나는 한 사이트에서 의외로 삼탈리아에 대한 진짜 정보를 얻을 수 있었다. 삼탈리아 레몬 향초 구매대행 사이트였는데 한국에서도 흔히 살 수 있는 이케아 향초 몇 개를 올려놓았을 뿐이었지만, 그곳은 비밀리에 삼탈리아 여행 팁과 노하우를 공유하고 밀입국을 알선하는 포털 서비스였다. 나는 게시판에서 많은 사전 정보를 얻을 수 있었다. 그중에 '삼탈리아 담배 피워보신 분?'이라는 제목의 영상을 스트리밍 했더니 호랑이가 말보로 레드 피우는 영상과 함께 밀입국 가격 비교 사이트가 떴고, 밀입국 절차와 서비스 업체들 별점과 리뷰가 쭉 나열되어 있었다. 나는 한 업체를 골라 예약을 시도했고, 예약 신청란에는 밀입국 이유를 서술하는 주관식 문제가 있었고, 한국이 싫어서, 라고 썼는데 장강명 씨 소설 제목 표절이냐며 퇴짜를 먹었고, 이거 허투루 쓰면 안 되겠다 싶어서 시집을 여러 권 읽은 다음에 시적 상태를 유지하면서 문장력을 갖춘 메일을 보냈더니, 드디어 예약 확정 메일이 왔다. 우리에게 보내준 문장의 고귀한 시심을 존중하며 성심성의껏 모시겠다는 정중한 내용의 메일이었는데, 그 정도 필력이면 믿을 만한 업체인 것 같았다.

삼탈리아에 갈 준비를 하며 가서 죽을지도 모른다는 생각도 들었지만 그래도 가고 싶었다. 한국 땅에서 악플에 시달려

죽으나 나가 죽으나 뭐 상관없다는 생각이 들었다. 내 조반니의 고향, 삼탈리아라면 다리를 쭉 뻗고 누울 자리로 손색없을 것 같았다. 그러나 혹시 내 명이 질겨서 쉽게 안 죽으면 어떻게든 살아야 하니까, 각종 개떡 같은 상황에 대처할 수 있는 강도 높은 트레이닝을 시작했다. 삼탈리아어로 된 소설집, 시집, 희곡집, 에세이집, 평론집 다섯 권 외우기, 고추냉이 퍼먹기, 칠판 긁기, 레고 밟기, 방귀 참기, 박상 소설 읽기 등이었다. 어학 능력과 강한 체력과 정신력이 준비됐다는 판단이 든 건 트레이닝을 시작한 지 무려 사흘이나 지났을 무렵이었다. 그리스행 최저가 땡처리 항공권이 그날 떴기 때문에 섣불리 판단한 건 아니었다. 그렇지만 아무래도 트레이닝이 부족한 것 같다는 걱정 때문에 나는 시집을 잔뜩 챙겼다. 이미 많은 것 같은데 자꾸만 더 챙겼다.

그리고 그리스행 비행기에 오르자 내가 거지 같은 현실에서 미꾸라지처럼 얍삽하게 잘 빠져나가고 있다는 느낌이 들었다. 아주 작은 희망이었지만 싹이 보인 건 눈물 날 만큼 반가운 일이었다. 희망 따위 내게는 없는 건 줄 알았는데 그 싹이 정말 드물게 예뻐 보였다.

어렸을 때 내게 악영향이든 뭐든 상당한 영향을 끼쳤던 조반니 펠리치아노가 자신의 레시피로 결국 내게 다시 희망을 주는 것 같았다. 인생이란 누가 쓰는 각본인지 몰라도, 환상성을 조금 가미하지 않으면 견디기 힘든 건지도 모른다.

페가수스 항공의 기내식은 에피쿠로스식타조앞다리수블라키였다.

비행기가 아테네 엘레프테리오스 베니젤로스 국제공항 활주로를 격하게 반기며 펌랜딩하자, 친절한 페가수스 항공 승무원이 상기된 목소리로 기내 방송을 날렸다.

"신사 숙녀 오뎅 여러분, 그리스에 오신 걸 환영합니다. 지금부터 휴대전화를 쓰실 수 있으며, 비행기가 게이트에 완전히 멈출 때까지 자리에 얌전히 앉아 계시면 굳이 때리진 않겠습니다."

오버헤드 빈에서 캐리어를 꺼내던 그리스인 조르바가 황급히 다시 자리에 앉았다. 승무원은 생각났다는 듯 다시 마이크를 잡았다.

"아울러 삼탈리아에 밀입국하러 오신 손님께서는 브리지를 통과해 똥색 화살표를 따라가시면 께르끼라 항으로 연결되는 셔틀로 편리하게 환승하실 수 있으세요. 가시는 목적지까지 즐거운 여행 되시기 바랍니다."

나는 그 안내 방송을 들으며 강한 설렘을 느꼈다. 심장이 쿵쿵 뛰기 시작해서 또 공황이 오나 했지만 불안감은 크게 느껴지지 않았다. 오히려 신나서 심장이 빨리 뛰는 것이었다. 하지만 너무 빨리 뛰어서 의사가 처방해준 신경안정제 한 알을 먹어야 했다.

그러니까 그렇게 된 것이었다.

11.

빈티지 레시피

우리는 방해물들을 모두 제거하고 결국 조반니의 묘지에 당도했다. 상단에 이끼가 페르시아 카펫처럼 끼어 머리숱이 많아 보이는 묘비는 어쩐지 낯이 익었다. 다가가 만져보자 서점에서 조반니의 책을 처음 만졌을 때 겪었던 일이 또 벌어졌다. 강력한 욕망들이 뭉클하게 몸을 자극하는 것이었다. 내가 심호흡을 하며 천천히 대응하자 그것은 차츰 시심과 요리로 승화되어 갔고, 조반니의 레시피와, 앨리스와, 엄마와, 사부와, 내가 좋아했던 시들이 4차원 연속체가 되어 있는 우주로 인식되는 광경으로 바뀌어갔다. 좀 오래 걸릴 것 같아 나는 일행들에게 담배나 한 대씩 피우고 있으라고 말했다.

그들이 피워 문 삼탈리아 담배 냄새를 맡으며 다시 묘비를 만지자 내가 앞으로 지나갈 길과 지나왔던 길의 한복판에 서 있는 게 보였다. 결론적으로 말도 안 되는 말 같지만 나는 조반니를 만나기 위해 조반니를 만난 것이었다. 내가 잃어버린 요리 실력도 거기 있었고, 나를 괴롭히던 자들의 말본새도 거기 있었다. 어릴 때 엄마와 숙대입구역 입구에서 출근하는 회사원들에게 김밥을 팔던 장면과, 앨리스와 대포항에서 팬티가 젖도록 울던 장면과, 할머니가 된 에밀리와 손잡고 살사바에 가는 장면도 있었다. 그러나 그것은 애당초 없었던 것이기도 했다. 그 차원은 좋게 보면 정지된 한 장면의 넓은 입체 사진과 같았고, 나쁘게 봐도, 파인만 다이어그램 같았다. 더 이상의 표현은 힘들었다. 내 표현력이 바로 나의 한계라는 생각이 들었다. 그러나 다음 순간 시들이 시공간에 뻗쳐놓은 네트워크를 보았다. 이오니아해에서 표류할 때 만난 신이 내게서 본 시심도 거기 있었고, 내가 읽고 감탄한 시들이 끈 혹은 고리와 같은 형태로 진동하다가 흩어지기를 반복하고 있었다. 그 묘한 움직임을 잠시 감상하다가 결국 나는 알게 되었다.

우주는 조금 우스꽝스럽지만 수학과 시로 조합된 매우 부조리한 공간이라는 것을 말이다.

다만 내 눈엔 아름다움을 위한 최소한의 부조리로 보였다. 무결점으로 완벽하다면 그보단 조금 덜 아름다울 것 같았다. 아, 그러므로 완벽한 무결점이었다. 그리고 기뻤다. 시 역시 양자물리학과 마찬가지로 우주 만물에 숨겨진 것들을 감지하고 아름답게 표현하는 학문이 맞았다. 빅뱅은 시와 과학이 분열되는 순간이었던 것이다. 조반니의 묘비는 시공간 한 좌표에 접속 코드를 가진 송신 장치였고, 그걸 내가 한국의 헌책방에서 사춘기 때 수신했고, 결국 어른이 되어 이 소스를 읽는 자가 되었다. 그 사실이 기분 좋게 여겨졌다. 수학 잘하는 사람들이 더 이상 부럽지 않은 느낌이었다. 나는 그곳에서 또 한 번 커다란 설렘을 느꼈다. 꽤 좋아하는 걸 오랜만에 할 때의 느낌이었기 때문이었다.

일행들은 담배를 맛있게 피우고는 내 곁으로 와 조반니의 비석 앞에 둘러섰다. 날이 너무 어두워져 셰르비엥이 얼마 전 콧구멍 안쪽에 심었다는 삽입형 소형 플래시를 밝혔다. 상당한 광량이었는데 두 콧구멍에서 빛이 쏟아지자, 보기에 따라선 좀 우스꽝스러웠다. 셰르비엥은 몸에 뭘 자꾸 심으면서 왜 머리카락은 안 심을까 생각하면서 나는 조반니의 묘비명을 읽기 시작했다.

여기 쭉 뻗은 인간의 깨달음

순간의 세련미를 위한 오랜 유치함처럼
순간의 관조를 위한 꾸준한 농담처럼
순간의 초월을 위한 끝없는 몰락처럼
순간의 인생도 영원의 시공간에 속하는도다.
한순간 아름다웠던 멋은 영원히 남는다.

P.S.
다음 생은 없다. 이번 생이 자꾸 반복될 뿐이다.

"무덤 주인 이름이 없는데? 조반니 무덤 맞을까?"

셰르비엥이 콧구멍으로 묘비를 구석구석 비추다 물음표를 띄웠다.

"조반니 맞아요. 문장이 유치하잖아요. '쭉 뻗은'이 뭡니까, 자기 묘비에."

"하긴 그렇군. 빤한 얘길 길게도 써놨네그려."

내가 그 묘비문을 읽은 첫 번째 소감은 한 번에 와 닿지 않는 조반니 특유의 문장에 대한 지겨움이었다. 그는 스스로 시인이라면서 참 아쉬운 문장들만 썼다. 시인이 되지 못한 나와 같아서 불쌍하게 여겨졌다. 그러나 다음 순간 갑자기 눈물이 핑 돌았다. 내가 어렴풋이 이해하기 시작한 시공간을 전체적으로 느끼며, 그 카타르시스 속에서도 똥가루 같은 표현력밖에 못 남긴 인간의 한계가 문득 쩡했던 것이다. 그래선지 조반니의 문장이 비장하게 읽혔다. 시가 되진 못했지만 바보 같은 오뎅을 하고 꾸어어를 뿌으어하지 않으려 상당히 애쓴 흔적이 느껴졌다. 어쨌거나 묘비에 적힌 글들은 짧은 인생을 광대한 시공간의 순환 속으로 보내는 방법을 기술한 그의 유언이었다. 유치한 농담과 시심을 탐미한 그의 삶은 이제 계속 반복될 것이다.

"역시 그랬네."

에밀리도 그 아름다운 턱을 끄덕이고 똘끼를 씰룩거리며 조반니의 묘비문에 공감했다.

"인류가 우주의 비밀에 가장 빨리 접근하는 방법은 수학과 시, 난자와 정자, 음식과 똥의 조화였네."

로라도 손가락 관절 꺾는 소리를 내며 한마디 했다.

"양자역학을 공부하다 평소에 읽던 시를 다시 보면 갑자기 생경한 의미들이 읽히더라니."

그런지도 몰랐다. 시가 과학이고, 과학이 시였다. 나 같은 일반인이 시의 깊은 층위 안쪽에 무슨 의미가 담겼는지 잘 몰랐던 건 당연했다. 시는 과학자들 읽으라고 쓰여진 것에 가까웠다. 우리 잘못을 탓할 시인도 없을 것이다. 그 반대도 마찬가지일 것이다.

흡혈 나방들은 로라가 무서워서인지 더 이상 우리에게 다가오지 않고, 멀리서 화난 듯 붕붕거리는 소리를 냈다. 그 벌레들의 존재도 조반니가 남긴 문장에 대입할 수 있을 것 같았다. 한 인간이 하나의 커다란 시공간 덩어리 안쪽에 자신의 작은 식빵 같은 섹터를 만들며 존재하듯, 나방 같은 생명체도 한 마리, 한 마리, 당연히 식빵처럼 생긴 시공간 덩어리 속에 존재성을 가질 것이다. 그 안에서 죽고 태어나며 누군가를 공격할 때도 방어할 때도 있고, 서로 피를 빨 때도 있고 요리를 해줄 때도 있고, 웃길 때도 있고 못 웃길 때도 있는 것일 테다. 또한 김밥일 때도 있고 파스타일 때도 있을 것이다. 그렇게 교차하며 반복될 것이다.

아마도 굉장히 빈티지한 사물은 그 앞에서 태어나고 죽고 또 태어나고 죽는 생명의 순환을 수없이 봐왔을 것이다. 이집트의 피라미드 같은 빈티지 대마왕은 고대부터 현대까지 5천 년 동안 반복되는 생명들의 역사를 고스란히 보았을 것이다.

그런데 의문이 하나 더 생겼다. 그토록 낡고 빛바래가며 끈덕지게 시공간을 가로질러 온 것이 빈티지인 건 알겠는데 아름다움은 어디서 발견해야 할까. 반복이 아름다운가? 없어지지 않고 오래 존재하는 게 아름다운가? 쌓이고 휘고, 중첩된 시공간의 크기와 풍모가 아름다운가? 이건 인간처럼 유한한 존재는 이해할 수 없는 영역일까?

모르겠고, 아름다운 맛이 나는 와인을 간절하게 마시고 싶어졌다.

그때 셰르비엥이 묘비 뒷면을 비춰보며 소리쳤다.

"여기 또 무슨 글귀가 있는데? 근데 이건 너무 날려 썼는걸?"

나는 덤블링 하듯 묘비 뒤로 몸을 날렸다. 그것은 내가 읽을 수 있는 글자였다. 조반니체였기 때문이다.

아차, 여기 조반니 펠리치아노의 비밀 레시피도 남긴다.

맛이란 아래의 정밀한 주문으로 나온다.

"음, 맛있겠네."

이럴 수가. 아득한 느낌이었다. 빈티지 화덕에서 읽다 만 엄마의 김밥 레시피와 딱 일치했다. 그럴 줄 알았는데 정말 그래서 이 소설 결말이 뭐 이래, 싶었다. 나는 속으로 그 비밀 레시피를 발음해보았다. 맛있겠다는 말은 인간의 요구나 명령이 아니라 재료 생물의 자존감을 인정하는 연대의 언어였다. 맥락을 이해하고 발화했을 때 그것은 의미 없는 주술이 아니었다. 엄마가 지원이에게 들었던 양자물리학적 작용을 일으키는 공식도 그제야 선명히 보였다. 나는 나 자신의 인생에게 다시 한번 똑같이 말해보았고, 그러자 요리사로서의 지난 추구와 열망들이 문득 아름답게 느껴졌다. 한 번 더 나직이 발음해보자 내 안의 수없이 많은 상처들이 아무는 느낌마저 들었다.

또한 나는 나의 시공간을 인식할 수 있었는데 그것은 4차원이 아니라 9차원의 공간과 1차원의 시간이었다. 다른 시공간과 연결하는 끈 같은 것도 보였다. 그게 무엇인지는 알 수 없었지만 순환하거나 도약하거나 사라지거나 나타나고 있었다. 그러니까 우리는 어딘가로부터 와서 어딘가로 가는 게 아니라, 무한히 반복되는 우주 속에서 펼쳐졌다 사라지곤 하는 우리의 탄생과 죽음을 간혹 인식하는 순간만을 가질 뿐이었다. 더 나아가면 어쩐지 만물의 이론을 이해한 상태가 될 것이었다. 그것은 마치 시적 상태와도 같았다. 그걸 다른 사람에게 전달하기 위해서는 상당히 복잡한 수식을 그려야겠지만 나는 수학을 좋아하는 이들에게 그 몫을 남겨두기로 했다. 다만, 요리로도 그 상태를 표현해보고 싶어졌다.

나는 그렇게 말도 안 되는 체험을 끝내고, 현실로 돌아왔다. 현실이 더 뻥 같았다. 빨리 다시 현실에서 요리를 하고 싶어졌다. 시와 음식과 술과 음악을 즐기며 아름답게 놀고 싶었다. 내가 그 생각을 말하자 셰르비엥은 내 뺨을 따당, 하고 때렸다. 명쾌한 공감이었다. 유쾌해진 우리 넷은 셰르비엥의 클래식 카를 타고 그의 집으로 향했다. 배는 고픈데 갈 길이 멀어 사랑스러운 에밀리가 나를 꼬집으려 할 때, 내가 간절한 시적 상태를 이용해 페달을 밟자 셰르비엥의 집까지 가는 물리적 거리가 마치 양자도약하듯 무의미해졌다. 그 현상을 일행 모두 재미있는 유머처럼 받아들였다.

집에 도착하자 로라는 내게 한국 음식을 만들어줄 수 있는지 물었다. 특히 유부김밥을 꼭 먹어보고 싶다고 했다. 나는 흔쾌히 수락하고 셰르비엥의 빈티지 하우스 주방에 들어갔다. 그곳에도 오래된 화덕이 있었고, 나의 요리하는 손이 제대로 돌아왔을 뿐 아니라 또 다른 경지에 도달해버렸다는 걸 나는 화덕을 만져보며 확인할 수 있었다. 이제는 열 손가락에 걸리는 존재의 쓸쓸함이 없었다. 하나도 없었다. 마치 에밀리의 머릿결을 쓰다듬을 때처럼. 에밀리가 너무 사랑스러워 진한 키스를 나누고 있을 때 로라가 셰르비엥이 수확한 신선한 고양이풀을 잔뜩 가져다줬다. 나는 셰르비엥의 냉장고를 털고 고양이풀을 아낌없이 응용해 불고기, 빈대떡, 오뎅탕, 짜파구리 같은 전통적 한국 음식을 빠르고 정확하게 조리해냈고, 마지막으로 엄마의 레시피로 볶은 유부김밥을 만들었다. '음, 맛있겠네'라는 주문을 이해하고 사용해보자 엄마의 김밥과 똑같은 냄새와 맛이 났다. 실제로 그 김밥을 내가 만들 수 있게 된 건 처음이었다. 나는 뇌에서 세로토닌이 뿅뿅 터지는 소리가 날 만큼 기뻤다. 드디어 빌어먹을 '계승'이란 걸 할 수 있게 된 것이다. 사부도 엄마도 내가 이 경지에 도달한 걸 무척 기뻐할 것만 같았다. 나는 한국에 돌아가면 엄마를 도와 김밥 가게를 다시 열겠다고 마음먹었다.

내가 만든 음식들을 맛보고 미친 듯이 흡족해진 셰르비엥은 꽁꽁 아끼던 와인을 땄다. 구하기 힘든 빈티지 와인 중에서도 가장 병이 예쁜 거라고 했다.

"여보게들, 조반니 말이 맞다면 이걸 아낄 필요는 없잖소? 다음번에 또 생길 테니까 말이야. 음홧홧홧."

그 와인의 라벨은 나를 설레게 했다.

1945 삼탈리아 빈티지

아름다운 표현이었다. 강렬한 맛으로 남은 고귀한 미학을 명료하게 나타내고 있었다.

그 와인 맛은 뭐랄까, 무척 서정적이었다.

작품 해설

'시심지상주의'라는 이름의

즐거운 놀이동산

이융희(문화연구자)

글을 배우면서 시심詩心 한번 속에 안 품어보고 시마詩魔에 한번 시달려보지 않은 사람이 있으랴. 나 역시 시심에 시달리던 청춘이었으니, 학교의 시인 선생님 붙들고 엉엉 울었더랬다. 선생님. 요즘 세상에 시를 쓸 수 있는 방법이란 뭔가요. 시는 다 죽은 거 아닌가요. 시 써서 밥 먹고 살 수 있나요. 그런데 역시 시인은 몸속 깊은 곳에 아우라를 숨기고 있던 걸까. 선생님이 멋들어지게 씩 웃으시며 이야기했다. 얘야. 시는 죽었더라도 시적 감수성은 그 어떤 때보다 더 살아 있는 시기란다. 네가 시를 쓰고 싶으면 시집 100권을 읽어봐라. 그럼 시가 저절로 흘러넘칠 게야. 그러나 불민한 제자놈은 곰이랑 경쟁하던 호랑이처럼 100권의 시집을 미처 채우지 못하고는 동굴, 아니 학부를 탈출하고 만 것이다. 제자놈이 아직 사람꼴 못 된 상태로 비평이니 평론이니 한답시고 돌아다니는 비화를 들으시면 쯧쯧 혀라도 차시지는 않을는지.

박상 소설가의 『복고풍 요리사의 서정』은 '시의 죽음'에 대해서 '그럼에도 불구하고'라는 주석을 달며 나아가는 시도이며, 동시에 서사가 서정에 바치는 신실한 사랑가이다. 또한, 이 시대 문학의 가치와 기능에 대해 다양한 질문들을 던지는 작품으로, 궁극적으로는 작가가 시인과 시에 바치는 헌사이자 문학에 바치는 헌사이기도 하다. 시가 유행하고 시가 모든 자본을 잠식하며 심지어 자본은 싸구려 유머가 된다. 자본주의에 대한 집착은 굴속에서 살아가는 사이비 종교쟁이가 되는 세계에서 짜장면과 라멘의 면발과 육수 하나에도 우주 삼라만상과 시심이 들어 있다고 주장하는 작가의 메시지는 지극히 난센스 같으면서도 울림이 있다.

말은 그럴듯하고, 소설은 더 그럴듯한데, 정말로 이 세계가 시심을 가지면 우주의 삼라만상 차원까지 돌파하는, 그런 거대한 성공을 경험하게 만들긴 하나? 심지어 이 성공은 삼탈리아라는 세계에서만 이루어지는 것이 아니다. 작품은 주인공이 요리를 배워나가는 현실 세계와 조반니 펠리치아노를 좇는 삼탈리아의 세계를 반복적으로 교차시키며 나아간다. 작가는 삼탈리아라는 가상의 세계가 아닌 현실 세계에서도 시심만 있으면 최고의 요리 지존이 될 수 있고 선수가 될 수 있다고 말한다. 그리고 우리가 그러한 시심의 기능을 확인하기 위해선 존재하지 않는 가상 세계의 시심, 그리고 현실의 시심이라는 두 가지의 '시적' 공간을 넘나들어야 한다.

시라는 환상

첫 번째는 삼탈리아라는 가상의 시심부터 살펴보아야 한다. 삼탈리아는 "50년 전 이탈리아에서 독립한 이오니아해의 작은 섬나라"로, 현실의 생이 아니라 의사疑似 저승의 세계이다. 삼탈리아는 시심을 품은 사람들이 만들어낸 가상의 공간이고, 유머로서 존재하는 공간이기도 하며, 동시에 이 세상의 모든 악들이 공존하는 공간인 동시에 퇴치되는 공간이기도 하다.

삼탈리아라는 국가부터 먼저 이야기를 해보자. 작품 해설을 의뢰받았을 때 편집부로부터 '삼탈리아'는 가상의 국가란 설명을 들었는데도 깜빡 속아 구글 지도에 'La Repubblica Tiamtaliana'를 검색했다. '검색결과 없음'이란 문구를 보며 아, 삼탈리아는 가상의 나라구나라는 생각보다는 어라? 내가 뭔가 잘못 입력했나? 하는 생각부터 먼저 들었더랬다. 그만큼 작가는 어원부터 능청스럽게 삼탈리아라는 국가에 관해 설명한다. 그 누구보다 삼탈리아를, 그리고 조반니 펠리치아노라는 요리사 겸 시인을 동경해 밀입국을 결심한 주인공 이원식의 목소리는 독자로 하여금 끝없이 '삼탈리아'라는 국가가 무엇인지를 질문하게끔 만들다가 이내 지쳐 나가떨어질 때쯤 삼탈리아 자체를 자연스럽게 받아들이도록 종용한다.

삼탈리아는 끝없이 전개된 환상이다. 박상 소설의 세계로 여행을 떠나기 위해선, 그리고 박상 월드가 보여주는 알레고리를 이해하기 위해선 이 환상이 현실과 어떤 유격을 끊임없이 보여주는가, 그리고 그러한 유격이 우리에게 하여금 긴장감과 몰입감을 만들어내는가 살펴봐야 한다. 삼탈리아를 구성하는 핵심 환상은 시 그 자체다. 삼탈리아에서는 시가 모든 자본보다 우위에 있고 특히 한국 시는 한류 열풍을 이끈다.

초판 시집은 높은 대우를 받고 과거 아름다운 시들이 폭발적으로 나왔던 시대의 시는 빈티지 열풍을 불러일으킨다. 사람들은 헌책방을 찾아다니며 아름다운 시집을 찾고, 어린 거지들은 고품격의 시를 구걸한다. 심지어 시인의 시는 성적 욕망을 불러일으키는 기폭제이기까지 하다!

그러므로 삼탈리아로 들어가기 위해선 마음에 '시심'을 세우는 게 최우선이다. 삼탈리아는 "한국에서 왔고 시를 좋아한다면 프리패스"로 들어갈 수 있는 세계이지만 시에 대한 거부감, 또는 시가 아직 익숙하지 않은 자들은 쉽사리 적응하기 힘든 세계이기도 하다. 그렇기에 원식은 시를 좋아하지만 동시에 시를 모르는 독자들을 위해서 마치 예수마냥 유사 임사체험을 손수 겪는다.

그리스 갱을 통해 "30킬로그램짜리 아령 두 개"까지 버려가며 바다를 헤엄치던 이원식은 신을 마주하며 유사 임사체험을 한다. 정체불명의 신은 원식에게 "시심을 간직한 자는 아무것도 잃지 않은 것이다. 너의 쥐똥만 한 시심이 오늘 너를 살릴 것이다"라고 이야기한다. 이후 소설 속에서 단 한 번도 출몰하지 않은 이 '신'이 정말로 신인지 아닌지 증명하기 위한 토론도 재미있겠으나, 무엇보다도 중요한 건 그러한 신의 만남

직후 "이상적인 지중해성 기후로 사철이 온난해 10년에 한 번 눈이 올까 말까 한 곳"에서도 "날씨를 관장하는 신이 보증을 잘못 서서 전 재산을 날린 직후"에나 볼 법한 눈보라를 거쳐야만 들어갈 수 있다.

세속의 번뇌를 모두 씻어내고 새로운 옷으로 속옷까지 뽀송뽀송하게 갈아입은 후에야 들어갈 수 있는 시의 세계는 시심이 섬으로서 시작되고, 동시에 시심이 이 세계를 만드는 것과 같다. 마치 바둑의 '패싸움'과 같은 무한궤도의 질문을 던지다 보면 곧 우리는 삼탈리아가 진정 존재하는 세계인지 본질적인 질문에 다다르게 된다. 오로지 시심으로만 보이는 것이라면 이것은 현실에 존재하지 않는 환상의 공간을, 또는 현실에 존재하는 공간에 시라는 레이어를 끝없이 덧씌우는 것이 아닐까. 이는 마치 보편적 언어와 다른 시적 언어의 존재를 이야기하고, 세상의 모든 기준과 다르게 시인 개인의 구조 속에서 문학의 언어를 만들어가는 시 창작의 고리타분한 작법이 떠오른다. 물론 고리타분한 것은 이러한 작법이 아니라 나의 해석일 것이다. 하지만 평자의 이야기와는 별개로 작가의 소설 속 삼탈리아는 문학 텍스트로 이루어진 즐거운 놀이동산이다.

그럼 여기서 우리는 새로운 질문을 하게 된다. 삼탈리아가 그렇게 확실한 가상의 세계라면 현실의 경험은 어떠한가? '현실'은 우리가 발 딛고 있는 바로 그 현실인가?

현실이라는 환상

『복고풍 요리사의 서정』의 홀수 장과 짝수 장은 서로 다른 시공간 축을 달린다. 홀수 장이 시심으로 이루어지는 환상을 보여준다면, 짝수 장은 엄마에게 조리칼 세트를 선물받은 열다섯 이원식의 이야기로 회귀한다. 과거 이원식의 이야기를 짧게 요약하자면, 예술을 하고 싶었던 청년이 요리가 예술임을 깨닫고 끝없이 정진하다 TV 쇼 준우승 자리에서 좌절하고 인터넷에서 조리돌림당하다 삼탈리아로 떠나기까지의 여정이다.

여기서 중요한 포인트는 '예술'이다. 이원식이 김밥집 아들이라는 운명적 굴레를 거부했던 것은 엄마가 예술적인 김밥을 말았으나 김밥은 예술이 될 수 없었기 때문이었다. "유부를 볶는 마법은 은하계에서 엄마만 알고 있"을 정도의 레시피로, "타의 추종을 불허하는 맛의 인터스텔라"에 도달할 정도였지만 사회가 김밥 만드는 사람을 아티스트로 인정할 리 없었다. 마침 그의 주변에는 '미친놈'이 없었으므로 그의 행위는 오롯이 예술처럼 여겨졌다.

그의 인생을 바꾼 것은 조반니 펠리치아노의 책『조반니 펠리치아노의 빈티지 레시피 쿡북Giovanni Feliciano's Vintage Recipe Cook Book』이었다. 그의 레시피는 끊임없이 이원식을 '뭉클'하게 만들었고, 곧 이원식은 시와 요리의 상관관계를 이해하기 위해 어머니에게 요리를 배우겠다고 선언한다. 물론 거기엔 원식이 그의 시 창작 전공 교수님에게 친절하게도 '네 시는 똥가루를 종이에 흩뿌려놓은 듯하다'고 평가를 들은 것도 한몫했으리라. 이후 이원식은 엄마의 고등학교 동창의 남편 친구에게서 요리를 배우기 시작한다. 심지어 짜장면을 득도하기 위해 여자 친구와도 헤어질 정도로 엄청나게 몰입해서 말이다.

전작까지 박상 월드의 인물들은 한국이라는 틀 안에서 치열하게 살아가는 군상을 유머로서 승화시킨다.『예테보리 쌍쌍바』에선 그러한 구도자들을 '선수'라고 불렀다. 선수란 자신의 삶을 위해 궁극의 아름다움을 추구하는 자들로, 고용노동의 시장에 불시착한 선수의 존재는 구성원의 갑/을 대립 구조를 무너뜨리고 각자 궁극의 아름다움을 추구하는 아티스트들로 변모시킨다. 선수의 세계에도 1등은 존재하지만 이 경기에서 탈락은 신자본주의 시대의 냉혹한 경쟁 세계의 탈락처럼 죽음으로 연결되지 않는다. 그저 무술을 닦는 무림인이자 구도자처럼 다시 내부로 침잠하며 끊임없이 자기 단련을 반복한다. 그렇기에 정실비 평론가는 「아티스틱 무림선수생활백서」[24]라는 작품 해설을 쓰지 않았나.

『예테보리 쌍쌍바』의 '선수'가 지구의 차원이라면, 『복고풍 요리사의 서정』은 거기서 한 걸음 더 나아간다. 원식을 비롯한 재야의 고수 요리사들은 시심을 바탕으로 한다. 이 시는 우주로 나아가는 것이고 천체물리학과 유체역학을 오가는, 파동을 중심으로 한 에너지의 담론이다. 고양이풀이나 군사화된 해커 집단 같은 건 없더라도, 라멘 육수에도 시심이 있고, 가장 육체적인 근육과 관절의 동작에서조차 시심이 깃들어 있다. 일상의 다양한 영역은 조금씩 뒤틀려서 낯선 방식으로

---

24   정실비, 「아티스틱 무림선수생활백서」, 『예테보리 쌍쌍바』, 작가정신, 2014.

우리에게 제시된다.

한편, 소설 속에서 제시된 환상은 다양한 종류가 뒤섞여 있다. 끊임없이 호명되었던 환상을 한 차례 정리하고 넘어가자. 환상이라는 단어는 언제, 어디에서, 누구에게 사용되느냐에 따라 다양한 방식으로 소용된다. 최근 환상이라는 단어를 가장 많이 쓰는 언중은 웹소설을 소비하는 독자일 것이다. 팬덤 fandom에 의해 용, 마법, 검, 기사 등의 코드를 공유하며 대중의 욕망을 드러내는 것이 장르 판타지Fantasy에서 사용되는 환상이라면 박상 작가의 환상은 지극히 문학적인 은유로 기능하는 환상이다. 삼탈리아가 시심을 세움으로써 세상에 존재하지 않는 환상의 낙원으로 모험을 떠나는 '서사'의 환상이라면, 한국에서 이루어지는 환상은 이 세상 사소한 모든 것들마저 시심으로 다시금 대면하며 세상을 낭만적으로, 동시에 낯설게 바라보는 '서정'의 환상이기 때문이다.

즉, 소설 속에서 '시'는 서정과 서사라는, 문학을 가로지르는 두 구조적 흐름을 교차시키고 있다.

'시'라는 교차로

모든 중심에는 시가 있다. 암벽 타기보다 어려운 것이 시 쓰기이고, 빈티지 와인 중에서도 가장 아름다운 병 모양의 와인 맛도 시적이다. 무엇보다 시는 무너진 시공간조차 구현할 수 있다. 작품에서 이러한 '시공간'이라는 용어는 무척이나 중요하다. 원식이 그토록 염원하던 조반니 펠리치아노의 파스타를 먹었을 때 궁극적으로 도달한 맛은 "그리운 무언가를 소환하는 문을 열었고, 그 안에 있는 아름다운 것들이 뿌리째 딸려 나와 시간과 공간의 한계를 무의미하게 만드는 마력"을 가졌다. 여기서 붕괴된 시공간이란 이원식이 현실에서 시와 요리로 싸워왔던 과거이며 동시에 환상으로 구현된 삼탈리아의 세계이기도 하다. 시심이 있어야지만 가능했던 시공간을 무너뜨리는 것은 가장 예술적인 요리이며, 그 요리를 표현하는 것은 다시금 시라니, 멋진 알레고리 아닌가.

교차하는 것은 그뿐만이 아니다. 『복고풍 요리사의 서정』은 본격문학이라는 공간에서 경계 바깥 '대중문화'로 취급되었던 다양한 환상적 코드들을 자유롭게 넘나든다. 마치 SF영화의 한 장면처럼 동굴 속으로 빨려들어 가며 마니교와 교차하는 장면이나 격투기를 전공한 로라가 흡혈 나방들을 화려한 무투 기술로 퇴치하는 모습은 무협지의 한 장면을 연상하게끔 만들며, 조반니의 '욕망의 흑마법', '까리야스 숲의 흑마법' 등은 판타지 소설에서 등장하는 악당들의 비밀스러운 주술 그 자체이다. 코드가 사용되는 관습convention을 뛰어넘고, 동시에 끊임없이 시심을 찾으며 메타적 진술을 반복하는 작가의 서술은 소설과 소설 밖이라는 자장마저도 모조리 무너뜨리는 듯하다.

그렇다고 박상 작가의 서사가 파격만을 추구하는 것은 아니다. 오히려 어떤 부분은 또 지극히 서사라는 틀의 구조에 치열하게 복무하며 균형을 추구한다. 어머니 김밥의 비밀과 조반니 펠리치아노 레시피의 비밀이 똑같이 "음, 맛있겠네"라는 건 시사적이다. 과거와 현재, 가상의 세계와 현실의 세계라는 시공간의 차이를 무색하게 하는 우주의 진리란 인간이 기원하고 선언하는 것이며, 그 선언은 인간의 미각으로 감각된다. 인간은 '맛'을 추구하고, '맛있음'을 기대하는 취향으로서의 문학을 끊임없이 탐닉한다. 어쩌면 그것은 우리가 끊임없이 '그럼에도 불구하고' 문학을 쓰고 읽는 이유일지도 모른다. 문학이 맛있기 때문에. 문학이라는 것이 우리의 감각을 일깨우기 때문에. 그리고 나아가 그 문학이 '음, 맛있겠네'라고 기대하게 끔 하는 그 수많은 외부의 자장들 때문에.

이제는 조금 거창해진 작품 해설을 다시 대지로 착륙시키고자 한다. 앞서 두괄식으로 이야기했던 말의 반복이겠으나 『복고풍 요리사의 서정』은 서사가 서정에 바치는 신실한 사랑가인 동시에 문학이 이 세계에서 어떤 기능을 할 수 있는지 끝없이 모색한 결과이다. 조반니 펠리치아노의 무덤으로 가는 동안 미성년 성 착취 포르노와 변종 코로나 바이러스 등, 2020년을 암울하게 만든 수많은 사건 사고들이 달려드는 와중에 몇 가닥 남지 않은, "뽑을 때 더럽게 아픈 옆머리"마저 희생하는 셰르비엥의 정신을 보며, 이타심이 있는 한 지구에서 인간은 더 살아갈 수 있지 않을까 이야기하는 작가의 목소리는 시를 통해 유머와 같은 세상을 끊임없이 구축했지만 그럼에도 불구하고 침범해오는 현실에 대해서 타인을 생각하는 연대, 그리고 그 연대를 만드는 시와 문학의 가치를 역설하고 있다.

이 책을 집어 든 독자분들께서는 박상 작가의 소설 한 편을 읽으시겠지만 나아가 다양한 시인들의 시 열한 편의 조각, 그리고 조반니 펠리치아노만의 철학이 담긴 쿡북 레시피까지도 읽을 수 있으리라. 이 책이 어두웠던 시간들을 통과해온 여러분들을 이어 붙이며 가슴속에 따뜻한, 그리고 위대한 시심 한 조각을 불러낼 수 있길 바라면서 작품 해설을 마친다.

작가의 말

또 경험을 팔아재껴 책 한 권을 낸다. 어릴 때부터 지나치게 정직해 거짓말을 할 줄 몰랐다. 김밥집 아들은 친구 얘기이며, 수학과 양자물리학 쪽에 백치인 건 박상 그 자체다. 역사 전기적 배경에 주방 알바 경험을 양념 치고 부풀려 겨우 이런 뺑을 만들어냈다. 미천한 상상력이 늘 부끄럽다. 이런 사람이 어쩌려고 소설가가 되었단 말인가. 매 식후 30분마다 심한 콤플렉스를 느낀다.

작년 초, 좌절감에 사로잡혀 삼탈리아에 밀입국했던 날엔 진짜 배에서 밀어버리길래 무척 당황했고, 그 유명한 눈꽃빙

수도 못 사 먹을 만큼 날씨가 추웠다. 삼탈리아 섬에 폭설은 처음이라며 TV에서 긴급 재난 방송도 나왔다. 투숙했던 게스트하우스가 있던 빠그히 뒷골목 종려나무길 아래에서 가난한 사람들이 내게 시를 구걸했을 때, 외우고 있는 시가 하나도 없어 큰 비애감을 느꼈던 기억도 난다. "시가 재산인 나라에서 나는 얼마나 가난한가!" 소리치다 좀 조용히 하라며 경찰에게 쌍욕을 먹기도 했다. 조반니의 파스타를 직접 맛본 뒤엔 이런 게 도대체 말이 되냐고 생각했다. 솔직히 현실과 환상을 구분하는 게 무의미해지는 맛이었다.

이 소설에 소중한 작품을 인용하도록 허락해준 시인들께 내장 깊숙한 곳에서부터 끌어올린 감사와 애정을 표하며, 부디 그대들의 시적 영감이 매 순간 퐁퐁 업데이트 되시기를 나는 자꾸만 기원할 것이다.

7년 만에 뵙는 독자님들께는 많이 부끄럽다. 생계에 쫓기느라 집필은 상상만 할 수 있었다. 그래도 돈벌이에 기진맥진하고 생활고의 궁지에 몰릴수록 그 상상은 더욱 달았다. 기다려주신 분들에게도 부디 몽글몽글 달콤한 이야기로 읽히길 바랄 뿐이다.

그런데 일을 다 때려치우고 이 소설을 써버리는 동안 굶어 죽지 않은 건 세상 부조리한 측면이 있어서 이 소설도 부조리 문학의 뉘앙스를 풍기게 되었다. 형식에 따라 우스꽝스러움을 동반한 아이러니에 영향받을 수밖에 없었는데 쓰다 보니 '없서드 리터러처Absurd Literature'가 아니라 좀 '없어 보이는' 소설이 되고 말았다. 그러므로 책에 남발한 과학 용어들은 이론적 근거가 하나도 없다는 얘기다. 알고 있었다면 미안하다. 집필을 위한 과학 공부를 안 한 건 아닌데 편두통이 생기고 정력이 약해져 그만뒀다. 그러니 이공계 독자님들이 보시기에 과학적으로 뭔가 괴랄한 느낌이 들더라도 기분 탓만은 아닐 것이다.

동료 작가들에게 이런 질문을 자주 받는다.

"왜 자꾸 웃기려고 하니?"

항상 하는 대답이 있었다.

"인생의 비애에 지기 싫어서. 인간이 발명한 것 중에서 가장 우아한 게 유머 같아서."

그런데 개뿔 착각했다. 인간은 유머를 발명하지 않았다. 우리는 우주라는 거대한 유머 속에서 태어났을 뿐이다.

그동안 웃기게 대답한 게 부끄러워 소화가 잘 안 된다.

그러니 이 소설로 웃길 의도는 없었고 무슨 의미 있는 주제를 전달할 생각도 없다. 소설의 기똥찬 매력은 실용적인 책이 아니라는 점 같다. 21세기에 소설이 교훈을 주나, 깨달음을 주나…… 아니, 주면 될까? 소설은 그냥 허무한 지적 유희에 그쳤으면 좋겠다. 삶이 시시하고 무료해서 무식하게, 무모하게 아름다운 얘기나 하는 것이면 좋겠다. 문예 또한 다큐멘터리보단 예능이고 광대놀음이면 좋겠다. 다만 발견과 반성과 반추를 통해 정립되어 온 엄숙한 문학 이론을 폄하하고 싶진 않다. 그냥…… 좀 이런 녀석도 한 명쯤 있으면 어때.

도서출판 작가정신의 오랜 호의와, 황 팀장님을 비롯한 실무자들의 열의에 감사할 혓바닥이 백 개쯤 있으면 좋겠다. 아니, 돈이 있으면 좋겠다.

에밀리가 너무 그립다.

복고풍 요리사의 서정

초판 1쇄 2021년 6월 22일

지은이 박상
펴낸이 박진숙 | **펴낸곳** 작가정신
편집 황민지 김미래 | **디자인** 이아름
마케팅 김미숙 | **홍보** 조윤선 | **디지털콘텐츠** 김영란 | **재무** 오수정
인쇄 및 제본 한영문화사

주소 (10881) 경기도 파주시 문발로 314
대표전화 031-955-6230 | **팩스** 031-944-2858
이메일 editor@jakka.co.kr | **블로그** blog.naver.com/jakkapub
페이스북 facebook.com/jakkajungsin
인스타그램 instagram.com/jakkajungsin
출판 등록 제406-2012-000021호

ISBN 979-11-6026-233-9 03810